JN340332

로크미디어가
유혹하는
재미있는 세상

달빛
조각사

달빛 조각사 7

2007년 8월 13일 초판 1쇄 인쇄
2007년 8월 14일 초판 1쇄 발행

지은이 남희성
발행인 이종주

편집장 김진웅
기획 팀장 김명국
책임 편집 이세종

발행처 (주)로크미디어
출판등록 2003년 3월 24일
주소 서울시 용산구 청파동3가 119-2 진여원BD 5층
Tel (02)3273-5135 **Fax** (02)3273-5134
홈페이지 rokmedia.com · **E-mail** rokmedia@empal.com

ⓒ 남희성, 2007

값 8,000원

ISBN 978-89-257-0224-7 (7권)
ISBN 978-89-5857-902-1 04810 (세트)

이 책은 (주)로크미디어가 저작권자와의 계약에 따라
발행한 것이므로 본서의 내용을 무단 복제하는 것은
저작권법에 의해 금지되어 있습니다.

작가와의 협의에 의해 인지는 생략합니다.
잘못된 책은 바꾸어 드립니다.

달빛조각사

남희성 게임 판타지 소설

차례

전의 7

불사의 군단 41

리치 샤이어 83

퀘스트 119

죽음을 거부할 수 있는 힘 163

세상 속으로 197

들어온 돈, 나가야 할 돈 219

죽음의 산행 257

영광의 홀 원정대 307

전의

위드는 유노프 협곡의 바위가 많은 곳으로 향했다.

중간에 설인을 닮은 몬스터 예티들이 덤벼들었지만, 그동안의 경험으로 적당히 처리하고 어렵지 않게 바위가 쌓인 곳으로 갈 수 있었다.

"재료는 충분하군."

위드는 계곡가에 쌓여 있는 바위들을 보며 만족스러운 미소를 지었다.

며칠에 걸친 서윤과의 동행!

그야말로 눈치를 보며, 이것저것 음식을 바치면서 비굴하게 지내야 했던 시간이었다. 하지만 그러면서 고급 조각술을 익히게 되었다.

최고의 미녀만큼 뛰어난 예술품도 없는 법!

서윤의 희고 미끈한 허벅지와 흑단 같은 머릿결, 날씬한 허리. 어디 그뿐인가. 가늘고 긴 목이나 뽀얀 쇄골이 있는 부위, 그 위로 더욱 올라가면 얼굴에서는 투명한 광채가 난다.

1년 내내 보더라도 질리지 않을 정도의 외모였다.

그녀 덕분에 명작만 몇 차례나 성공했던 그가 드디어 고급 조각술을 터득하게 되었다.

"스킬 확인! 조각품에 생명 부여!"

조각품에 생명 부여 : 황제 게이하르가 후인을 위해서 남긴 조각사의 알려지지 않은 기술.
제한 : 고급 조각술을 익힌 상태에서만 사용할 수 있다.
스킬 요구량 : 마나 5,000. 예술 스탯 10(영구적 소모).
　　　　　　레벨 2 하락.
주의 사항!
조각품들은 자존심이 강하다.
자신과 똑같이 닮은 조각품을 보았을 때는 적의를 가지고 싸우게 된다.

고급 조각술을 익힌 이후로 쓸 수 있게 된 기술!

한 번 사용할 때마다 예술 스탯은 10, 그리고 레벨은 2개나 떨어진다.

그런 만큼 자주 쓸 수는 없는 기술이라고 할 수 있었다. 하지만 꼭 필요할 때에 안 쓴다면 이는 없는 것과 다를 바가 없다.

"투자다, 투자! 승리를 하기 위해서는 필요해."

위드는 조각칼을 꺼내서 조각을 개시했다. 지금 그가 만들고자 하는 것은 생명을 부여할 수 있는 몬스터였다.

"오크와 다크 엘프들. 직접 싸울 수 있는 병력은 충분하다. 그러니 특별히 도움이 될 만한 이들을 생성해야겠지."

위드는 우선 긴 날개와 뾰족한 발톱, 두툼한 배를 가지고 있는 와이번을 조각했다.

와이번은 굉장히 강한 몬스터다.

개별적인 레벨이 380이 넘고, 피부가 단단해서 웬만한 칼과 마법은 전혀 통하지 않는다. 하늘을 자유롭게 날아다니며, 그 속도는 지상에서 말을 달리는 것과는 비할 수 없이 빠르다.

물론 위드가 와이번의 형태를 한 조각품을 만든다고 해서 그 정도로 강한 녀석이 나오지는 않는다.

예술 스탯에 따라서 능력이 결정되는 것이니, 형태는 비슷해도 본래의 와이번과는 천지 차이인 것이다.

"시간이 없으니 대충 해야지."

와이번을 만들면서도, 위드는 눈물이 나올 것만 같았다.

조각품에 생명을 부여하면 스탯이 사라지고 레벨이 하락한다. 당연히 걸작이나 명작 수준의 조각품 정도는 만들어 줘야 했다. 그런데 시간이 없어서 대충대충 하려니 가슴이 아파 왔다.

최고의 작품을 만들어도 모자란 판에 건성으로 일을 해야 하다니.

그러나, 크기가 10미터도 넘는 와이번에 온갖 정성을 다 쏟는다면 이틀 밤을 새우더라도 성공하지 못할 수도 있다.

위드는 큰 윤곽만을 가지고 와이번을 조각해 냈다. 제대로 튀어나온 배와 쩍 벌어진 주둥이, 날카로운 발톱은 특별히 위협적으로 만들었다.

띠링!

걸작! 창공의 와이번 상을 완성하셨습니다!
하늘의 제왕!
흉폭하고 거친 몬스터.
와이번은 짐승들의 정점에 서 있는 몬스터다. 말을 통째로 먹는 것을 좋아하고, 때로는 강에서 헤엄쳐 다니는 물고기를 사냥하기도 한다.
자존심도 높아서, 만약에 하늘을 날아다니는 와이번에게 화살이라도 쏜다면 즉시 죽음을 맛볼 수 있으리라.
이 조각상은 모든 이들에게 몬스터에 대한 두려움과 경각심을 심어 주게 될 것이다.
예술적 가치 : 750.
특수 옵션 : 창공의 와이번 상을 바라본 이들은 생명력과 마나 회복 속도가 하루 동안 10% 증가한다.
플라이 마법 시 이동속도 20% 상승.
힘 30 증가. 민첩 5 증가.
전 스탯 3 상승.
경각심이 생기면서 하루 동안 몬스터의 특별 능력의 효과가 감소함.

조각상 인근에 공중 몬스터들이 접근하지 않음.
다른 조각품과 중복 적용되지 않음.
지금까지 완성한 걸작의 숫자 : 12

—조각술 스킬의 숙련도가 향상되었습니다.

—명성이 6 올랐습니다.

—지구력이 1 상승하셨습니다.

—카리스마가 1 상승하셨습니다.

—매력이 1 상승하셨습니다.

고급 조각술을 익힌 덕분인지 그리 열심히 만들지 않았는데도 걸작이 나왔다. 대신에 그만큼 인정받는 조각사가 되었다는 뜻인지, 명성은 많이 오르지 않았다.

걸작만을 만들고도 유명인이 되던 시기는 지나고, 이제는 걸작을 만드는 것보다는 퀘스트나 사냥을 하는 편이 훨씬 명성을 모으기에 좋아졌다.

이제 명성을 원한다면 명작 정도 되는 조각품을 만들어야 한다는 뜻이다.

그 외에 늘어나는 스탯들도 그리 높진 않았다. 걸작을 만들어서 이 정도라면, 명작을 만들어서 얻는 스탯도 줄어들 거라고 봐야 하리라.

　과거처럼 많은 스탯을 얻기 위해서는 대작, 혹은 그 이상의 작품이 될 것으로 보이는 달빛 조각품을 만들어야 한다.

　명성이 높은 조각사란 현재에 안주할 수 없는 직업이다. 끊임없이 도전하고 더 나은 조각품을 만들고자 노력해야 한다.

　"좋아. 이제 스킬을 써야겠군."

　그나마 걸작이 나와 준 덕분에 아쉬움은 덜했다. 하지만 정작 위드는 스킬을 시전하려는 순간 주저했다.

　어렵게 경험치를 모으고, 퀘스트를 완수하면서 간신히 299의 레벨을 만들었다.

　조금만 경험치를 더 채운다면 300이 되는데 조각품에 생명을 부여한다면 2개의 레벨이 줄어들게 된다.

　"그래도 어쩔 수 없지. 조각품에 생명 부여!"

　위드는 와이번 조각상의 머리를 부드럽게 쓰다듬었다. 그러자 조각상에 작은 균열들이 생겨났다.

　파사삭!

　달걀을 깨고 병아리가 나오듯이, 조각상에서부터 튀어나온 와이번!

　위드의 손에서 살아 있는 와이번이 탄생했다.

-조각품에 생명을 부여하셨습니다.
조각품의 능력은 현재 설정된 예술 스탯 790에 따라, 레벨에 맞춰 359로 변환됩니다. 하지만 하늘을 날 수 있는 날개를 가진 몬스터이기 때문에 페널티로 레벨의 10%가 줄어듭니다.
생명체에 두 가지의 속성이 부여됩니다.
조각품의 모양과 수준에 따라 부여되는 속성의 수준과 능력치가 다릅니다.
바람의 속성(100%), 화염의 속성(30%).
하늘을 날 때에 매우 빠른 속도를 낼 수 있으며, 화염 계열의 마법에 대해서 약간의 면역을 가집니다.
마나가 5,000 사용되었습니다.
예술 스탯이 10, 영구적으로 줄어듭니다. 줄어든 스탯은 조각품 제작이나 다른 예술과 관련된 활동을 통해 보충할 수 있습니다.
레벨이 2 하락합니다. 레벨 하락에 따라서 가장 최근에 올린 스탯이 10 줄어듭니다. 줄어든 스탯은 레벨을 올리게 되면 다시 부여할 수 있습니다.
생명이 부여된 조각품을 소중히 다루어 주십시오. 목숨을 잃으면 다시 생명을 부여해야 합니다.
완전히 파괴되었을 경우에는 되살릴 수 없습니다.

조각사가 할 수 있는 하나의 기적!

생명을 가진 와이번이 만들어진 것이다.

"휴우, 성공한 것인가."

위드는 스스로 만든 창조물을 보았다.

조각품에 생명을 부여한다는 것은 보기에 대단히 좋은 스킬 같다.

예술 스탯에 따라서 능력이 결정되는 조각품들! 막강한 힘을 가지고 있는 조각품들이 생생하게 움직이면서 몬스터와 싸우는 것이다. 전투 능력이 다소 열악한 생산직 직업에게는 그야말로 꿈만 같은 스킬이었다.

 대륙을 최초로 통일했다는 황제 게이하르 폰 아르펜! 조각술 마스터인 그가 창조해 낸 조각 기술!

 하지만 당연히 장점만 있는 것은 아니다. 만만치 않은 부작용도 가지고 있었다.

 소환술사, 혹은 정령사들도 무언가를 불러내서 전투를 이끌어 낼 수 있다는 점은 비슷하다. 그리고 이 경우에 소환물이나 정령들이 싸워서 얻은 경험치는 고스란히 주인에게 돌아간다.

 하지만 조각품들은 얻은 경험치를 가지고 스스로 성장을 한다. 예술 스탯에 따라 태어난 많은 조각품들을 성장시킬수록, 조각사가 이끄는 전력도 강해지는 것이다.

 일반적으로 조각품에 생명을 부여한 것들은, 동급의 소환물이나 정령들보다 좀 더 강하다. 숫자도 제한이 없다. 그렇지만 여기에는 결정적인 부작용이 있었으니, 정령이나 소환물이 죽거나 소멸되었을 경우다.

 소환술사의 경우에는 소환물이 죽더라도, 자신이 익힌 스킬에 따라서 그대로 다시 소환할 수 있다.

 전투 도중에 정령이 소멸되는 경우는 흔했다. 그래도 약간의 마나 소모 정도만 무릅쓴다면 얼마든지 다시 소환할 수 있으니, 그리 큰 피해는 아니다.

 그런데 조각사의 경우에는 달랐다.

생명력에 현저히 심한 타격을 받게 되면 조각품은 생명을 잃어버린다. 산산이 흩어져 잔해가 되어 버린다면 되살릴 수도 없다.

레벨 2개와 예술 스탯을 소모해서 만든 조각품의 사망!

어떤 면에서는 거의 자기 자신의 죽음보다도 치명적인 것이다.

'함부로 쓸 기술은 아니야. 그렇지만 예술 스탯이 더 늘어난다면 쓸 만하겠군.'

예술 스탯이 아주 높은 조각사! 그렇지만 실질적으로 전투 능력은 없는 이가 사용한다면, 꽤 쓸 만할 것이다. 싸움을 못하는 조각사가, 희생을 통해서 대신 싸워 줄 수 있는 이를 만드는 것이니까.

위드가 보는 앞에서 와이번은 두 날개를 활짝 펼치며 기지개를 켰다. 머리통만도 무려 사람 1명만 했다.

크고 볼록한 배를 불쑥 내밀며 와이번이 처음으로 말을 건넸다.

"주인!"

충성스러운 한마디.

위드는 감격에 벅차올랐다.

"그래. 내가 너의 주인이다."

하지만 와이번은 매우 못마땅한 눈빛으로 자신의 몸을 훑어보더니 묻는 것이었다.

"나는 왜 이렇게 못생겼는가?"

"……."

"발로 조각했나?"

"……."

"이토록 형편없이 태어나다니 실망스럽다."

자존심 높은 조각품!

와이번은 자신의 육체에 만족하지 못하고 대단히 불쾌해하고 있었던 것이다.

하기야 워낙 몸집이 커서 제대로 조각을 하는 데에 많은 시간을 투자할 수 없기도 했다. 그래서 여기저기 제대로 손을 안 본 부분이 있다.

대충 완만하게 깎아 놓은 부분들.

와이번은 약간 미완성의, 투박한 조각품이 되었던 것이다.

"아무튼 너에게 생명을 주었으니 나는 너의 부모와 다름이 없다. 앞으로 나를 잘 따르도록 해라. 온몸이 부서지도록 충성을 다해야 한다."

위드는 산고의 고통을 이겨 낸 어머니의 심정이 이럴 것이라고 생각하며 말했다.

어쨌든 일단 생명을 부여한 이상, 대충 써먹을 작정은 아니었다. 본전을 뽑고도 남도록 철저하게 부려 먹을 것이다.

와이번도 지지 않고 한마디 했다.

"차라리 태어나게 하지나 말지."

"……."

굉장히 자존심 강하고 말을 듣지 않는 와이번이었지만, 곧 위드의 철저한 하수인이 되었다.

웬만큼 까다로운 사람이라고 해도 단번에 넘어가 버릴 것만 같은 사탕발림!

위드의 철저한 아부에 와이번의 자긍심이 최대로 높아진 것이다.

"잘 들어 봐. 각진 얼굴이야말로 네가 강하다는 뜻이지. 그렇게 생각하지 않아?"

"캬캬캬캬!"

단순한 와이번은, 위드에 의해 한껏 고무되었다.

"주인, 좋다. 역시 살 만한 세상인 것 같다."

"그래. 내가 너를 창조했다. 내 명령에 잘 따르도록 해."

"그래야겠다. 그런데 내 이름이 무엇인가?"

위드는 자신이 탄생시킨 와이번의 이름을 결정해야 했다.

"주인, 좋은 이름을 정해 다오."

와이번도 큰 기대를 하고 있었다. 아무래도 자존심 높은 조각품으로서, 명예와 긍지 높은 이름이 지어지길 바라는 모양이었다.

위드는 심사숙고 끝에 이름을 만들었다.

"와일이로 하자."

"뭔지 몰라도 어감이 좋다. 무슨 뜻인가?"
"그건 하늘에서 가장 멋진 놈이라는 뜻이다."
위드가 이렇게 말하자, 와이번은 날갯짓을 했다. 바람이 마구 일 정도로 거센 날갯짓을.
"대단히 마음에 든다."
"그래. 너를 위해서 만든 이름이다, 와일아."
순식간에 정겹게 말하는 위드!
"와일이라고 불러 줘서 고맙다. 그런데 주인!"
"왜?"
"나의 형제들, 다른 조각상들이 만들어지면 그들의 이름은 어찌할 것인가?"
위드는 회심의 이름을 말해 주었다. 와일이란 연속성까지 가진 이름이었으니까.
"와둘이."
"내 동생이 되는 것인가?"
"그래."
"그러면 그다음은?"
"와삼이."
"매우 마음에 든다."
와이번은 계속 날갯짓을 하며 좋아했다. 그때야 위드는 자신의 판단을 확신할 수 있었다.
'역시 새대가리였어!'

천공의 도시 라비아스에서 조인족들이 그러했듯이, 날개 달린 새들은 역시 대체로 멍청하다!
 더군다나 이 녀석은 바위로 조각을 했지 않던가. 새 머리에, 돌 머리! 절대로 지능이 좋을 수가 없다.
 "그럼 출발하자. 나를 태워라."
 "알겠다, 주인."
 위드는 와이번의 머리 위에 올라탔다.
 파닥파닥.
 몇 번 날갯짓을 한 후, 와이번은 가볍게 허공으로 떠올랐다. 유노프 협곡이 한눈에 내려다보일 정도로 높은 하늘!
 까마득한 저 아래 작은 점으로 보이는 것은 대작 조각품과 꽃밭이었다. 그곳에는 서윤이 있었다. 가능한 숨긴다고 조각을 한 것인데, 결국 그녀에게 발견된 모양이었다.
 '언제 다시 만나게 될지 모르겠군. 내가 본 가장 예쁜 여자인데 말이야.'
 위드는 고개를 흔들었다.
 저 조각품을 보고, 이제는 그녀를 조각한 게 자신이라는 것을 알게 되었을지도 모른다.
 '다음번에 만날 때에는 더 조심해야겠어. 그땐 정말 나를 죽일지도 모르니까.'
 위드는 와이번을 타고 미련 없이 유노프 협곡을 떠났다.
 바람을 타고 하늘을 나는 와이번은 지상의 어떤 몬스터도 건드리지 못한다. 복잡한 지형과 몬스터의 영역을 단숨에 돌파하며 하늘을 날았다.

이미 유노프 협곡의 끝 자락 부근에 있었던 위드는, 금방 목적지인 유로키나 산맥에 도착할 수 있었다.

"……."

서윤은 웃으려고 했다. 조각상처럼 환한 미소를 짓고 싶었다. 지금까지와는 달리 눈물이 흐르지만 웃을 수 있다. 왠지 그런 기분이 들었던 것이다.

실룩실룩.

붉은 입술이 움직이고 있었다. 보조개가 파일 듯하였지만, 완전한 미소는 아니었다.

오히려 이상하게 인상을 쓴다고 여길 수도 있는 상황!

'웃는 것도 안 되는 거야?'

이번에는 얼굴을 찡그렸다. 뭐 하나 제대로 되는 것이 없었다. 여전히 말도 못하고, 웃지도 못한다.

그러나 그런 어색한 미소조차도 예쁘고, 찡그린 얼굴은 말할 것도 없었다.

새하얀 피부의 미소녀가 자신을 닮은 조각상과 함께 있으니 극도로 아름다운 한 폭의 그림과도 같았다.

유노프 협곡의 산과 절벽을 배경으로 한 소녀와 조각상의 그림!

서윤은 무언가 세상이 약간은 다르게 보이는 것 같았다.

실컷 울고 난 기분이 더없이 후련했다. 그녀를 둘러싼 분위기가, 아주 조금쯤은 달라져 있었다.

따가닥따가닥.

상인들이 물품을 운반하는 짐마차들이 이동을 하고 있었다. 마차들은 긴 여행 끝에 어느 번화한 성에 도착했다.

마부석에 앉아 있던 상인은 마차 지붕을 보며 말했다.

"무사님, 도착하였습니다."

"그렇습니까?"

마차 지붕 위에 누워 있던 남자가 벌떡 일어났다.

"여기가 프레인 왕국이로군."

넓은 어깨와 검게 그을린 얼굴.

단순하게 생긴 외모에, 짧게 자른 머리가 무식함을 더해 주고 있었다.

검사백사십구치!

무사 수행을 떠난 검사백사십구치가 프레인 왕국에 도착한 것이다.

사실 검사백사십구치의 레벨은 동료들보다도 유난히 낮은 편이었다. 아직도 레벨 200대 초반에 머무르고 있었는데, 거기에는 물론 다 이유가 있었다.

레벨 5때 숲으로 혼자 들어가서 사슴을 사냥했다. 그 목적은 단 하나!

"사슴 피가 그렇게 좋다지."

쇠로 된 빨대를 사슴의 목에 억지로 꽂으려고 하다가 죽기를 수차례!

누구에게 말할 수도 없는 아픔이었다.

"괜찮아. 무사는 검 한 자루만 있으면 되니까."

검사백사십구치는 힘차게 발걸음을 옮겼다.

지금도 허름한 옷 한 벌, 검 한 자루가 그의 전 재산이었다. 사냥을 하면서 번 돈은 모두 검을 바꾸거나 음식을 먹는 데에 투자를 한 것이다.

'검사에게는 검만 있으면 된다. 방어구는 거추장스럽기만 하지.'

검사백사십구치는 프레인 성의 이름난 전사들을 찾아다녔다.

검사, 기사, 워리어, 성기사.

무기만 다룰 수 있다면 직업은 가리지 않았다. 오직 자신보다 강한 자면 되었다.

"당신은 이 도시에서 꽤 강한 자라고 들었습니다. 승부를

청합니다."

 도전을 받은 이들은 어이없어했다. 검사백사십구치의 허름한 복장을 보며 오히려 되물었다.

 "지금 제정신이세요? 제 레벨은 280대입니다. 그쪽은 레벨도 낮고 제대로 된 장비도 없는 것 같은데요."

 "괜찮습니다. 도전을 받아 주시겠습니까?"

 도전을 받은 이들은 대부분 그리 크게 고민하지 않고 승낙했다. 일종의 여흥거리로 생각한 것이다.

 "좋습니다. 그럼 나중에 후회나 하지 마세요."

 "물론입니다."

 검사백사십구치가 이번에 상대하는 자는 성기사였다.

 성기사는 왠지 감이 좋지 않았다.

 '대충 상대해도 되겠지만, 저런 차림으로 돌아다니는 사람에 대해서 어디서 들은 것도 같은데… 에라, 모르겠다. 그냥 제대로 싸워 주자.'

 "홀리 쉴드!"

 신성한 방패가 소환되었다. 성기사의 기본 스킬 중 하나였다.

 "태양신의 가호! 전사의 축복!"

 성기사는 육체 보호 마법과 전투력을 향상시키는 축복까지 사용했다. 위급한 순간에는 자체 치료를 하는 능력까지 사용을 할 작정이었다.

그래서 보통 사람들은 웬만하면 성기사와의 결투는 피하려고 한다. 피해를 보더라도 약간의 틈만 생겨나면 쌩쌩하게 회복을 할 수 있는 성기사는 꽤나 까다로운 존재였던 것이다.
 "세인트 블레이드!"
 성기사의 검이 흰빛을 내며 타올랐다. 검을 휘두를 때마다 신성한 불길이 일어났다. 마나의 소모를 아끼지 않고 광범위 공격을 사용하는 것이다.
 "갑니다."
 성기사가 검을 휘두르자, 일대가 흰 불에 의해 타올랐다.
 검사백사십구치는 흰 불 사이로 뛰어들었다.
 '광범위 스킬이다. 큰 마법일수록 빈틈은 있기 마련. 가장 약한 곳으로 달린다.'
 검사백사십구치는 생명력의 하락을 무릅쓰고 불속을 달렸다. 그리고 성기사에게 다가가서 검을 날렸다.
 "머리!"
 성기사는 깜짝 놀라서 검을 들어 막았다. 그러자 스르륵, 막고 있는 검을 타고 뱀처럼 올라오는 상대의 공격!
 "손목!"
 이번에는 손목을 노리고 있었다.
 성기사는 검을 강하게 뿌리쳤다. 그런데 검사백사십구치의 검은 다시금 다가온다.
 성기사의 눈이 날카롭게 빛났다. 그도 수많은 전투를 해

보았다. 대체로 스킬의 강함에 의해서 승부가 결정 나는 싸움들.

애초에 레벨의 차이가 심하면 결투 자체가 성립이 되지 않는다. 그래도 레벨 280까지 오르는 동안에 어지간한 전투에는 단련이 되어 있었다.

'제법 하는데.'

성기사는 검을 가슴까지 끌어 모았다. 그러고는 있는 힘껏 방출시켰다.

"배쉬!"

검에 힘을 모아서 강하게 밀어 친다. 만만찮은 이 적의 공격을 아예 힘으로 꺾을 작정이었던 것이다.

검사백사십구치는 조금도 당황하지 않고 검을 변화시켰다. 상대방을 직선적으로 공격하던 검이, 발목과 허리의 움직임에 따라서 부드럽게 흘러갔다.

파악!

검은 성기사의 옆구리를 가볍게 베고 지나갔다. 미미한 생명력의 저하. 피해라고는 볼 수 없을 정도였다.

초반에 세인트 블레이드를 뚫고 들어온 검사백사십구치의 생명력이 20% 정도나 떨어진 반면에, 성기사가 입은 피해는 그야말로 가벼운 타격 정도에 불과했다. 방어구가 대부분의 공격력을 흡수한 덕분이었다.

그럼에도 이제 성기사에게서는 여유를 찾아볼 수 없었다.

구경을 하기 위해 주변에 모인 사람들이 웅성거렸다.

"저 사람……."

"저런 복장으로 강한 사람들만 찾아다니면서 도전을 하는 사람들이 있다고 들었는데."

"몬스터나 강자들을 오로지 검술로만 꺾으면서 다닌다는 자들."

"그 사람 중의 1명이다!"

이미 검치 들의 무사 수행은 베르사 대륙 전역에 파다하게 소문이 나 있었다.

검사백사십구치는 스킬도 약하고, 레벨도 낮다. 무예인이라고 해도 후반으로 갈수록 80개의 레벨 격차는 감당할 수 있는 것이 아니다. 게다가 변변한 아이템도 없어서 공격에 쉽게 취약함을 드러낸다.

검사백사십구치의 목적은 단 하나였다.

'나보다 더 강한 자와 싸운다. 그것뿐이다. 검이란 싸울수록 강해지는 것!'

먼저 판단하고 먼저 움직인다.

그럼에도 압도적인 레벨을 가진 상대에게 이기는 경우보다는 질 때가 훨씬 더 많았다. 스킬이나 마법의 위력은 무시할 수가 없었기 때문이다.

검사백사십구치의 상대는 사람만이 아니었다. 이름 모를 사냥터에서 몬스터와도 싸웠다.

지리나 몬스터의 종류에 대해서는 거의 알지 못했다. 만나면 일단 싸우고 그 후에 몸으로 판단한다.

검사백사십구치. 그뿐 아니라 다른 검치들의 목표도 모두 단순히 높은 레벨이 아니었다. 더 강한 상대와 싸우면서 향상되는 집중력!

능력이 부족하기에 의존할 수 있는 것은 검술과 몸놀림뿐이었다.

베르사 대륙을 헤매면서 강자와, 몬스터들과 싸우는 검사백사십구치. 검육치에서부터 검오백오치까지 모두 자신만의 검을 갈고닦고 있었다. 어려움에 처한 아이들과 여인을 도우며 무사 수행을 하는 것이다.

그 덕에 과거처럼 레벨이 빠르게 증가하지는 않았지만, 전투와 관련된 다양한 경험들을 쌓고 있었다.

검치와 검둘치, 검삼치, 검사치, 검오치는 세라보그 성에서 푸짐하게 음식을 차려 놓고 먹고 있었다.

"애들이 없으니 허전하구나."

검치의 말에 검둘치가 빙긋 웃었다.

"그래도 이런 자유로움도 흔치 않잖습니까."

"암, 그렇지."

검삼치도 한마디 거들었다.

"수련생 애들도 넓은 세상을 경험하면서 강해질 수 있을 것이라고 생각합니다."

검사치와 검오치도 자신의 의견을 밝혔다.

"검이 강해지기 위해서는 자기 자신이 먼저 강해져야 됩니다. 경험과 투지가 있다면 검이 발전하는 것은 시간문제지요."

"부족함을 알아야 그 나머지를 채워 줄 수 있습니다. 먼저 가르쳐 주는 건 해답이 아닐 때가 많죠. 몸으로 겪으며 자신의 한계를 알게 된 수련생들은 더 많은 시도와 노력을 하게 될 겁니다."

"그렇지."

검치는 흡족해하면서 술과 음식을 먹었다.

"역시 무사 수행을 보내기로 한 판단은 현명한 것이었어."

"그렇습니다, 스승님."

검둘치도 빙긋 웃었다. 그러면서 그들은 눈앞에 그득한 음식들을 먹었다.

이 음식들은 전부 수련생들의 돈으로 주문한 것이었다.

무사 수행에는 돈이 필요하지 않다. 돈이 많을수록 진정한 수행과는 멀어진다.

바로 그러한 논리로 수련생들이 가지고 있던 돈을 모두 가로챈 것이다.

산맥에는 이미 오크나 다크 엘프들, 절망의 평원에서 사는 주민들이 모여 있었다.

바글바글하게 모여 있는 군웅들, 몬스터들!

불사의 군단과 싸우기 위해서 서로 다른 뜻을 가지고 있는 이들이 뭉쳤다.

"도망친 줄 알았다."

네크로맨서 바라볼이 위드를 향해 거드름을 피우며 말했다. 그러나 정작 위드가 인상을 쓰자, 그는 조용히 움츠러들었다.

뚱뚱하고 거만한 오크 카리취!

유로키나 산맥에 돌아와서는 조각 변신술을 통해 다시금 그 모습으로 바꾸었던 것이다.

흉하게 돋아난 이빨이나 사악하게 찢어진 눈매, 빗물을 그대로 머금을 것처럼 생긴 코!

사상 최악의 인상을 가진 오크 카리취의 모습에서는 절대적인 카리스마가 풍겼다.

위드가 물었다.

"불사의 군단은?"

"이제 이틀에서 사흘 정도 남았다. 리치 샤이어는 여기서 동쪽인 타호마칸 산의 지하에서 언데드 군단을 양성하고 있다. 이제 곧 준비가 끝나면 진군을 개시할 것이다. 대지를 짓밟고 모든 것을 죽음으로, 그들만의 영원한 삶으로 만들 언데드 군단의 진격이다."

 불사의 군단이 진군한다는 동쪽의 산에는 지하로 연결된 큰 구덩이가 있었다. 그곳에서 불길한 붉은 기운이 솟아 나왔다.

 어둡고 탁한 빛깔.

 구덩이에서 흘러나오는 연기로 하늘 전체가 점점 검붉은 색으로 물들어 갔다.

 대단한 장관이 아닐 수 없었다.

 네크로맨서 바라볼이 설명했다.

 "불사의 군단은 하늘이 완전히 붉게 변하면 진군을 개시한다. 샤이어의 마력이 점점 강해지고 있다."

 그때에 위드의 귀에 들리는 음성이 있었다.

 -위드 님! 저 지금 산맥 아래에 도착했습니다.

 마판의 귓속말이었다.

 로자임 왕국에서부터 은 화살과, 제련용 은을 마차에 가득 싣고 온 그가 절망의 평원을 지나 벌써 도착한 것이다.

 상인은 정말 부지런하지 않으면 택할 수 없는 직업이다. 물건을 싸게 구입하고 비싸게 판매하려면 많은 것이 필요하다. 각 지역의 시세를 꿰뚫고, 도시에 있는 주민들과 친밀도를 최대한 높여야 한다.

전투 계열 직업들은 던전이나 필드에서 사냥을 하면서 강해지지만, 상인은 여행과 만남을 중요시한다. 주민들과의 친밀도와 베르사 대륙에 흐르는 정보에 가장 민감한 부류가 상인들이었다. 어느 곳을 가더라도 상인들은 쉽게 받아들여지고, 존중을 받는다.

그 덕에 상인들은 별별 퀘스트를 다 받는다. 거리에서 잃어버린 리본을 찾아 달라는 것에서부터 책을 대신 읽어 달라는 의뢰, 가게를 잠깐 봐 달라는 퀘스트까지 해 볼 수 있다.

다양한 경험을 하며 정보를 입수하다 보면, 그중에서는 매우 중요한 의뢰도 나온다.

마을이나 성에 투자도 할 수 있다. 일종의 공헌도를 올리면 물건도 더 싸게 살 수 있고, 다른 이에게는 팔지 않는 특별한 물건도 구입할 수 있다.

큰돈을 벌어서 마을을 통째로 구입하는 것!

이것이야말로 마판의 꿈이었다.

-이제 어디로 가야 되죠? 마차로는 산맥을 넘기가 힘든데요.

-거기서 기다리세요. 곧 마중 나갈 이를 보내도록 하죠.

위드는 손가락으로 오크들을 가리켰다.

"너희들, 취익!"

"췻췻췻! 뭐든 시켜라."

"아래에 인간 있다. 마차에 있는 물건들도 함께 가져와라.

겁주지 말고, 잘 데려와. 취치치이익!"
 "알겠다. 취칙!"
 오크들은 군말 없이 내려갔다.

 마판은 느긋하게 위드를 기다리고 있었다.
 마차를 끌고 절망의 평원을 건너와서 마주한 유로키나 산맥! 나무로 가득 찬 울창한 삼림에는 수많은 새들이 지저귀고, 평원으로부터 불어오는 바람에는 생명력이 가득 담겨 있었다.
 "오길 잘했구나!"
 마판은 이곳의 경치에 흠뻑 취했다.
 유로키나 산맥 앞에는 강이 하나 흐르고 있다. 맑은 강물에는 팔뚝만 한 물고기들이 살고, 평원에서는 사슴이나 기린과 같은 짐승들을 보는 것이 어렵지 않았다.
 "산은 역시 최고야."
 마판은 유로키나 산맥을 보면서 크게 만족했다.
 상인인 그는 가능한 안전하게 닦인 길들 위주로 이동을 하기에, 산을 넘는 경우는 그리 많지 않았다. 굳이 떠올린다면 위드와 함께 중앙 대륙으로 건너갈 때의 바르크 산맥 정도!
 그곳은 바위와 절벽이 많아 힘난하기 짝이 없었다면, 유로키나 산맥은 크고 웅장했다. 나무들도 많고, 저 높은 정상 부근에는 흰 눈도 쌓여 있다.

바람이 조금은 쌀쌀하지만, 이 정도 기후라면 여행을 다니기에는 딱 좋다고 할 수 있다.

그런데 마판은 이 지형이 왠지 익숙하다고 느꼈다.

"내가 어디서 봤던가? 여긴 틀림없이 처음 와 보는 곳인데……."

첩첩산중!

산과 산이 겹쳐 있는 절망의 평원 너머. 마판이 와 본 적이 있을 리 없다.

그런데도 이 지형을 볼 때마다 무언가가 떠오르는 것이다. 완전히 똑같진 않더라도, 산 정상에 쌓인 눈이나 자욱한 구름들이 그대로 **빼닮**아 있었다.

"대체 어디서 본 거지?"

그때 산맥을 타고 오크 1천 마리가 내려왔다. 험상궂은 오크들은 마판이 어찌 손을 쓰기도 전에 주위를 포위했다.

"취익! 마차, 짐. 다 내놔라."

오크의 말을 들으면서 마판은 머릿속이 밝아지는 느낌이었다. 가물가물하던 무엇이 구체화되었던 것이다.

"맞다! 명예의 전당! 명예의 전당에서 봤던 그 퀘스트의 산들과 비슷해."

마판의 가슴이 마구 설레었다. 하지만 주변에 있는 오크들은 그의 무력으로는 어찌할 수 없는 존재들.

오크들은 글레이브를 흔들며 물었다.

"무슨 헛소리냐. 취치치잇!"
"인간. 카리취가 데려오랬다. 취췩!"
오크들은 마판의 짐을 들고 산맥으로 올라갔다. 마판은 죄인처럼 오크들에 의해 질질 끌려가야만 했다.

겁에 질려서 오크들을 따라온 마판은 심장이 조마조마했다. 하지만 다크 엘프의 성채를 보면서부터는 웃음으로 입가가 찢어질 듯이 변했다.
'역시 틀림없어. 여기가 그곳이다.'
마판은 확신하면서 힘차게 산맥을 올라갔다.
정상에는 오크 카리취로 변신해 있는 위드가 있었다.
"수고하셨습니다, 마판 님. 취익!"
취익 소리가 이토록 달콤하게 들릴 수가 없다.
마판은 카리취의 모습을 하고 있는 이가 위드임을 알았다. 그가 아니고서야 자신에게 알은척을 할 수 없을 테니까.
"위드 님! 이건 대체……."
"자세한 이야기는, 췩! 나중에 시간이 있을 때에 하기로 하죠. 루실!"
위드는 유배자의 마을에서 만났던 대장장이 루실을 불러냈다.
"취칫. 여기 있는 은, 전부 녹여서 무기에 씌워라."
"알겠다."

인간 대장장이들 수백 명이 달려들어서 마차에 있는 제련용 은 덩이들을 꺼냈다.

오크나 다크 엘프, 인간들이 가지고 있는 무기에 은 도금을 하게 되면, 언데드들에게 훨씬 큰 피해를 줄 수 있다.

하지만 거만한 다크 엘프들은 절대로 고분고분하게 넘어가지 않았다. 한마디씩 토를 달았다.

"겨우 은이라니."

"무슨 보검 정도를 기대한 건 아니지만, 최소한 미스릴 정도는 씌워 줘야 되는 것 아닌가?"

"은 따위의 저급한 것을 도금하고 싸워야 하다니 참으로 한심하군!"

위드가 전 재산을 탈탈 털어서 사 모은 제련용 은을 다크 엘프들은 싸구려라고 무시하는 것이다.

그나마 오크들은 순수하게 좋아했다.

"나의 무기가 강해진다. 취익!"

"번쩍번쩍 빛난다. 취이이잇!"

단순한 오크들이었기에 은도금을 하는 것에도 매우 만족했다.

이때 위드는 불사의 군단과 싸울 전략을 급조해 냈다.

'다크 엘프들을 선봉으로, 오크들은 후방에 배치해야겠다.'

절대로 뛰어나지 않은 전략가의, 사적인 감정이 듬뿍 담긴 배치였다.

마판이 가져온 은 화살은 다크 엘프들에게 곧바로 분배를 해 주었다. 물론 그들은 마법사이지만, 뛰어난 궁수이기도 했기 때문이다.

오크에게는 화살을 주더라도 조악한 활 때문에 제대로 된 위력을 기대할 수 없다. 따라서 은 화살은 다크 엘프들만 사용하게 되었다.

무기까지 갖춰진다면 전쟁 준비는 거의 막바지에 이른 셈이다.

오크와 다크 엘프들이 힘을 합쳐서 진행한 공사는 이제 거의 끝나 가고 있다.

다크 엘프의 성 주변에 8개의 성벽이 완성되었다. 정면에는 땅을 깊이 파 놓기도 했다. 산이기에 고도차가 심해서, 공성전에 유리한 지형을 만들기는 그리 어렵지 않았던 것이다.

다크 엘프들도 전부 모이고, 오크들도 바글거린다. 또한 잡혀 온 인간들도 모두 풀려나서, 성채들을 보강하는 데 투입되었다. 그 덕분에 성채는 굉장히 웅장하게 완성되었다. 아주 멋있고 거대할 정도로!

산등성이를 따라서 축조된 성벽들은 광범위한 방어선을 구축하고 있었다.

각 산 정상의 분화구에는 호수들이 있다. 여기에도 오크들이 투입되어 수문을 만들어 두었다. 미리 위드가 지시한 대로 공사를 거의 다 끝마쳐 놓은 것이었다.

그런데 정작 가까이서 보면 허술하기 짝이 없다. 바위들이 제대로 맞물려 있지 않아서 금방이라도 허물어질 것만 같았다.

무식한 오크들이나 게으른 다크 엘프들이 제대로 일을 처리할 리가 만무한 것이다.

"그래도 언데드들이 더 멍청하니까 괜찮겠지."

위드는 어쩔 수 없는 부분은 포기하고, 자신이 할 수 있는 부분에 최선을 다하기로 했다.

조각품에 생명 부여!

와이번의 양산을 개시한 것이다.

물론 1개를 만들 때마다 레벨이 2개씩 떨어지는 만큼 대량으로 만들지는 못한다. 100개를 한꺼번에 만들어 버리면 초보로 전락하게 될 수도 있다. 어차피 그렇게 만들 시간도 없지만 말이다.

"공짜는 없는 법. 난이도 A급의 퀘스트를 깨려면 나도 나름대로 투자를 해야지."

위드는 눈물을 머금고 조각품을 만들었다.

하나를 만들 때마다 2개씩 뚝뚝 떨어지는 레벨. 가슴이 아팠지만, 어쩔 수 없는 투자였다.

불사의 군단이 진격하기까지 남은 이틀의 시간 동안, 위드는 9개의 와이번을 더 조각하고 생명을 부여했다. 그로 인해 레벨은 279로 하락하고 말았다.

불사의 군단

"붉은 해가 저 검붉은 연기에 가려진다. 취익! 대지는 어둠에 잠기고, 새들은 노래하지 않는다. 취취!"

위드는 바위에 올라서서 자신이 생각하는 멋진 대사들을 중얼거렸다. 퀘스트가 끝나면 명예의 전당에 올리게 될 테니, 역시나 폼을 잡는 것이다.

위드의 뒤로는 오크들 100만과, 다크 엘프 13만 정도가 도열해 있었다.

사실 오크 100만이라고 해도 제대로 실감이 나지 않았다. 징글징글하게 많다는 느낌이 들 뿐이다. 3만, 5만을 넘어서 오크들은 끝도 없이 늘어서 있었다. 다 보이지도 않았다. 산에 나무보다 오크들이 더 많다!

피부가 새까만 다크 엘프들도 엄청나게 몰려들었다.

아마도 정상적인 감정을 가진 인간이라면 위축될 수밖에 없으리라. 산맥은 그야말로 몬스터로 바글바글한 것이다.

능선을 타고, 성벽을 방어선으로 해서 아래에서부터 정상까지 오크와 다크 엘프들이 지키고 있었다.

그 외에도 절망의 평원에 있는 마을에서 모여든 인간들. 로자임 왕국 병사와 기사, 프레야의 사제들이 한곳에 모여 있었다.

상당수가 몬스터라고 해도, 이토록 많은 이들로부터 관심을 받게 된 위드는 기분이 좋았다. 이에 흥이 난 위드는 바위 위에서 노래를 불렀다.

"죽어도 죽지 않는 불사의 군단. 취취취익! 누가 누가 이기나. 내가 내가 이기지. 취취췻! 언데드들은 사랑스럽지. 경험치, 경험치! 아이템! 아이템! 어서 빨리 나타나서, 취취칙!"

최악의 음치!

박자나 운율 감각 따위는 전혀 없는 위드는 랩을 하듯이 취취거렸다.

그의 노래에 다크 엘프나 오크들은 심히 괴로워했다.

"제발 누가 저 노래를 멈추게 해 줘!"

"오, 오크를 모욕하는 노래다. 취익!"

"우리 종족의 수치, 굴욕, 절망이다. 취칫!"

오크들이 분개할수록, 위드는 더욱 즐겁게 노래를 불렀다.

그때였다.

쿠르르릉!

산이 쩌렁쩌렁 울었다.

제대로 서 있을 수 없을 정도로 지면이 출렁거리고, 하늘의 검붉은 빛이 넓게 퍼져 나간다.

네크로맨서 바라볼이 말했다.

"이제 불사의 군단이 길고 깊은 잠에서 깨어났다. 저들에게 영원한 안식을 주지 못한다면 평화를 찾을 수는 없으리라. 삶과 죽음의 섭리를 지켜야 한다. 죽음이 안식이 되지 못한다면, 우리는 영원한 노예가 되고 말 것이다."

드디어 시작이었다.

위드는 노래를 멈추고, 정면을 주시했다.

저 멀리 있는 구덩이에서부터 좀비와 구울, 스켈레톤들이 우르르 튀어나왔다. 줄을 이어서 계속 빠져나오는 언데드의 군대.

달그락달그락.

스켈레톤의 뼈마디가 부딪치는 소리가 규칙적으로 들리고, 좀비들의 몸에서는 푸른 연기가 퍼져 나왔다.

좀비들은 꽤나 강한 독을 가지고 있어서 제때에 해독을 해주지 않으면 죽을 수도 있다.

쿵쿵쿵!

그리고 크기가 3미터는 되어 보이는 구울들이 대장 격으로 좀비와 스켈레톤들을 이끌었다. 날카로운 손톱과 이빨을 가졌으며, 육체적인 능력까지 뛰어난 구울!

"살아 있는 것들이 기다리고 있다."

"우리와 같이 만들어 주자."

"친구가 되는 거다."

물귀신 같은 말을 내뱉으며 구울은 언데드 군단을 지휘했다.

언데드의 군단은 매우 일사불란하게 움직이고 있었다.

스켈레톤들이 딱딱 정확하게 줄을 맞춰서 이동을 하고, 좀비들은 느리지만 차근차근 전진한다.

푸스스스.

언데드 군단 앞에 있는 나무와 풀들이 독기에 의해 시들고 말라 죽었다.

그에 비해서 오크나 다크 엘프들은 전혀 체계적으로 움직이지 않았다.

"어, 언데드들이다. 췩췩췩!"

"이 지독한 놈들. 취치이익!"

"어쩌지. 취익!"

"나쁜 냄새가 난다. 우리처럼 예민한 다크 엘프들에게는 매우 고통스러운 냄새야."

"나처럼 우아한 엘프가 저런 시체들과 싸워야 하다니 슬픈 일이야. 지금이라도 도망치고 싶어."

언데드 군단의 등장에 오크와 다크 엘프들은 혼란에 빠지고 말았다. 죽은 이들을 보면서 군대의 사기가 최하로 떨어진 것이다.

 언데드 군대가 갖는 공포의 효과였다. 살아 있는 생명체들은 언데드 군단과 싸울 때에 제 능력을 다 발휘할 수가 없다.

 상대적으로 더욱 약한 로자임 왕국 병사들은 완전히 공포에 질렸다.

 "지, 집에 돌아가고 싶어."

 "적들이 너무 많아."

 "도저히 이길 수 없다."

 부란과 베커, 호스람, 데일 들이 백부장답게 병사들을 다독였다.

 "괜찮다. 고통은 한순간에 불과할 뿐이야."

 "너희들을 알게 되어서 즐거웠다."

 "죽어서 다시 만나자."

 병사들은 더욱 의기소침해졌다. 울음을 터트리는 병사도 있었다.

 로자임 왕국에서부터 각종 물품을 가져온 마판도 구경을 위해 이곳에 남았다.

 "저게 불사의 군단!"

 마판은 머리카락 끝이 쭈뼛 서는 기분이었다.

 어마어마하게 많은 언데드의 군대가 파죽지세로 달려오고

있었다. 좀비는 느리지만 천천히, 스켈레톤은 뼈마디를 삐걱거리면서 거침없이!

 스켈레톤들이 들고 있는 녹슨 칼들이 이렇게 두렵게 느껴지기는 처음이었다.

 꿀꺽!

 마판의 목젖으로 마른침이 넘어갔다.

 '저걸 위드 님은 어떻게 막으려고…….'

 마판은 자신도 모르게 위를 올려다보았다. 그곳에는 듬직한 오크 카리취로 변신한 위드가 있었다.

 위드는 완전히 평온한 얼굴이었다. 아주 험악한 인상을 한 채로 느긋하게 있었다.

 '좀비나 스켈레톤, 구울 등이 10만 이상인가?'

 불사의 군대의 선봉들!

 위드는 매우 여유롭게 기다렸다.

 몬스터들은 전혀 겁이 나는 대상이 아니었다. 그저 때려잡으면 되는 것일 뿐이다.

 그러나 그것은 위드만의 생각일 뿐!

 오크나 다크 엘프들은 완전히 공포에 질려 있었다.

 위드는 스켈레톤들이 거의 벽에 다가왔을 때에야 명령을 내렸다.

 "더러운 놈들. 취익! 씻지도 않고 오는군. 역겨운 냄새가 여기까지 풍기는 것 같다."

"……?"

오크들이나 다크 엘프들은 궁금했다. 위드는 대체 무슨 말을 하고 있는 것일까.

"언데드한테 죽으면 목욕도 못 한다. 때가 주룩주룩 흐르고, 머리카락은 몽땅 빠진다. 밥도 못 먹는다. 탐스럽게 볼록한 배가 굶주려서 완전히 홀쭉해질 것이다. 알아서들 싸워라!"

"취익취익!"

"언데드를 죽이자!"

유별나게 깔끔하게 구는 다크 엘프들, 식욕이 왕성한 오크들은 금방 정신을 차렸다. 글레이브를 뽑아 들고 언데드와의 전투를 개시한 것이다.

오크들은 방패로 막고, 글레이브를 휘둘렀다. 다크 엘프들은 투창을 꺼내 들고 스켈레톤들의 빈틈을 노렸다.

각 종족이 생존을 걸고 맞부딪치는 전투!

마판은 놀랄 수밖에 없었다.

위드의 한마디에 오크와 다크 엘프들이 사기를 회복하고 싸우는 것이었다.

'역시 위드 님이구나!'

그러나 사실 놀랄 일도 아니었다.

위드는 평상시에 먹을 것에 유별난 집착을 보이는 검치 들을 알고 있었기에 오크들을 다루기가 편한 것뿐이었다.

오크와 다크 엘프들은 맹렬히 싸웠다.

처음부터 유리한 높은 지형에서 좀비나 스켈레톤들을 상대하고 있었기에 그다지 고전을 하지는 않았다. 오크 몇·마리가 죽기도 했지만, 협공을 당해서 운이 없는 경우에 한해서였다.

좀비나 스켈레톤들은 일반적으로 나오는 같은 유의 몬스터들보다는 조금 강해도, 특별히 세진 않았다.

상당한 피해는 숫자가 얼마 되지 않는 구울들이 입히고 있었다.

"사, 삶을, 포기하라. 치, 친구가… 필요해."

구울들은 좀비들을 내던져서 독을 퍼트리고, 나무를 뽑아서 오크들을 강타했다.

그럴 때마다 오크들은 엄청난 생명력의 저하를 겪어야 했다. 일반 오크병들은 감히 구울과 맞싸울 수가 없었던 것이다.

그러나 위드의 지시에 따라 오크 투사들이 합공으로 덤벼들어서 구울을 제압했다.

오크들의 무서운 숫자!

불사의 군단을 압도하는 규모로 좀비, 스켈레톤들과 싸워서 이기고 있었다. 약간의 피해가 있다고는 해도, 거의 무시해도 될 수준이었다.

구울의 주특기는 시체를 먹고 몸을 회복시키고, 더 강해

지는 것이다. 그러나 주변에 죽는 오크나 다크 엘프들이 거의 없어 그 특기도 제대로 발휘할 수 없었다.

로자임 왕국 병사들도 열심히 활약했다. 위드의 편애 속에서 사제들의 축복과 집중적인 치료를 받으며 좀비나 스켈레톤들을 사냥했다.

구울이 근처에 오면 왕실 기사들이 상대하면서, 병사들이 죽지 않게 보살폈다.

"부란, 베커, 호스람, 데일! 병사들을 데리고 진입해라. 사제들은 병사들을 집중해서 치료하라."

위드는 잔당을 소탕하는 데에 로자임 왕국 병사들을 적극 활용했다. 왕실 기사들이 안전을 지키는 가운데, 어지간한 좀비나 스켈레톤들은 병사들의 몫으로 남겨 두었다.

3시간 정도의 전투 끝에 기세등등했던 언데드의 군단은 거의 힘을 잃고 지리멸렬했다. 여전히 전투는 지속되고 있었지만, 이제 승기는 거의 오크들에게 넘어온 상태였다.

"우와아!"

마판은 열렬히 박수를 쳤다.

"대단합니다! 언데드 군단과 오크들의 전투! 역시나 기다린 보람이 있었네요."

후회가 남지 않을 대규모 전투!

가장 좋은 자리에서 최고로 멋진 장면을 보았다.

하지만 위드의 긴장은, 전투 전과 비교하여 조금도 풀어지지 않았다.

'매번 이런 식이었어. 이렇게 쉽게 풀리고 나면 꼭 뒤통수를 맞더군!'

위드는 쉴 새 없이 명령을 내렸다.

전투에 참여한 오크들과 다크 엘프들을 뒤로 물리고 휴식을 취하도록 했다. 상처가 심한 오크들은 본진이라고 할 수 있는 위드가 있는 장소까지 데려오도록 했다.

"붕대 감기!"

파라라락!

위드의 손에서 붕대가 미친 듯이 풀렸다. 오크들의 부상 부위에 간단한 지혈 약초를 바르고 붕대를 단단히 감아 주었다.

고급 3레벨에 이른 위드의 신기에 가까운 붕대 감기 기술이 오크들의 상처를 막아 주고, 생명력의 회복을 돕는다. 당장 죽을 정도만 아니면, 웬만큼 큰 상처는 붕대 감기로 전부 해결이 가능한 수준이었다.

위드는 사냥을 하면서, 그만큼 많이 맞으면서 붕대를 감아 왔다.

마나를 채우기 위해 휴식이 필요할 때에는 반드시라고 해도 좋을 정도로 일부러 맞았다. 인내력 스탯을 향상시켜서 방어력을 강화하기 위해서!

그 덕택에 인내력과 붕대 감기 스킬은 최고 수준이었다.

"고맙다. 취췩!"

위드는 오크들을 살려서, 최대한 피해 없는 전투를 이끌었다. 체력도 안배해서 오크들을 몇 개의 부대로 나눠 하나의 부대가 무리해서 오래 싸우지 않도록 했다.

위드가 만들어 준 음식을 먹고, 붕대를 감고, 충분한 휴식을 취하면서 싸우는 오크들.

"역시 체력 회복에는 음식이지. 모두 먹고 싸워라. 취칫!"

"고맙다. 카리취!"

다크 엘프들에게는 풀죽을 쑤어서 주었다. 엘프들의 특성상 풀을 좋아하기에 별다른 무리는 없었다.

육식을 좋아하는 오크들에게는 고깃국을 먹였다.

오크들은 국에 손가락을 넣고 저었다. 그런데 아무리 살펴봐도 고기는 없었다.

"카리취. 카리취!"

"왜 부르냐, 굴취."

"이거 고깃국 맞나. 췻."

"맞다. 취칙."

"취익. 근데 왜, 왜 고기가 하나도 없나."

토끼가 수영을 하고 지나간 것 같은 허전한 고깃국! 하지만 저 식성 좋은 오크들을 먹이려면 고기가 웬만큼 많아서는 엄두도 낼 수 없다.

오크들은 겨우 포만감을 채울 정도의 음식을 먹으면서 싸워야 했다.

위드는 그야말로 정신이 하나도 없었다. 몬스터와 싸우는 부대를 특성에 맞게 지휘하고, 사망하는 오크들이 나오지 않도록 잘 살폈다. 그리고 붕대를 감아 주고 음식까지 즉석에서 조리하고 있으니, 손이 10개라도 바쁠 지경이었다.

"스킬. 마인드 핸드!"

위드는 비장의 스킬까지 시전했다.

손재주가 고급이 되면서 터득한 마인드 핸드. 전설의 장인의 손을 이용해서 붕대를 감고 요리를 했던 것이다.

드디어 기세등등하게 나왔던 좀비와 스켈레톤, 구울들은 모두 땅에 쓰러졌다.

은도금을 한 글레이브가 언데드 몬스터들을 회생 불가능으로 만들었다.

"수고했네. 불사의 군단을 물리쳤군."

네크로맨서 바라볼이 축하의 말을 던질 때에도 위드는 방심하지 않았다.

'절대로 이 정도에서 끝날 리가 없어!'

통솔력과 투지, 카리스마가 없으면 오크나 다크 엘프들에게 아무런 명령도 내리지 못한다.

또한 전황 전체를 살피는 넓은 시야. 멀리서 전투 장면만을 보고도 어느 쪽이 불리한지를 판단하고, 전력을 추가하거나 축소시킬 수 있는 이는 흔치 않았다.

위드가 지휘를 했고, 각종 생산 스킬들로 인해서 오크나

다크 엘프들의 전투력이 보완되었다. 그럼에도 이 정도의 난이도라면 진혈의 뱀파이어족 처리보다 오히려 조금 쉬울 지경이다.

'이대로 끝은 아닐 거야.'

위드는 명령을 내렸다.

"취이익! 오크들, 다크 엘프들은 성벽 뒤로 철수한다. 혹시 모를 다음의 전투에 대비하라."

"췩췩. 전투는 끝났다!"

"우리가 이겼다!"

하지만 승리로 들떠 있는 오크들은 말을 들으려고 하지 않았다. 다크 엘프들도 마찬가지.

글레이브를 휘두르며 승리의 기쁨을 만끽하는 오크, 온갖 폼을 잡으며 좋아하는 다크 엘프들.

각 오크 부족을 이끄는 오크 로드들부터 제대로 말을 듣지 않으니 다른 이들도 흥청망청 기뻐하는 것이었다.

"위드 님, 축하드립니다."

마판도 기뻐하고 있었다.

이처럼 모두의 긴장이 풀릴 때에 위드의 경계심은 더욱 커지고 있었다.

위드가 고함을 질렀다.

"모두 어서 성벽 뒤로 돌아와! 취치치칙!"

-스킬 : 사자후를 사용하셨습니다.
 사자후 스킬의 영향 범위에 있는 모든 아군의 사기가 200% 상승합니다.
 존재하는 모든 혼란 상태가 해제됩니다.
 5분간 통솔력이 220% 추가 적용됩니다.

"며, 명령이다!"

"위대한 권위가 담겨 있는 음성이다."

"어서 돌아가자."

위드의 통솔력이 강화되면서, 오크와 다크 엘프들은 곧바로 성벽 뒤로 돌아왔다. 통솔력의 강화에 따라 절대적인 명령으로 받아들인 것이다.

그때 불사의 군단이 나왔던 구덩이에서 몬스터들이 우수수 뛰쳐나왔다.

긴 낫을 들고 있는 하급 사신. 리퍼!

비명을 지르는 악령, 벤시!

온몸을 붕대로 감고 있는 미라, 머미!

구울이나 스켈레톤, 그 외에 유로키나 산맥에 있는 짐승류 언데드 몬스터까지!

"쿠헬헬헬."

"살아 있는 것들을 죽이자."

"너희들의 목숨을 거두겠다."

"끼야아아악!"

언데드 몬스터들의 대대적인 기습이었다.

개별적인 능력으로 따지더라도 좀비나 스켈레톤들과는 비할 수 없다.

구울과 스켈레톤 워리어들도 상당수 있었지만, 숫자를 채우는 정도였다. 방금 전에 보스 역할을 하던 구울이 약한 축에 들었다.

"이럴 수가!"

마판은 망연자실했다.

구덩이에서 느닷없이 튀어나온 언데드 군단의 대공세. 엄청난 규모의 무리가 마치 발광이라도 하듯이 달려오고 있었던 것이다.

조금 전의 전투는 그저 어린애들 장난이라고 하는 것처럼, 이번의 군대가 보여 주는 위압감은 보통이 아니었다.

만약에 오크나 다크 엘프들이 승리에 희희낙락해서 그 자리에 머물렀더라면 큰 피해를 입었을 것이다.

수 시간에 걸친 전투를 압도적으로 이기고 난 직후였다. 마음이 조금쯤은 풀어졌을 만도 하다. 그런데 약간의 방심도 없이 모든 상황에 대비할 수 있는 지휘관이 몇 명이나 되겠는가.

'과연 위드 님이다!'

마판은 진심으로 감탄했지만, 위드는 전혀 다른 생각을 하고 있었다.

'역시 이 더러운 놈의 재수!'

뭘 하든 깔끔하게, 제대로 풀렸던 적이 없다.

직업에서부터 시작하여 어떤 곳에서도 남들처럼 멋지고 편하게 살 수 있었던 적이 없었다.

어쩔 수 없이 달빛 조각사가 된 것까지야 이젠 인정을 한다. 그러나 조각사로서의 인생도 그리 순탄치 않았다.

가진 예술적인 능력이 없다 보니 오로지 노가다!

기왕이면 크고 거창한 것을 만들자!

예쁜 여자라면 필히 조각을 해 보자!

그런 이유로 인해 대작을 만들고도, 대상으로 했던 서윤에게 발각당하지 않기 위해 도망쳐야 했던 것이다.

자랑스럽고 떳떳하게, 멋들어진 인생을 살아 본 적이 없는 위드로서는 이렇게 쉽게 이겼다는 게 믿기지 않았다. 그래서 혹시나 하며 군대를 안전한 곳으로 물렸던 덕에 언데드 군단의 기습에 별다른 피해를 입지 않을 수 있었다.

"오크들은 전열을 정비해라."

"취익! 알겠다."

잠깐 동안 지속되는 사자후의 효과 덕분에, 오크 로드들은 위드의 명령을 잘 들었다.

오크 로드들은 정해진 위치에서 방어진을 편성했다. 성벽 위에 상당수의 오크들이 배치되고, 성벽 뒤에도 오크들이 우글거렸다.

"죽여라!"

"우리와 죽음을 함께하자!"

"끼에에에호호!"

벤시들의 비명 소리는 상대방을 절망에 빠뜨리는 효과가 있다.

"아, 안 되겠어."

"우리는 너무나도 약해."

"저들의 친구가 되고 싶어. 이젠 그만 죽고 싶어."

심약한 다크 엘프들은 금방 우는소리를 했다. 오크들도 글레이브를 내려놓으려고 했다.

위드는 대기하고 있던 사제들에게 명령했다.

"준비했던 축복을 개시해라."

"예! 알겠습니다, 위드 님."

네크로맨서들을 처리하기 위해 로자임 왕국에 있는 프레야의 신전에서 온 사제들 50명! 그들이 오크들을 축복해 주었다.

절망과 혼란의 힘을 이겨 내고 싸울 수 있는 노래를 불렀다.

오오! 아름다우신 프레야 여신님! 당신의 고운 손으로 나의 머리를 쓰다듬어 주시니, 그 은혜가 한없이 깊어라

아름다운 여신이여, 오늘 밤 저물어 가는 하늘을 보며 그대의 얼굴을 기억하니

제가 그대를 사랑하게 된 계기는 한눈에 반해 버렸기 때문
영원히 변치 않을 사랑을 당신에게 바칩니다

사제들은 지난번의 퀘스트를 통해 조금씩 능력치가 상승했다. 레벨은 크게 오르지 않았지만, 프레야 교단의 공헌도가 늘어나면서 찬송가를 부를 수 있게 된 것이다.

프레야 교단의 찬송가는 남자가 여자에게 불러 주는 사랑의 노래와 다를 바가 없었다.

아무튼 효과는 막강한 편이라 오크와 다크 엘프들은 금방 절망을 회복하고 전투를 개시했다.

성벽 앞에는 지형의 고저차를 극대화하기 위해 큰 도랑을 파 놓았다.

훨씬 유리한 지점에서 싸우는 오크와 다크 엘프들.

유배자의 마을에서 온 인간들도 전투에 큰 도움이 됐다. 대장장이들은 은 화살을 만들고, 글레이브에 은도금을 했다. 그리고 사냥꾼들은 산에 온갖 함정들을 파 놓았다.

구울과 머미들은 성벽 아래에서 자신들의 몸에 밀려 허우적거리면서 많은 피해를 입어야 했다.

"끼에효효효!"

반면에 벤시들과 몇몇의 스펙터, 유령체의 몬스터들은 성벽을 그대로 통과했다. 일부는 오크들의 몸에 빙의를 하고, 하늘을 날아다니며 산성의 액체를 뿌려 대었다.

좀 전의 싸움과는 비할 바가 없는 대규모의 전투였다.

마판은 이번에도 툭 튀어나온 바위 위에 있는 위드를 보았다. 지금 그가 서 있는 장소는 유로키나 산맥에 있는 높은 산에서도 특히 주변을 잘 살필 수 있는 곳이었다.

지휘하기에는 최적의 장소다.

마판은 상당한 위기가 찾아왔는데도 위드의 표정이 여전히 변함없음을 보고 고개를 끄덕였다.

'역시 위드 님의 포부에 비한다면 이 정도의 위기쯤은 아무것도 아닌 거야.'

마판은 또다시 감탄했다. 그러면서 더욱 열심히 위드의 뒤를 쫓아다녀야겠다는 마음을 굳혔다.

실제로 위드는 아주 태연하게 오크와 다크 엘프들을 지휘하고 있었다. 성벽이 무너질 위기에 처해도, 오크들이 벤시나 스펙터들에게 죽임을 당해도 그는 얼굴빛 하나 변하지 않았다.

'내가 죽는 것도 아닌데 무슨 상관이야.'

철저하게 이기적인 위드!

오크나 다크 엘프의 죽음 따위는 진심으로 아무렇지도 않았다. 오히려 불사의 군단이 떨어뜨릴 아이템이 위드의 평정심을 더욱 깨뜨릴 수 있을 것이다. 코앞에서 몇 만 원짜리 아이템을 놓치고 만다면 광분할지도 모른다.

지금도 전체적인 전투를 지휘하느라 직접 일선에서 싸우

면서 아이템을 챙기지는 못하고 있었다. 그런 아픔이 있었으니 오크나 다크 엘프의 죽음에는 개의치 않고 명령을 내렸다.

"오른쪽으로 조금 더 많은 병력 투입. 성벽이 무너지기 전에 인간들은 가서 보수하라. 오크들은 구울과 머미를, 마법과 정령술을 가진 다크 엘프들이 유령체들을 전담한다."

위드는 냉철하게 상황을 분석하고 지휘할 수 있었다. 그러나 사자후의 효과가 사라지고 난 이후부터는, 지휘가 완전하게 먹혀들지 않았다.

제멋대로 구는 오크 로드들 때문이었다.

각 오크 부족을 이끄는 로드들이 움직이면, 그와 관련된 부족들은 그곳에 완전히 집중을 하게 된다. 그렇기 때문에 명령이 느리게 전달되거나, 아예 먹혀들지 않았다.

위드는 그런 쪽은 적당히 포기했다. 매번 사자후를 쓰면 마나의 소모가 장난이 아니다. 그리고 오크 로드의 권위를 무시한다면 오크들의 불만을 살 수도 있다. 그렇기에 조금쯤은 눈감아 주는 것이다.

실제로 사소한 국지전까지 모두 신경을 쓴다면, 원활한 지휘를 할 수가 없다.

전투가 길어지면서 오크나 다크 엘프들의 체력은 저하될 수밖에 없다. 이들을 위해 고깃국을 끓이고, 풀죽을 만드는 데에도 충분히 바빴던 것이다.

전투를 지휘하랴, 음식을 만들랴, 위급한 오크들에게 붕대를 감아 주랴 정신이 하나도 없었다.

위드는 숨 가쁘게 명령을 내렸다.

"오크들은 유령들 무시! 눈앞의 전투에만 집중! 다크 엘프들! 유령들을 우선해서 공격! 마법을 사용해라. 취취칫!"

유령체는 위드의 명령에 따라 다크 엘프들이 전담했다. 아무리 은도금한 무기가 있다고 해도 오크들로서는 잡기가 어렵다.

다크 엘프의 정령술과 마법이 본격적으로 발휘되었다.

"파이어 스피어!"

"플레어!"

"엘리멘탈 쇼크!"

성벽을 뚫고 날아온 벤쉬나 유령들은, 기다리고 있던 다크 엘프들의 집중포화를 받아야 했다.

화염의 창, 화염의 불길, 원소 충격.

오크들처럼 다크 엘프들 중에서도 좀 더 강한 이들은 정신계 착란 마법에서부터 원소 공격으로는 범위 마법까지 쓸 수 있었다.

이들의 마법이 여지없이 유령들에게 작렬했다.

쿠르르릉! 쾅쾅!

구울과 머미들이 거세게 성벽을 두들겼으나, 오크들은 완강히 버텼다.

성벽의 높이만 해도 10미터가 넘는다.
유리한 지형을 이용하여 글레이브를 찔러 대는 오크들은 용맹했다. 오크들은 그러면서도 언데드를 향해 사정없이 욕설을 퍼붓고 있었다.
"덤벼 봐라. 췻!"
"치취칙. 이 무식한 놈들!"
"악취가 풍기는데, 씻기는 하는 거냐. 치췩?"
"우리 고결한 오크들과 싸우기에는 멀었다. 취취췩!"
다크 엘프와 잠시 함께 지냈다고, 어느새 오크들도 깔끔하게 구는 척하고 있었다. 하지만 불사의 군단은 이 정도로 무너지지 않았다.
성벽 위에서 열심히 싸우던 오크는 갑작스러운 기습을 받았다. 옆에서 싸우던 동료 오크가 그의 목을 조른 것이다.
"취췻, 왜?"
"같이 죽자. 죽음의 길. 안식의 길. 영원한 생명을 찾아 동료가 되어 줘!"
각 유령체들이 오크들에 빙의되었다. 눈동자가 새하얗게 변하고, 전신에서 독성을 흘리는 오크들이 몸으로 부딪쳐 온다.
성벽 위에 있던 오크들이 갑자기 동족들을 공격하면서부터, 전투는 혼란에 빠졌다. 오크들은 머미와 구울 외에도 동족과의 싸움을 해야 했다.

전방에서부터 상당수 성벽들이 그대로 점거당하기 시작했다.

위드는 냉정하게 상황을 주시하고 있었다.

"오크들은 무기를 들지 않은 이들을 공격하라!"

유령체들에 빙의된 오크들은 글레이브를 떨어뜨렸다. 은으로 도금이 된 무기는 언데드로서 꺼림칙한 것이었기 때문이다.

각 오크들은 무기를 버린 이들을 집중적으로 공략했다.

이미 유령들에 의해서 빙의된 오크들이 점거한 성벽들에는, 다크 엘프들의 마법이 집중적으로 퍼부어졌다. 화염이 성벽을 녹이고, 커다란 얼음 덩어리가 빙의된 오크들 위로 떨어진다.

유령체들은 어디로 피하지도 못하고 공격을 받아 소멸했다.

유령체들과 오크, 다크 엘프의 혈투!

위드는 적극적으로, 성벽을 방어선으로 이용했다. 적들의 세력이 강한 쪽에서는 전략적인 후퇴를 하기도 했다. 방대한 전선의 규모 때문에, 의도적으로 8개의 성벽을 두고 언데드들에게 허락한 부분도 있었다.

적들이 강한 구역은 방어 위주로, 적들이 허점을 보이는 곳에는 가차 없이 오크 투사와 오크 워리어들을 투입했다.

성벽을 사이에 두고 몇 차례의 공방전을 펼치며 야금야금

적들의 세력을 깎아먹었다. 피해를 최소화하면서 적들의 주력을 깎아먹는 방식이었다.
 마판은 위드의 지휘를 보며 몇 차례나 감탄해야 했다.
 "역시 대단하시구나."
 새삼 위드를 따라다니기로 한 게 현명한 선택이었다는 판단이 들었다.
 전투의 상황을 한눈에 보고 파악하기란 쉽지가 않다. 그런데 위드는 여러 가지의 일을 동시에 하며 매우 효율적으로 언데드와의 전투를 이끄는 것이다.
 전장 전체를 굽어 살피는 시야와 발군의 판단.
 위드에게서 명장의 기질을 느낀 마판이었다.
 그러나 실제로는 조금은 달랐다.
 결과는 비슷하더라도 마판이 느끼는 것과는 차이가 있었다. 거의 하늘과 땅의 수준이었다.
 위드는 언데드 몬스터와 수없이 싸워 본 경험을 가지고 있었다. 그러므로 유독 언데드들에 대해서는 빠삭하다.
 대다수의 전투에서, 생명력이 최저치까지 떨어지도록 힘겹게 싸워 왔다. 몬스터의 상황을 제대로 파악할 수 없다면 불가능한 일이었다.
 언데드들의 행동이나, 오크들의 움직임을 대충 보기만 해도 어느 쪽이 밀리는지를 알 수 있었다.
 더불어 마음에 들지 않을 때에 나오는 엄청난 잔소리!

"이 멍청한 오크, 둔하고 느린 놈들아! 췩. 취취취취칰! 빨리 빨리 움직이지 못해! 취취췩! 동료들이 죽어 나가잖아. 어서 달려가서 가서 처도와! 취취. 그리고 이 새까만 다크 엘프들아, 지금 눈 감고 잠들었냐? 조는 거야? 벌써 지쳤어? 취이익. 너희들도 오크 수준밖에 안 돼? 응? 그 정도 나약한 몸으로 뭘 할 수 있겠어. 췻췻췻. 차라리 오크한테 형이라고 부르고 지켜 달라고 애원이라도 하지그래? 췩!"

가공하다고밖에 표현할 수 없는 잔소리였다.

위드는 이처럼 잔소리와 호통으로 오크들을 지휘했다. 그러던 와중에 언데드의 군단이 하나의 성벽을 장악하고 넘어왔다.

실제로는 전략적인 후퇴가 있었다. 언데드의 군단은 기세등등하게 넘어왔지만, 그것이 실수였다. 위드의 노림수에 넘어간 것이다.

의도적으로 한 곳을 비워서 언데드의 진입을 허용한다. 그런 후에 좌우, 그리고 위에서부터 삼면 합공을 하는 것이었다.

"췻췻췻! 적을 죽여라."

"취잇. 나 포르취가 놈들을 잡겠다."

오크 투사들, 오크 워리어 부대가 적을 공격하기 위해 달려갔다. 막 성벽을 넘고 좋아하던 언데드들은 완전히 둘러싸일 위기에 처했다.

불사의 군단 **67**

그때 위드의 눈이 빛을 발했다.

"오크 부대, 퇴각! 언데드를 고립시키려던 부대는 산개해서 도주하라!"

일부의 성벽을 언데드에게 넘겨주면서까지 얻은 기회였는데, 오크 부대를 그대로 뒤로 물렸다. 게다가 이 명령을 내리는 데에는 사자후까지 사용하는 것이 아닌가.

그 광경을 보며 마판은 새삼 존경심이 들었다.

'내가 보기에는 절호의 기회였는데도 싸우지 않으시는구나.'

상황에 따른 유기적인 전술 응용!

계획을 세우기는 쉽지만, 그 계획을 즉석에서 변경하거나 포기하기란 더욱 힘이 든다.

승리를 위해 무리하게 욕심을 내지 않는다. 적을 잡을 수 있는 유리한 환경을 스스로 포기하는 것은 대범하지 않고서야 불가능한 일이었다.

'역시 위드 님이야.'

위드는 산개해서 도주하는 오크들을 보았다. 그들의 뒤를 언데드 부대들이 바짝 쫓고 있었다.

"휴우, 큰일 날 뻔했네."

전투 중에 간발의 차로 발견한 약초밭. 그곳에는 노란 잎을 가진 약초들이 다수 서식하고 있었다.

붉은 잎을 가진 약초는 생명력에, 푸른 잎은 마나 회복에

도움이 된다는 것이 정설이었다. 실제로 대부분의 약초들은 이 공식을 따른다.

그런데 검은색, 흰색, 보라색, 노란색 등 다른 색깔을 가진 약초들도 많았다. 여기서 검은색은 주로 흑마법의 시약으로 쓴다. 흰색은 백마법의 시약으로, 마법사들이 가공할 수 있다. 보라색은 독을 만드는 용도로.

그런데 노란색 약초만은 베르사 대륙의 초창기에 사람들의 관심을 받지 못했다. 제일 흔하게 널리 퍼져 있는 약초이기도 했고, 복용을 해도 이렇다 할 약효가 없었던 것이다.

위급한 상황에 아껴 두었던 노란색 약초를 씹어 먹고 죽은 이들이 한둘이 아니다.

그래서 노란색 약초는 개도 집어 가지 않는다는 소문이 났다. 당연히 매매하는 사람들도 없었다.

그러던 어느 날, 로열 로드와 관련된 프로그램에서 하나의 정보가 공개되었다.

노란 약초가 정력에 좋다!

그날 이후로 사람들은 보이는 족족 노란색 약초를 수집했다. 약초들은 뿌리째 뽑혀 나가고, 부르는 게 곧 값이 되었다.

약초 중에서도 가장 비싼 약초!

노란색 약초가 베르사 대륙에서 자취를 감춘 것은 한순간이었다. 완전히 씨가 마른 것이다.

그 후부터는 웬만해서는 노란색 약초를 발견하기 힘들었

는데, 이곳에 무더기로 자라고 있었다. 계획대로 전투를 벌였다간 아까운 약초들이 못 쓰게 될 수도 있다.

약초를 캐기 위해서 군대를 후퇴시킨다.

잔소리와 짜증, 사심에 의한 전술 운용!

그럼에도 오크와 다크 엘프들에 의해서 전황은 유리하게 굳어 가고 있었다. 하지만 위드는 여전히 방심하지 않았다.

'내 더러운 재수! 이렇게 간단히 끝나진 않을 거야.'

페일 일행은 정령의 호수 지하 던전에서 열심히 물고기를 잡고 있었다.

지긋지긋한 물고기.

썩은 눈동자를 뒤룩 굴려서, 페일을 노려본 다음에 도망을 간다. 그러면 제피의 낚싯대가 날아가고, 페일과 메이런의 화살이 쏘아졌다.

페일, 수르카, 이리엔, 로뮤나, 화령, 제피, 메이런. 7명은 확실한 그들만의 파티 플레이를 익혀서 사냥을 하고 있었다. 그러면서 일행의 레벨들도 270에서 280 정도로 상당히 올랐다.

조용히, 다른 데에 시간을 쓰지 않고 열심히 레벨 업에만 전념한 것이다. 하지만 이제는 물고기만 보아도 신물이 올라올 것 같았다.

로뮤나가 아쉽다는 듯이 말했다.

"하암! 네크로맨서 전직은 언제나 가능해지려나."

그녀는 은근히 네크로맨서를 점찍고 있었다. 화려한 화염 계열 마법을 익혔지만, 적성에는 그다지 맞지 않았다.

싸울 때는 좋아도, 마나의 소모가 너무나 극심하다. 그래서 잠깐 동안 즐거운 이후에는 한참을 쉬어야만 했다.

그에 비해서 네크로맨서는 휴식이 거의 필요하지 않다! 공격 계열 마법은 조금 약해도, 언데드들을 일으켜서 싸울 수 있다.

수많은 언데드 군단을 통솔하는 강력한 네크로맨서야말로 그녀의 꿈이었던 것이다.

지상의 많은 언데드를 일으켜서 도시를 초토화시키는 꿈!

물론 그 정도가 되려면 레벨을 굉장히 높이 올려야겠지만, 로뮤나는 포기하지 않았다.

짜릿하고, 즐겁게.

애초에 마법사를 택한 이유가 그것인 것이다.

"하아!"

로뮤나는 크게 한숨을 쉬었다.

로열 로드 프로그램의 진행자인 메이런이 있다면 물어볼 테지만, 최근에는 그녀가 방송 진행 때문에 바빠서 당분간 오지 못한다고 한다. 그러므로 이래저래 수다 떨 사람도 없었다.

로뮤나가 푸념하듯이 말했다.

"심심해. 위드 님은 언제 오시려나. 만날 정령의 호수에서만 사냥하니까 조금씩 지루해. 여기만큼 경험치를 많이 주는 곳이 없긴 하지만."

"맞아요. 슬슬 오실 때가 되지 않았어요?"

화령도 꽤나 궁금했다.

절망의 평원에서 무슨 퀘스트를 한다고 들어서, 그걸로 내기도 했다. 마판의 말에 의하면 무사히 완수했다는데 아직도 로자임 왕국에 돌아오지 않은 것이다.

"위드 님이 없으니까 어째 영 심심하네요."

위드와 같이 있을 때에는 무슨 일을 하든 흥미진진했다. 열심히 피라미드를 만들고, 미개척지에서의 사냥을 함께한다. 긴장과 스릴 속에서 무언가를 해낸다는 성취감이 상당했던 것이다.

음식과 조각술을 비롯한 각종 생산 스킬들을 보는 것 또한 그들의 다른 즐거움이었다.

"이상하게 마판 님도 요즘 연락이 없고… 제가 마판 님한테 한번 귓속말을 해 보죠."

결국 페일이 나서서 마판에게 말을 걸기로 했다.

저 페일입니다. 안녕하셨습니까?

마판의 대답은 몇 분 후에야 간신히 흘러나왔다.

─예? 저한테 말하셨습니까? 예예예! 그런데 방금 뭘 물어보셨지요?

─저 페일입니다. 안녕히 지내셨냐고요.

─예. 저는 굉장히 안녕합니다.

페일은 곤혹스러웠다.

언제 말을 건네도 친근하고 활달하던 마판이, 무언가에 홀린 듯했다.

─지금 대화하실 수 있어요?

─예. 대, 대화를 할 수 있지요. 암요.

페일은 고개를 갸웃하면서도 계속 말을 걸었다.

─어디 마을에서 장사하고 있어요? 심심하면 일행 데리고 놀러 갈게요. 마판 님도 레벨 올리셔야죠.

─아닙니다. 지금은 장사를 하는 게 아니라… 꾸에에엑!

돼지의 멱을 따는 것만 같은 소리!

한참 만에 마판이 다시 귓속말을 보내왔다.

─장사는 당분간 폐업입니다. 방금 스펙터가 오크들을 집단 현혹시켜서 잠깐 놀랐습니다.

─예에? 스펙터요?

─캬아! 정말 놀랄 수밖에 없는 전투입니다.

페일은 고개를 절레절레 저었다. 마판의 이야기를 도무지 알아들을 수가 없었던 것이다.

─스펙터와의 전투라니, 지금 무슨 말씀을 하시는 겁니까?

―위드 님과 함께 있단 말입니다!

―위드 님과 함께 계시다고요? 언제 만나셨는데요?

―며칠 전입니다. 전 그냥 물품 운송 의뢰인 줄 알았는데 말이죠. 으라라라라! 죄송합니다. 금방 성벽 하나가 빙의된 오크 떼에게 장악당했습니다. 너무 놀라서… 아무튼 위드 님이 전투를 하고 있습니다.

―전투요?

―전투요! 유로키나 산맥의 전투.

―그게 무슨… 유로키나 산맥이 어디에 있는 거죠?

―저 지금 절망의 평원에 있습니다. 이곳에서 위드 님의 전투를 보고 있어요.

―그런데 오크들은 대체 무슨……?

―오크 말입니다! 오크, 오크! 명예의 전당의 그 못생긴 오크! 그게 바로 위드 님이었습니다.

―케엑!

페일은 깜짝 놀랐다.

난이도 B급의 퀘스트를 받고 위드가 절망의 평원으로 떠날 때에, 그들은 그리 많은 것을 묻지 않았다. 호기심은 있었지만, 어려운 의뢰를 수행하기 위해 떠나는 위드에게 세세하게 물어보는 게 실례라고 생각한 것이다.

그런데 그게 네크로맨서를 퇴치하는 것이고, 이어서 불사의 군단과 싸우는 것이었다니!

페일은 곧바로 궁금해하는 일행에게 그 사실을 알려 줬다.
"뭐라고요?"
"위드 님이 그 뚱뚱한 오크?"
"위드 님은 조각사잖아요. 그런데 어떻게 그런 퀘스트를 할 수가 있죠?"

던전 안에서 사냥에만 전념하느라 일행은 최근의 소문에는 어두웠다. 그래서 제일 가까운 이가 했던 일들을 마지막까지 모르고 있었다.

"일단 어딘지 물어봐요!"
"지금 어떻게 되었다고 해요? 오크들, 다크 엘프들은 말잘 들어요? 오크 로드 굴취가 제일 건장하고 멋있게 생겼던데."

수르카와 화령의 극성, 거기에 평소에는 냉소적이고 쌀쌀맞던 로뮤나까지 가세했다.

"네크로맨서! 그럼 네크로맨서 전직이 언제부터 가능한 건데요?"

네크로맨서로의 전직은 마법사들에게는 사활이 걸린 일이다. 로뮤나가 잔뜩 흥분한 채 물어보는 것도 무리가 아니다.

일행이 저마다 한마디씩 떠드는 바람에, 페일은 정신이 하나도 없었다.

결국 페일은 일행의 의견을 무시한 채, 마판에게 자기가 궁금한 것만 물어보기 시작했다.

- 불사의 군단과의 전투는 어떻게 되고 있죠?
- 막 좀비와 구울들을 물리치고, 유령들과의 전투가 끝나 가고 있습니다. 벌써 10시간째입니다. 환상적인 전투에요! 이런 대규모 혈전을 보게 될 줄은 몰랐습니다. 정말 여기까지 온 보람이 있습니다.
- 이제 슬슬 끝나 가나요?
- 예. 제가 보기에는 위드 님이 지휘하는 오크의 대군이 이길 것 같습니다. 그런데 솔직히 아직은 잘 모르겠습니다. 위드 님의 표정이 좋지 못하시거든요.
- 왜요?
- 글쎄요. 아까도 표정이 저렇게 굳어 계시던데… 아무튼 이대로라면, 몇 시간 후면 유령체들을 상대로 승리를 거둘 수 있을 듯합니다.

거기까지 이야기를 들은 페일은 문득 가 보고 싶다는 생각이 들었다. 그때 잘근잘근 손톱을 깨물고 있던 로뮤나가 말했다.

"페일, 우리도 가자!"
"우리도?"
"그래. 말을 사서 달리는 거야!"

빠른 말로, 그것도 여러 필 사서 체력이 떨어질 때마다 갈아타며 달린다고 해도 족히 며칠은 걸릴 거리였다. 하지만 페일과 일행은 모두 한마음이 되었다.

"그래, 우리도 가 보자!"
"그 오크들을 구경하러 가는 거야."
"와! 여행이다!"

"끼에헤에호효효!"
 밴쉬의 울부짖는 소리를 끝으로, 언데드의 군대는 전멸했다. 8개의 성벽 중에서 3개가 장악당하고, 오크들도 23만 정도가 목숨을 잃었다.
 적들에게 빙의당한 오크들도 처리하느라, 상당한 시간이 걸릴 수밖에 없었다.
 위드는 전투 중간 중간 오크들이 휴식을 취하도록 배려해 줬다. 생명력 회복과 체력 소모를 방지하기 위한 조치였다.
 다크 엘프들도 마나를 아끼도록 명상의 시간을 주었다.
 모든 군대를 최대한의 전력으로 유지한다!
 전투가 개시된 지도 꽤 많은 시간이 흘렀지만, 다크 엘프나 오크들은 여전히 쌩쌩했다.
 어설픈 풋내기 지휘관들은 그저 적과 아군의 전력만을 계산한다. 전투의 승리를 위한 단순한 공식을 세우는 것이다.
 하지만 위드의 경우에는 차이가 있었다. 산전수전 다 겪어 봤으니 오크들의 피로도까지 감안을 해 주고 있었다. 심각한 노가다의 경험으로 부하들을 편하게 배려해 주는 것이었다.

위드는 긴장감을 거두지 않았다.

'아직이다. 지금까지의 전투는 그렇게 어렵지 않았어.'

적절한 지휘가 아니었더라면 오크들은 초반에 삼분의 일 이상 죽었을지도 모른다. 그랬더라면 전투도 어떻게 되었을지 몰랐다.

죽은 오크들이 모두 언데드가 되어 일어나는 사태가 벌어졌다면 전황은 극도로 불리해졌을 것이다.

방어에 커다란 도움이 되어 준 성벽이 없었다면, 다크 엘프들의 마법도 이만큼이나 제대로 쓰이기란 힘들었으리라.

머미와 구울들이 굉장한 힘을 바탕으로 성벽을 뚫고 본진으로 난입하고, 유령체들이 마구 빙의를 한다면 완전한 대혼전에 접어들기 때문이다.

그럼에도 위드는 마음의 끈을 놓을 수 없었다.

'내가 이렇게 간단히 퀘스트를 성공할 리가 없지. 이렇게 쉽게 공헌도나 아이템을 얻을 수 있을 리가 없어!'

절대적인 불신.

지독히도 따르지 않았던 운이 갑자기 생겨나서 쉽게 의뢰를 해결하기를 기대할 수는 없다. 고생 끝에 낙이 온다는 말처럼, 어려워야만 더 큰 소득을 거둘 수 있는 법.

조각품도 거칠고 척박한 땅에서 걸작이나 명작이 더욱 잘

나오지 않던가.

위드는 더 대단한 적들이 나타나 주기를 바랐다.

"오라, 죽은 자들이여. 모두 덤벼라. 취잇. 너희들에게 진정한 죽음을, 살아 있는 이들의 힘을, 스스로 깨닫지 못한 공포와 절망이 얼마나 거대한 것인지를 가르쳐 주겠다. 크르렁!"

> -스킬 : 사자후를 사용하셨습니다.
> 사자후 스킬의 영향 범위에 있는 모든 아군의 사기가 200% 상승합니다.
> 존재하는 모든 혼란 상태가 해제됩니다.
> 5분간 통솔력이 220% 추가 적용됩니다.

광량한 사자후였다.

전장을 한눈에 굽어볼 수 있는 바위 위에서, 위드는 두 팔을 활짝 펼치고 포효했다.

그의 포효가 골짜기와 산에 메아리쳤다. 나무 위에 앉아 깃을 고르고 있던 새들이 일제히 하늘로 날아올랐다.

"츠와! 챠와!"

"추챠챠챠!"

오크들이 호응하듯이 글레이브로 땅을 두들기며 고함을 쳤다. 시작은 위드에서부터였지만 곧 엄청난 위세로 변해 이 자리에 모여 있는 오크들에게 퍼졌다.

다크 엘프들도 그들만의 노래를 불렀다.

그다지 한 것이 없는 로자임 왕국의 병사들, 부란과 베커, 호스람, 데일 들도 안전한 후방에서 호기로 칼을 빼어 들었다.
 그때였다.
 잠잠하던 구덩이에서 다시 우수수 언데드 몬스터들이 튀어나왔다.
 큰 덩치에, 전신이 뼈로 되어 있는 기사들!
 유로키나 산맥의 흉험한 자이언트 몬스터들!
 갑옷과 검을 착용한 기사들은 오래전에 존재했던 각 왕국과 교단의 성기사복을 입고 있었다. 과거 불사의 군단과 싸웠던 이들이 언데드가 되어서 되살아난 것이다.
 자이언트 몬스터들 또한, 독자적으로 돌아다니는 매우 강력한 괴수들이었다. 산맥에 있는 이들이 언데드 몬스터로 변해서 오크들을 공격하는 것이다.
 위드도 그들을 사냥해 본 경험이 있었기에 얼마나 강한지 알았다.
 1마리를 사냥하기 위해서는 무려 100마리 이상의 오크들이 동원되어야 한다. 죽지 않는 언데드가 되었으니 더욱 까다로워졌으리라.
 1만의 고대 병사와 5천의 자이언트 몬스터!
 그런데 이들로 끝이 아니었다.
 거대 코뿔소를 탄 마녀들이 나타났다. 과거 바르칸이 전 대륙을 죽음의 대지로 만들려고 할 때에 불사의 군단의 한

축을 담당했던 세르파의 마녀들.

 흑마법과 정령술, 저주에 능통한 이들이 나타난 것이다.

 마녀들이 무려 3천!

 말이 씨가 된다고 했다.

 위드가 덤비라고 말하기를 기다렸다는 듯이 나타나서, 곧바로 진격을 해 왔다.

 쿠르르릉!

 거대 코뿔소가 내딛는 걸음에 땅이 마구 흔들렸다.

 크게 자란 나무들이 코뿔소에 의해 뽑히고 부러졌다. 자이언트 몬스터들도 진격을 하고, 고대 병사들은 그 수를 헤아리기 힘들 정도였다.

 리치 샤이어가 이끄는 불사의 군단의 진면목.

 진정한 정예 군단의 등장이었다.

리치 샤이어

불사의 군단의 위용은 끔찍할 정도였다.
　개별적으로도 매우 강한 몬스터들이 집단을 이루어 산을 타고 점점 위쪽으로 올라온다. 오크와 다크 엘프들의 얼굴은 완전히 창백하게 변했다.
　일부 오크들은 무기를 버리고 도망을 치기도 했다.
　"우에엑!"
　마판도 기겁을 했다. 불사의 군단이 이 정도로 강력할 줄이야!
　"쿠에! 쿠에!"
　"다 죽여랏! 동료로 만들자. 호호호!"
　세르파의 마녀들이 교소를 터트렸다.

고대 병사들과 자이언트 몬스터들이 거침없이 돌격했다. 서로의 몸을 밟고 성벽을 타고 올라왔다.
 절체절명의 위기 상황!
 하지만 마판은 위드를 보고는 오히려 안심했다.
 위드에게서는 생기가 흘러나왔다. 지금까지는 조금 지루했지만, 본격적인 전투에 앞서서 바쁘게 지휘를 내려야 했다. 그런데 이제야말로 제대로 된 위력을 보여 줄 차례라고 생각하니, 오히려 전율이 흐르고 있었다.
 자고로 센 놈을 꺾을수록 더 재밌는 법이다.
 좀비나 유령체들보다 숫자상으로는 훨씬 적지만, 개개가 고위 몬스터들. 이런 강력한 몬스터들이 이 정도로 모여 있었던 적은 단 한 번도 없으리라.
 척.
 위드가 손을 들었다.
 "이제 시작이다. 다크 엘프들은 사격 준비!"
 전투가 시작된 이후로 높은 산등성이에서 대기하고 있던 다크 엘프들 5만 정도가 시위에 화살을 걸었다. 그리고 비스듬히 하늘을 겨누어 활을 들었다.
 "발사하라!"
 슈슈슈슈슈슉!
 전투가 개시된 이래 최초의 화살 공격이었다.
 무수히 많은 화살들이 하늘을 뒤덮었다. 반짝반짝 빛이

나는 화살촉, 아껴 두었던 5만 개의 은 화살이 일시에 쏘아졌다.

"위…험하다. 좋지 않은… 기운이 느껴진다."

"마, 막아라."

고대 병사들은 머리 위로 녹슨 방패를 들어 올렸다.

아주 오래된 유물, 100년도 더 되어서 이제는 툭 건드리기만 해도 부서질 것만 같은 방패였다. 그러나 그 방패마저 없는 병사들은 두 팔을 교차해서 막아야 했다.

"아우아우!"

여기저기서 은 화살을 맞은 고대 병사들이 고통의 신음을 흘렸다. 그런데 어느 한 고대 병사는 몰래 웃었다.

"키키키키!"

그의 체구는 유난히 큰 편이었다. 뼈다귀 사이의 간격도 넓다. 그 덕에, 은 화살들이 운 좋게도 뼈다귀 사이를 통과하면서 아무런 피해도 입지 않았다.

"키키!"

고대 병사는 즐거움에 턱뼈를 크게 벌리며 웃었다.

"이차 사격 준비. 발사!"

위드의 명령에 의해서 두 번째로 화살의 비가 내렸다.

고대 병사는 이번에도 두 팔을 교차해서 막으며 뻥 뚫린 뼈 사이로 하늘을 올려다봤다. 무수히 많은 은빛 점들이 지상으로 빠르게 내리꽂히고 있었다.

"꾸에엑!"

고통스러운 비명을 지르는 고대 병사들.

언데드들에게는 죽음의 빛이었다.

파바바박!

은 화살들은 고대 병사들의 몸을 고슴도치처럼 만들었다. 단단한 뼈다귀도 소용이 없었다. 은 화살은 언데드에게 치명적인 위력을 발휘하고, 상처의 복구를 막는 효과를 가지고 있었다.

"발사, 발사, 발사!"

속사로 쉬지 않고 화살들이 쏘아졌다.

높은 산에서부터 아름다운 수만 개의 화살들이 하늘을 날아 언데드들이 있는 곳에 꽂히고 있었다.

"굉장합니다, 위드 님!"

마판이 감탄을 하는데도, 위드의 기분은 전혀 좋지 않았다.

'저게 얼마인데…….'

한 번 쏠 때마다 가슴이 미어지는 것만 같다. 소모되는 돈을 감안한다면 생살을 찢는 듯한 아픔이었다.

고대 병사들이나 언데드들은 상당한 피해를 입었지만, 그대로 주저앉지는 않았다. 세르파의 마녀들의 통솔하에 계속 진군했다.

이 정도로 굴복한다면 불사의 군단이 아닌 것이다.

"물 부대, 출격하라!"

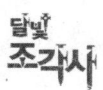

위드가 준비해 둔 비장의 세 번째 무기!

첫 번째는 오크들이 들고 있는 은으로 도금된 글레이브였다. 두 번째는 200만 개의 은 화살이고, 세 번째는 와이번을 이용하는 것이었다.

"까아아악!"

찢어지는 울음소리와 함께 산 뒤쪽에서 와이번들이 날아올랐다. 그 위에 타고 있는 로자임 왕국 병사들은 각자 커다란 물 부대를 하나씩 들고 있었다.

쏴아아!

하늘에서 비처럼 쏟아지는 물. 그러나 그것은 보통의 물이 아닌 성수였다.

물을 성수로 바꿀 수 있는 헤레인의 잔을 이용한 것이었다.

유노프 협곡을 건넌 서윤은 유배자의 마을로 들어갔다.

"……."

인기척 하나 없이, 마을은 텅 비어 있었다. 오크와의 전투를 위하여 사람들이 모두 이동한 탓이었다.

서윤은 그곳에서 하루 동안 휴식을 취하고, 발걸음이 닿는 대로 걸었다.

울창한 삼림과 뾰쪽 솟은 봉우리.

그녀의 발걸음은 자연스럽게 유로키나 산맥으로 향했다.
몬스터가 있는 장소라면 어디든 좋았다.
절망의 평원은 위험한 몬스터들이 많지만, 너무 넓어서 돌아다니며 사냥을 해야 했다.
그런데 유로키나 산맥의 깊은 곳으로 들어가는 서윤의 정면에, 언데드와 싸우고 있는 오크들이 나타났다. 코뿔소를 타고 마법과 주술을 펼치는 세르파의 마녀들도 있었다.
'강할 것 같아.'
서윤은 싸우고 싶었다. 그런데 여기에는 몬스터들이 너무나도 많았다. 그저 많다고 해서 두려운 것은 아니지만, 소란이 심했다.
하늘에는 와이번들이 날아다니고, 성수들이 마구 흩뿌려진다. 오크들의 고함 소리와, 불사의 군단이 증오의 말들을 퍼붓는 소리로 가득했다.
'여긴 싫어.'
조용한 것을 좋아하는 서윤은 귀를 막고 그 자리를 떠나 산맥의 더욱 깊은 곳으로 발걸음을 옮겼다.

챙챙!
슈슈슉.

"우캬캬!"

"취잇!"

상극이라고 할 수 있는 성수를 뒤집어쓴 언데드들!

와이번 부대는 끊임없이 성수를 뿌려 대고, 성벽에서는 은 화살들이 쏘아진다.

언데드의 군대는 진격하는 와중에 막대한 피해를 입어야만 했다. 성수에 의해 온몸이 푸른 화염에 휩싸이고, 그대로 땅바닥에 쓰러져 불타오른다.

"녹지 않는 얼음, 차가움의 결정, 느리고 부서지는 힘. 아이스 인챈트!"

"멈추지 않는 바람, 예리한 숨결, 상대를 가르는 힘. 윈드 인챈트!"

"꺼지지 않는 불꽃, 맺히는 화염, 뜨거운 힘. 파이어 인챈트!"

활을 들지 않은 다크 엘프들은 오크들의 무기에 임시 강화 마법을 부여했다. 바라볼을 비롯한 네크로맨서들도 마법을 사용했다.

"피야, 끓어라. 이성을 잃고 날뛰는 자의 힘을 보여 다오. 블러드 러스트!"

"쿠와아악!"

오크들이 광분했다. 잠시 동안 엄청난 힘을 부여하는 대신에 후유증이 심각한 마법, 네크로맨서의 마법을 받아들인 것이었다.

블러드 러스트에 걸린 오크들의 눈은 붉게 충혈되었다. 근육이 팽창하고 힘줄이 솟았다.

"취아악!"

성벽을 타고 오르려는 고대 병사들을 향해 용맹무쌍하게 글레이브를 휘둘렀다. 자이언트 몬스터들에게도 달라붙었다.

1마리의 몬스터에 수백 마리의 오크들이 덤벼든다.

전술적인 움직임 따윈 전혀 없었다.

성수가 준 데미지에서 미처 회복되지 않았을 때에 전면 공격을 감행한 결단이었다.

교단마다 모시는 신에 따라 특성이 조금씩 다르다.

전투 신을 모시는 곳의 성수는 상처 치유에 좋고, 힘을 강화시킨다. 예술과 풍요를 사랑하는 프레야 교단의 성수는 언데드를 제압하는 능력이 뛰어난 편이었다.

뿌우우!

거대 코뿔소는 정면으로 돌진하며 오크들을 발로 걷어차고 짓밟았다.

쿠우우웅! 쿠우웅!

코뿔소가 달리면 주변이 지진이라도 난 것처럼 흔들렸다. 오크들은 그 넙적하고 큰 다리를 피해서 몸을 굴렸다.

"막아!"

성벽을 지키던 오크들의 얼굴이 사색으로 변했다. 거대

코뿔소들이 성벽을 향해서 그대로 달려오고 있었던 것!

 체구가 15미터도 넘는 코뿔소가 전력으로 달려서 들이받는다면, 단단한 성벽이라도 충분히 무너질 수 있다.

 "쏴라!"

 "눈을 노려!"

 다크 엘프들이 화살을 쏘았지만, 대다수는 코뿔소 근처에서 힘을 잃고 떨어졌다. 코뿔소의 등에 탄 세르파의 마녀들이 방어 마법을 펼친 탓이었다.

 위드도 그 광경을 보았다.

 전력으로 달려오는 코뿔소에 의해 오크들이 막대한 피해를 입고 있었다.

 몇백 마리 정도는 죽어도 티도 안 나는 게 오크지만, 심한 피해를 입었을 경우에는 전체적인 사기가 낮아진다.

 "다크 엘프들, 인라지 마법을 써라. 나무를 소환해라."

 위드의 명령에 따라서 다크 엘프들이 마법을 시전했다.

 "인라지!"

 "서몬 트리!"

 주변에서 우거진 나무들이 벌떡 일어났다. 깊고 긴 뿌리를 다리처럼 들어서 걸어 다니며, 나뭇가지로 고대 병사들을 격타한다.

 그리고 가지를 교차해서 코뿔소를 붙들었다. 인라지 마법으로 크게 자란 수풀들이 코뿔소의 다리와 몸을 칭칭 묶었다.

크어어어!

코뿔소는 굉음을 흘리며 안간힘을 썼다.

다크 엘프들은 끊임없이 식물들을 이용해 코뿔소를 막고, 세르파의 마녀들에게 마법을 퍼부었다.

다른 쪽에서는 고대 병사들이 가차 없이 검과 도끼들을 휘두르고 있었다. 무기가 휘둘릴 때마다 오크들이 목숨을 잃는다. 그러나 1마리의 오크가 죽고 나면 2마리, 3마리의 오크들이 달라붙었다. 산은 싸우기 위해서 내려오는 오크들로 온통 우글거렸다.

이때 사냥꾼들이 나섰다.

"우리도 할 일이 생겼군."

"저 코뿔소를 잡겠다."

강해지지 않으면 생존할 수 없는 절망의 평원에서 살아남은 이들!

피와 죽음을 가까이하면서 몬스터를 잡아 온 사냥꾼들!

대장장이들은 오크들의 무기를 수선하는 곳에 동원되었지만, 용기 있는 사냥꾼들은 자신들이 투입될 때만 기다리고 있었다.

위드는 이 순간, 기꺼이 그들을 투입했다.

"저 마녀들을 잡아라. 마을의 평화와 안전을 위해 불사의 군단과 싸워라."

"알았다."

사냥꾼들은 각자 무기를 챙겨 들고 아래로 뛰어 내려갔다. 서넛이 한 조가 되어, 식물과 나무를 타고 코뿔소 위로 뛰어올랐다.

용감하게 세르파의 마녀들에게 창을 던지는 사냥꾼들!

대형 궁을 들고 있는 사냥꾼들은 코뿔소의 눈을 노리기도 했다.

인간, 다크 엘프, 오크, 네크로맨서!

모든 전력을 투입해서 불사의 군단과 싸운다!

성수와 은 화살 공격에 취약해진 이때가 기회라고 본 것이다.

그런데 오크 투사들은 조금 나았지만, 다수를 차지하고 있는 오크 정찰병이나 오크 병사들은 고대 병사들에게 맥없이 일방적인 도륙을 당했다.

오크들이 전방을 막아 주고 있을 때, 다크 엘프들은 연방 시위를 튕기고 있었다. 은 화살이 오크들이 교전하고 있는 머리 위를 날았다.

끄어어어!

고대 병사들에게도, 세르파의 마녀가 타고 있던 코뿔소에도 화살이 수백 발씩 날아가 꽂혔다.

쿠우우웅!

이윽고 한계를 넘어선 코뿔소는 둔중한 소리를 내며 땅에 쓰러졌다. 생명력이 유별나게 약한 세르파의 마녀들은 코뿔소에 깔려서 맥없이 죽었다. 그러나 살아남은 마녀들은 시체가 생길 때마다 정신없이 마법을 외웠다.

"죽음에서부터 태어나는 새로운 생명, 죽음에 물들고, 죽음을 행하고, 죽음을 집행하는 우리의 동료가 되어 일어나라. 라이즈 데드!"

죽었던 오크들이 언데드가 되어서 일어났다. 고대 병사와의 전투 속에서 죽은 오크들 수만 마리가 금세 언데드로 변화했다. 적들이 더욱 늘어난 것이다.

"공격해라. 언데드로 변한 놈들은 무시하고, 불사의 군단을 우선적으로 공격해!"

위드는 어쩔 수 없는 희생은 감수하기로 했다. 선택과 집중에 의한 것이었다.

죽은 오크나 다크 엘프들이 언데드로 계속 변한다면 절대로 이길 수 없다. 싸우면 싸울수록 적의 규모가 늘어나는 것이다. 저쪽은 언데드라서 끊임없이 되살아날 수 있지만, 이쪽은 그렇지 않다.

그러나 대신에 최초에 등장했던 불사의 군단은 약해지고 있었다.

고대 병사들은 성수와 은 화살에 의해 큰 타격을 받았다. 성수는 언데드를 부식시키고, 그들의 힘을 약하게 만든다. 자이언트 몬스터들도 마찬가지였다.

진정한 주력이라고 할 수 있는 불사의 군단은 심대한 피해

를 입고 있는 것이었다.

"콜 데스 나이트, 콜 뱀파이어 로드!"

데스 나이트 반 호크!

뱀파이어 로드 토리도!

위드는 둘을 소환했다.

데스 나이트야 언제든지 소환해서 동료로 싸울 수 있다.

하지만 뱀파이어 로드는 자주 불러내어 써먹기는 곤란하다. 힘을 소모할 때마다 피를 필요로 하니 그다지 좋지 않은 것이다. 피를 제공하지 않으면 갈수록 약해지고, 체력 등을 보충하지 못한다.

흡혈이 뱀파이어의 장점이면서 약점이기도 했다. 그러니 싱싱하고 마르지 않는 피가 필요했다.

"불렀는가, 주인."

"너희들의 적이다. 가서 싸워라."

위드가 손가락으로 언데드 군단을 가리켰다.

"어둠에서 깨어난 기사. 명령을 받들겠다."

데스 나이트는 날카롭게 갈린 칼을 들었다. 그런 다음에 자이언트 몬스터들을 향해 돌격했다.

충실한 기사.

위드에게 죽도록 두들겨 맞은 이후부터 절대적으로 명령을 수행하는 데스 나이트였다.

"피가 흐르지 않는 곳에는 관심이 없지만, 저 마녀들은 아직 살아 있군. 그러나 나의 취향은 아니다."

 토리도도 검은 망토를 펄럭이며 한마디 했다. 그는 태생이 뱀파이어이기 때문인지 유독 여자를 밝히고, 특히 소녀를 좋아했다.

 "가자!"

 토리도가 휘하의 뱀파이어들을 데리고 전장으로 뛰어들었다.

 100이나 되는 진혈의 뱀파이어족!

 과거 1천 마리를 헤아렸으나, 지금은 그 십분의 일에 불과했다. 그리고 태어난 지 얼마 안 된 뱀파이어들은 아직 한참이나 약했다.

 유독 강한 생명력이나 특기 등 종족적인 특성을 제외하고 레벨로만 따진다면, 120 정도에 불과한 수준이었다.

 뱀파이어들도 시간이 지나면서, 사냥을 하면서 성장하는 것이다.

 그러므로 진혈의 뱀파이어들은 명성에 걸맞지 않게 세르파의 마녀들이 아닌 자이언트 몬스터들을 향해 달려들었다.

 "안개화!"

 "죽음의 손!"

 오크들과 비슷하거나 더 약한 뱀파이어들이었지만, 생명력이 강했다. 그들은 몬스터들을 손톱으로 할퀴고 각종 흑마법을 이용하면서 싸웠다.

토리도는 그중에서도 가장 큰 활약을 했다. 가볍게 수인을 맺자 폭풍이 일어났다.

"블레이드 토네이도!"

성기사들까지 날려 버렸던 그 기술이 재현된 것이다.

거구의 자이언트 몬스터들과 고대 병사들은 소용돌이에 휘말려 추풍낙엽처럼 떨어졌다. 그리고 순식간에 오크와 다크 엘프들에 의해 도륙당했다.

"스톤 커즈!"

토리도와 눈이 마주친 몬스터들은 그대로 돌로 변했다. 그의 특기인 석화 저주를 쓴 것이었다.

토리도는 몬스터들과 세르파의 마녀들을 집중 견제했다. 마녀들이 토리도에 의해 묶이자, 더 이상 언데드들도 늘어나지 않았다.

그사이에 오크와 다크 엘프들은 열심히 불사의 군단에 피해를 입혔다.

그런데 위드는 눈을 찌푸렸다.

'썩 좋지 않아.'

토리도는 뱀파이어다. 강한 생명력과 방대한 마나를 가지고 있지만, 큰 기술을 시전할 때마다 마나 소모가 컸다. 이대로라면 금방 지칠 테고, 레벨 400에 이르는 능력도 발휘하지 못하게 된다.

위드는 자신이 서 있는 바위 아래를 내려다봤다. 마판이 흥분으로 두 주먹을 불끈 쥐고 전투를 구경하고 있었다.
"마판 님."
"예?"
"전투를 확실하게 구경할 수 있는 좋은 자리를 안내해 드릴까요?"
"정말요? 그야 물론 좋… 아니, 잠깐만요!"
마판은 불현듯 불길한 예감이 들었다. 경험상 위드가 이렇게 호의를 베풀 때에는 틀림없이 이유가 있었다.
그래도 혹시나 하는 생각이 들었다.
'설마 뭐 나쁜 일이야 하겠어? 좋은 자리를 구해 준다는데. 그래도 물어보자.'
마판이 미심쩍은 듯한 얼굴로 물었다.
"혹시 돈 내야 되는 자리입니까?"
위드라면 충분히 자릿값도 받아먹을 수 있다!
서로에 대해서 잘 이해하고 있으니 물은 것이었다.
"아니요. 공짜입니다."
"공짜!"
공짜를 좋아하는 것은 마판도 별다를 바가 없다.
"공짜라면 솔깃하긴 한데, 안 좋은 점도 있겠죠?"
"예, 상당히 위험합니다. 죽을 수도 있고요."
어차피 불사의 군단과의 전투에서 패한다면 죽어야 한다. 이미 전투 구경을 하면서부터 목숨을 걸고 있으니, 마판은

아쉬울 것이 없었다.

"예. 그러면 그 좋은 자리에서 보고 싶습니다. 거기가 어딘데요?"

"바로 저깁니다."

위드가 가리킨 곳은 바로 토리도의 옆이었다.

"그게 무슨…….."

"자, 갑니다!"

어찌할 사이도 없이, 마판의 몸이 허공에 붕 떴다. 와이번이 내려와서 그의 두 다리를 잡고 날아오른 것이다.

"우와아아악!"

마판은 비명을 질렀다. 바로 발밑으로 오크들의 머리통이 수없이 보였다.

그들이 세우고 있는 글레이브!

옆으로는 화살들이 날아다니고, 다크 엘프들이 사용한 마법들이 지나간다. 화염이 스쳐 지나가면서 마판의 얼굴이 화끈 달아올랐다.

"휴우, 간신히 살았다."

마법은 아슬아슬하게 그를 지나쳤고, 겨우 한숨을 돌릴 수 있었다.

"와, 대단하다!"

마판은 두 눈 가득 들어온 정경에 입을 쩌억 벌렸다.

여기저기서 불꽃이 치솟았다. 마법이 작렬하고, 고대 병사들과 오크들이 싸우고 있었다.

"전망이 정말 좋긴 하구나."

마판은 위드에게 조금 감사했다.

두 발이 와이번에게 잡혀서 거꾸로 매달려 있으니 어쨌거나 상당히 위태롭긴 했지만, 싸움 구경도 약간의 스릴이 있어야 재밌는 법이다.

와이번과 함께 하늘을 날아다니면서 원하는 곳의 전투를 볼 수 있으니 과연 좋은 자리였다.

그런데 정작 왜 와이번의 발에 잡혀서 날고 있는지에 대해서는 아무 생각이 없었다.

여기까지 생각을 하기에는 무리였던 것.

그 의문은 곧 해결되었다.

휘릭!

와이번이 미련 없이 그를 허공에서 내동댕이친 것이다.

"으아아아악! 사람 살려!"

마판은 지상을 향해 추락하기 시작했다. 그것도 하필이면 세르파의 마녀들과 뱀파이어 토리도가 싸우는 한복판으로!

얼굴이 다크 엘프처럼 시커멓고, 머리카락이 있어야 할 부분에 각종 구슬들이 박혀 있는 마녀들!

게다가 으스스한 기운까지 내뿜고 있었다.

"키헤헤헬!"

마판은 공포에 질렸다.

지상으로 떨어지는 것도 두렵고, 마녀들에게 잡히는 것도 만만치 않게 무섭다. 마녀들에게 잡힌다면 온갖 저주에 걸릴 것이고, 코뿔소에게 밟혀 죽을지도 모른다.

그러나 그때에 위드가 사자후를 이용해서 외쳤다.

"토리도! 마판 님을 잡아라!"

"그대의 부탁을 들어주지."

토리도가 땅을 박차고 뛰어올라 마판을 잡아챘다. 추락하던 무게에 의해 조금 위태로웠지만, 망토를 펄럭이면서 안전하게 착지했다.

"끄엑!"

마판은 속이 뒤집히는 것만 같았다.

'그래도 살았다.'

그러면서 슬쩍 실눈을 떴다.

바로 앞에 창백한 얼굴을 하고 있는 토리도가 있었다.

레벨 400이 넘는 보스 급 몬스터, 뱀파이어 로드 토리도!

감히 마판으로서는 사냥할 엄두도 낼 수 없는 몬스터였다.

토리도가 땅에 내려앉자마자, 주변의 고대 병사들이 인정사정없이 달려들었다. 그리고 마판이 한 번도 경험해 보지 못한 전투가 벌어졌다.

'으으!'

심약한 상인인 마판. 이가 딱딱 부딪쳤다. 주변에는 몽땅 적이고 몬스터였다. 언데드들로 발 디딜 틈이 없었다.

마판은 살아남기 위해서 토리도를 꼭 붙잡았다.
 자이언트 몬스터나 고대 병사, 세르파의 마녀들이 마판의 바로 앞에서 죽어 나갔다. 그야말로 직접 전투에 참여하는 것만큼이나 구경하기에는 최고의 위치였다.
 "이야호!"
 마판은 금세 환호를 했다.
 이런 전투에 푹 빠져 보고 싶었다. 죽음이 대수인가! 이렇게 직접 전투를 경험해 본다면 죽어도 여한이 없으리라.
 그때 위드가 토리도에게 하는 말이 들렸다.
 "아껴 먹어라! 그리고 안 죽도록 잘 보호해야 된다!"
 처음에 마판은 그 말이 무슨 뜻인지 몰랐다.
 '뭘 아껴 먹으라는 거지?'
 하지만 곧 그 의미를 깨달을 수 있었다.
 쭈우욱!
 무언가가 목덜미를 뚫고 들어오는 섬뜩한 느낌!
 토리도가 그의 목덜미에 송곳니를 꽂고 피를 빨아 먹는 것이었다.
 생명력과 마나가 소모될 때마다 즉석에서 채울 수 있는 도시락!
 위드가 마판에게 전투 구경을 시켜 준 이유였다.

네크로맨서들은 세르파의 마녀들에게 맞서. 언데드를 생성하는 흑마법을 시전했다. 마녀들이 오크나 다크 엘프의 시체들을 이용하기 전에 먼저 언데드로 만드는 것이다.

사제들은 쉬지 않고 축복을 펼치고, 화살들이 하늘을 가른다.

일부 다크 엘프들은 결사 조를 만들었다.

그들의 임무는 이미 쏘았던 은 화살을 회수하는 것!

은 화살을 되찾아서 엘프들에게 화살을 공급하는 것이 그들의 임무였다.

"고귀한 우리들이 이토록 하찮은 임무를 해야 하다니 믿을 수 없다."

물론 일을 하면서도 투덜거리는 것을 잊지 않았다.

은 화살과 성수는 불사의 군단의 힘을 약화시키는 데에 큰 역할을 한다. 성수를 뒤집어쓴 고대 병사들은 본래 실력의 절반도 제대로 내지 못했고, 은 화살은 그들을 안식으로 이끌었다.

"카리취, 은 화살이 다 떨어졌다."

하지만 결국 그 방법도 한계에 달했다. 최대한 아껴서 쓴다고 했지만, 은 화살이 바닥나는 것은 금방이었다.

위드는 명령을 내렸다.

"그럼 불화살을 쏴라. 취익!"
"불이 날 텐데."
"상관없다. 췻."
"알겠다."

다크 엘프들은 자연을 보호하고 생명을 아끼는 것과는 거리가 멀었다. 그것은 일반 엘프들이나 하는 일이고, 다크 엘프들은 싸움을 좋아하고 욕심이 많다.

"불화살을 쏘자."
"오오오!"

다크 엘프들은 이제 시위에 불화살을 걸어서 적진을 향해 쏘았다. 일부는 고대 병사들에게 적중되었지만, 상당수는 주변의 풀숲이나 나무 위로 떨어졌다.

화르르륵!

번져 나가는 불길들.

울창한 삼림을 불태우면서 화염이 번지고 있었다.

자연 파괴!

방화!

대자연을 그대로 파괴해 버리는 무모함, 과단성!

미리부터 산 아래쪽에 쌓아 놓았던 장작들이 활활 타올랐다. 군데군데 나무를 잘라서 공터를 만들어 놓았기에 큰 산불이 되지는 않았지만, 여기저기가 불길에 휩싸이는 것은 금방이었다.

고대 병사들은 어쩔 수 없이 한곳에 뭉쳐야 했다. 억지로 성벽을 돌파하려고 했으나, 오크들은 필사적으로 막았다.

그러면서 고립된 그들을 목표로 하여 하늘에서 퍼부어지는 성수의 위력!

고대 병사의 몸에 성수들이 뿌려졌다. 뼈와 육신이 부식되어 간다.

주위의 풀이나 나무에도 성수들이 골고루 뿌려졌다. 풍요를 상징하는 여신 프레야의 권능이 부여된 성수는 이들 식물들을 쑥쑥 자라게 만들었다.

성장한 풀들이 고대 병사들의 다리를 붙들고, 나무들이 가지를 휘둘러서 자이언트 몬스터들을 타격했다.

이번에도 오크들의 막대한 피해를 불러왔지만, 불사의 군단은 점점 붕괴되어 갔다.

약화된 고대 병사들은 도륙당했고, 자이언트 몬스터들도 오크들에 둘러싸여서 난타당하고 있었다. 세르파의 마녀들은 토리도와 다크 엘프들이 마법으로 전담했다.

그때 불사의 군단이 나왔던 구덩이에서, 로브를 걸친 스켈레톤이 떠올랐다.

이마에 붉은 보석이 박혀 있는 해골 몬스터!

리치 샤이어의 등장이었다.

"지상을 암흑으로 물들여야 한다. 불사의 군단이여, 진격하라. 살아 있는 것들을 죽여라. 너희들의 동료를 만들어 주겠다!"

 샤이어의 포효가 거침없이 울려 퍼졌다.

 위드는 리치 샤이어가 나타나자마자, 그의 몸뚱이 위아래를 매우 빠른 속도로 훑어보았다. 소위 말하는 견적을 뽑는 것이었다.

 작은 날개가 달린 푸른 신발, 검은색 윤기가 흐르는 망토, 고대의 문양이 그려져 있는 회색 로브! 손가락에는 보석 반지가 몇 개나 끼워져 있고, 머리에는 금으로 된 왕관을 썼다. 한 손에는 마법 책을, 다른 한 손에는 흰 지팡이를 들었다.

 언데드라고는 믿을 수 없을 정도로 화려한 차림새였다.

 꿀꺽!

 위드는 군침을 삼켰다.

 맛있는 음식을 본 것처럼 갈증이 일었다.

 '저건 쿠르달의 신발. 이동속도를 늘려 줌과 동시에 민첩성을 크게 향상시켜 주지. 저 회색 로브는 이제까지 딱 한 번 나왔다는 바인의 마법 로브. 공격 마법에 특화되었다는 로브다.'

 다른 장비들은 어떤 것인지 알 수도 없었다.

 확실한 것은 리치 샤이어가 입고 나온 만큼 좋은 옵션이 달린 고가의 장비라는 것이다.

'볼 것도 없이 저 녀석을 홀랑 벗겨 놓으면 최소 수천만 원이다! 저 중에 하나만이라도 반드시 챙겨야 된다.'

현재 착용하고 있는 아이템이라고 해도, 죽어서 반드시 떨어뜨리라는 법은 없다. 퀘스트와 관련된 물품이야 주겠지만, 그 외의 장비들은 운이 좋아야만 얻을 수 있다.

위드는 전군에 명령을 내렸다.

"우리의 마지막 사냥감이 나타났다, 취익. 전면 공격 개시! 오크들은 최후의 공격을 준비하라!"

성벽을 사이에 두고 자이언트 몬스터나 고대 병사들과 전투를 벌이던 오크들! 그들이 완전한 공격대형으로 나섰다.

"영차! 영차!"

"성벽을 밀어. 취치칙!"

허술하게 쌓아 놓았던 성벽!

오크들은 다 함께 힘을 모아 성벽을 떠밀었다. 미리 정해 놓은 위드의 작전 명령대로였다.

불사의 군단과 싸우다가 도저히 이길 희망이 보이지 않거나, 아니면 마지막 순간에만 쓰기 위한 작전을 실행하는 것이다.

오크들은 두 손으로 힘껏 성벽을 밀어붙였다. 넓적한 가슴과 흉한 얼굴을 붙이고 사력을 다해서 전진했다.

성벽이 밀리면서 조금씩 산 밑으로 기울어졌다. 그러다가 어느 순간, 마침내 오크들의 손을 떠나 그대로 무너졌다.
 콰르르르르릉!
 바윗돌들이 미리 파 놓은 도랑을 채웠다. 그러고도 남은 바위들은 경사가 심한 산 아래로 굴러갔다.
 때를 맞춰서 연속적으로 무너지는 성벽들!
 바위들이 튀어 오르면서 아래로 굴러간다.
 몇몇 오크들도 미처 피하지 못하거나 균형을 잃고 쓰러져서, 바위와 함께 아래로 굴러가고 있었다.
 엄청난 산사태가 벌어지면서 얼마 남지 않은 불사의 군단을 덮쳤다.
 "저 리치를 죽여라!"
 오크들은 불사의 군단의 잔존 병력과, 지상을 암흑으로 물들이겠다는 원대한 포부를 가진 리치 샤이어를 향해 돌격했다. 다크 엘프들은 마법을 퍼붓고, 네크로맨서들은 견제를 했다.
 "커프스 익스플로젼!"
 샤이어가 언데드를 일으킬 수 없도록 시체들을 사전에 터트려 버리는 것이었다.
 철저한 협공!
 정의로움, 정당한 승부 따위와는 당연히 거리가 멀었다.
 리치 샤이어가 아무리 강력하다고 해도 다크 엘프들과 사제들, 뱀파이어 토리도의 공격을 동시에 받는다면 피해를 입

을 수밖에 없다.

"비겁하다! 너도 사내라면 나와 일대일로 승부하자!"

샤이어가 노여움에 찬 음성을 터트렸지만, 위드는 무시할 뿐이었다. 리치와 정의를 논할 이유도 없고, 괜히 편한 길을 놔두고 어려운 길로 갈 필요도 없다.

혼자서 다수와 싸우는 건 미련한 일일 뿐이다. 압도적인 다수로 1명을 패는 게 훨씬 더 즐겁지 않던가!

샤이어는 시키지도 않았는데 괜히 혼자서 뒤늦게 나타나서 죽도록 맞는 것이었다.

"자신의 무거움을 알아라. 그래비티."

샤이어는 중력 계열의 광범위 마법을 쓰면서 분전했다.

하늘을 날아다니며 성수를 퍼붓던 와이번들이 그 마법에 휘말려 바닥으로 추락했다. 로자임 왕국 병사들을 태운 채 땅에 떨어진 와이번들은 그대로 목숨을 잃었다.

샤이어는 마법으로 와이번 4기를 격추시키고, 6천 정도의 오크들을 잡았다. 다크 엘프들도 3천 정도가 죽었다.

토리도나 네크로맨서, 다크 엘프, 사제들의 견제를 뚫으면서 이 정도의 위력을 발휘하는 리치의 능력은 경악을 금치 못할 정도였다.

샤이어가 마법을 외울 때마다, 폭발이 일어나고 오크들이 수십 마리씩 죽었다. 힘을 빼 놓기 위해서 차륜전을 펼치고는 있었으나, 워낙에 강해서 큰 피해를 입는 것이다.

로자임 왕국의 병사들은 아예 상대도 되지 않아서 피신을 시켜야 할 정도였다.

병사들은 로자임 왕실의 공헌도와 관련이 있고, 와이번들은 레벨과 예술 스탯을 희생하여 만든 것들이다.

"와이번 부대는 더 높이 날아라. 토리도, 철저히 놈을 괴롭히고, 다크 엘프 부대는 마법을 퍼부어!"

성수의 힘 덕분에 그나마 샤이어가 약화되고 있었다.

본래 생명력을 라이프 베슬에 봉인한 리치는 신성력의 힘이 아니라면 절대로 죽지 않는다. 성수를 퍼붓고 사제들이 신성 마법을 써서 약점을 만들고 있는 것이었다.

"데몬 스피어!"

샤이어는 흑색의 창을 불러와서 손끝으로 조종해 내던졌다.

"크아악!"

사제들을 꿰뚫고 지나가는 창!

"왕실 기사와 데스 나이트, 오크들은 사제를 보호하라."

프레야의 사제들은 생명 줄과도 같았다.

위드는 사제들을 최대한 보호하면서, 와이번을 이용해 성수를 뿌려 댔다.

샤이어에게도 조금씩 피해가 누적되고 있었다. 계속해서 마법을 쓰며 발광하고 있었지만, 점차로 그 위력이 약화되는 것이다.

비록 위드는 안전했다고 해도, 리치 샤이어를 잡는 데에

투자한 비용이 만만치 않았다.

그래도 이제 장시간의 전투 끝에 샤이어의 생명력과 마나가 최저치로 줄어들었다.

"크으으! 너희들이 감히!"

샤이어가 분노에 찬 음성을 터트렸다.

이제는 하늘도 날지 못하고, 마법도 쓰지 못했다. 간단한 마법도 시전할 수 없을 정도로 마나가 고갈된 것이다. 생명력도 거의 상해서 해골에 금이 갈 정도!

그러나 샤이어는 순순히 죽지 않았다.

"토리도! 반 호크! 너희들이 바르칸 님께 했던 충성의 맹세를 잊은 것이냐?"

"우리는 새 주인을 찾았다."

"바르칸 님은 너희들을 기다리고 계신다. 오라. 나와 함께 바르칸 님을 모시고, 이 땅을 우리들의 것으로 만들자."

상황이 위급해지자 뱀파이어 로드와 데스 나이트를 유혹하는 것이었다.

"그럴 수는 없다."

데스 나이트는 딱 잘라서 거절을 했지만, 뱀파이어 로드 토리도는 마음의 동요를 보였다.

"그래도 이미 변절했던 나를 받아 주실까?"

"바르칸 님께서는 우리들의 희망이시지. 넓은 관용과 포용력을 보여 주실 것이다."

리치 샤이어 **113**

"그러면……."

"그래. 나와 뜻을 함께하자. 살아 있는 이들을 죽이자. 거추장스러운 생명을 거두어 주는 것이야."

갈등에 휩싸인 토리도는 더 이상 샤이어를 공격하지 않고 머뭇거렸다. 자칫하면 적의 편으로 넘어가 버릴 상황!

레벨 400이 넘는 뱀파이어 로드가 상대편으로 넘어가 버린다면 일은 매우 심각해질 수 있다.

여기는 살아 있는 오크나 다크 엘프들 천국이니, 흡혈을 통해 생명력과 마나를 끊임없이 보충할 수 있다. 뱀파이어 로드 토리도의 변절은 그만큼 위험한 것이었다.

"공격해라!"

위드는 다크 엘프들에게 명령을 내렸다.

생명력이 얼마 남지 않는 샤이어에게 마법이 퍼부어졌다.

지축을 흔드는 엄청난 폭발!

그런데도 샤이어는 끈질기게 살아 있었다.

해골에 균열이 가고, 몸에는 불이 붙었다. 거기에 팔까지 부러진 상태에서도, 리치는 괴물 같은 생명력을 보여 주었다.

위드는 전광석화처럼 달렸다.

"네발 뛰기!"

질풍처럼 달릴 수 있는 최고의 달리기 스킬!

단기간에 체력의 소모가 심하고 모양이 좀 안 났지만, 가릴 처지가 아니었다.

위드는 오크들 사이를 뚫고 그대로 달렸다. 그리고 뛰어올랐다.

전면에 샤이어가 서 있었다.

리치로 변한 이후로 몸이 5미터에 육박하도록 커져서, 빗나갈 염려는 전혀 하지 않아도 좋았다.

위드는 검을 뽑아서 푹 찔렀다.

"소드 카이저!"

오크 상태로 변해서는 마나의 부족으로 인해, 생명력까지 고갈되는 최후의 초식!

리치 샤이어의 목숨이 경각에 처했을 때를 노려 할 수 있는 최고의 공격을 한 것이다.

"이놈이!"

회심의 공격이 적중했는데도 아직 샤이어는 죽지 않았다.

위드가 최고의 초식을 쓰면, 예티 정도는 거의 한 방에 보낼 수도 있었다. 물론 그만큼 마나 소모가 막대하지만, 자이언트 몬스터라고 해도 생명력에 막대한 손실을 입는다.

그런데도 샤이어를 없애는 데에는 모자랐다.

검은 연기 같은 기운이 몸에서 빠져나가고 있었지만, 만신창이의 몰골을 하고서도 움직였다.

"아이스 오브!"

마지막 마나를 쥐어짠 것인지, 샤이어의 뼈로 된 손아귀에서 얼음의 결정체들이 만들어졌다. 그의 가슴에 검을 박고 있는 위드를 향해 공격을 날릴 것은 의심할 여지가 없으리라.

위드는 소리쳤다.

"다크 엘프들, 나를 무시하고 공격해라!"

이리 죽나 저리 죽나 이판사판이다.

이미 재차 마법을 준비하고 있던 다크 엘프들이 마법을 날렸다. 사방에서 수백, 수천 개의 마법이 날아온다.

마법들은 샤이어와 위드가 있는 장소를 완전히 초토화시켜 버렸다.

―얼음 계열의 마법 공격을 받으셨습니다. 몸이 결빙됩니다. 이동속도와 움직임이 저하됩니다.

―몸이 불타고 있습니다. 빨리 화염을 제거하지 않으면 지속적인 피해를 입습니다.

―전격 계열의 공격에 의해서 육체가 일시적으로 마비됩니다.

―심각한 부상을 당하셨습니다. 전투 불능 상태!

마법은 위드와 샤이어를 동시에 난타했다. 위드는 리치와 딱 달라붙어 있어서 피할 수도 없었다.

마법의 특수 효과들이 메시지 창에 가득 뜨고, 그보다 먼저 위드의 생명력이 걷잡을 수 없이 바닥을 향해 추락했다.

온몸이 마법에 의해 난타당하고 있을 때에, 샤이어의 몸이 빛에 휩싸여서 사라졌다.

-레벨이 오르셨습니다.

-레벨이 오르셨습니다.

-레벨이 오르셨습니다.

-레벨이 오르셨습니다.

-레벨이 오르셨습니다…….

위드는 거의 짐승 같은 본능으로 샤이어가 있던 장소로 손을 뻗었다. 무언가를 잡는 듯한 느낌이 있었지만, 이를 확인하기도 전에 메시지 창이 떴다.

-생명력의 저하로 사망하셨습니다. 24시간 동안 로그인이 불가능합니다. 죽음으로 인해 레벨과 스킬의 숙련도가 하락합니다.

-내구력의 저하로 인해 부츠와 모자가 파손되었습니다. 파손된 물품들은 수리할 수 없습니다.

퀘스트

"으아아악!"

캡슐에서 나온 이현은 괴로움에 몸부림을 쳤다. 하필이면 그 순간에 죽을 게 뭐란 말인가.

난이도가 있는 만큼 죽음은 각오해 두었다. 따라서 목숨이 아까운 건 아니었지만, 최소한 어떤 아이템을 주운 건지는 확인해 봐야 했다.

"분명히 좋은 걸 떨궜을 텐데!"

보스 급 몬스터.

거기에 리치 샤이어 정도 되는 이름을 가진 몬스터라면 잘 나타나지도 않는다. 발견한다고 해도, 발견한 이들에게는 재앙이 되는 그런 몬스터인 것이다.

그런 몬스터를 잡고서도 어떤 아이템이 떨어졌는지 확인 조차 하지 못했다.

"로브 정도 주웠다면 대박인데."

이현은 초조하게 방 안을 서성였다.

바인의 마법 로브.

한 번밖에 나온 적이 없고, 거래가 등도 공개되지 않은 물건이다. 경매 사이트에 올라온 것이 아니라, 다크 게이머 연합이라는 경로를 통해서 구매자가 나타난 물건이었던 것이다.

특별한 물건들은 어차피 경매 사이트에 올린다고 해도 살 수 있는 사람이 많지 않다. 그러므로 진짜 비싼 물건들은 다크 게이머 연합 내부에서 처분되는 경우가 허다했다.

"로브. 로브. 로브!"

이현은 제발 로브를 획득하였기를 바랐다.

"틀림없이 뭔가 잡는 느낌이 나긴 했는데… 휴우."

그러면서 깊은 한숨을 내쉬었다.

지금까지 게임을 하면서 어디 쉽고 편안하게 일이 잘 풀린 적이 있었던가. 아무리 대규모의 공격을 받았다고 해도, 수리 스킬을 이용해서 내구도를 최상으로 올려놓은 부츠와 모자가 파괴된 것도 재수가 없었음을 상징하는 것이나 다름없었다.

"로브가 아니라도 좋다. 신발! 그래, 쿠르달의 신발이라도 나쁘진 않아."

조금씩 기대치가 낮아지고 있었다.

사실 리치 샤이어가 떨어뜨리는 물건이라고 해서 꼭 그놈이 입고 있던 물건이라는 보장은 없다. 잡템이라는 말이 괜히 나온 것이 아닌 것이다. 또한 주웠다고 해도 자신이 죽으면서 잃어버렸을 수도 있다.

"퀘스트도 어찌 된 건지 궁금하고……."

이현은 한숨을 쉬었다.

알 수 있는 것이 하나도 없었다. 그가 죽고 나서 불사의 군단과의 전쟁이 어찌 종결되었는지, 퀘스트의 성공과 실패도 확실히 드러나지 않은 상황이었다. 모든 것은 직접 접속해서 확인해 봐야만 알 수 있는 것이다.

"어쩔 수 없지. 그럼 조금 쉬어 볼까."

이현은 하루 동안 초조하게 기다리느니, 아예 마음을 편하게 갖기로 했다. 어차피 어떤 수를 쓰더라도 시간이 되기 전에는 결과를 알 수 없다.

그동안 촉박하게 퀘스트를 준비하느라 제대로 잠을 자지 못해 졸음이 쏟아지고 있었다. 차라리 마음 편하게 잠이라도 자는 것이 낫다.

명예의 전당에 오른 오크의 퀘스트! 그 대규모 전쟁의 결과를 기다리는 사람들로 사이트는 아우성이었다.

수많은 글들이 올라오고 있었다.

-왜 아직도 동영상이 안 올라온 겁니까!

-저번에 동영상이 올라왔던 시간을 보면, 지금쯤이면 퀘스트를 진행했을 텐데요.

-아아, 결과가 궁금해요.

처음에는 부푼 희망을 가지고 있는 사람들이 많았다.

마법의 대륙 출신들은 위드의 전투를 본다는 것만으로도 흥분했다.

20년간 최고의 게임으로 군림했던 마법의 대륙. 그곳에서 지존의 위치에 올랐던 유저가 싸우는 것을 볼 수 있다!

마법사들은 드디어 네크로맨서로 전직할 수 있다는 꿈에 부풀었다.

대규모 전투 구경만이 아니라, 난이도 A급 퀘스트에 대해 흥미를 가진 이들도 많았다. 보통 난이도 C급이라고 해도, 해냈을 경우의 성취감이 보통이 아니다. 그런데 A급의 퀘스트는 과연 어떤 것일지에 대한 호기심이 컸던 것이다.

명예의 전당은 그로 인해서 수백만 명이 접속을 하고 기다리고 있었다. 동영상이 올라오면 가장 빨리 보기 위해서 기다리는 인원들이었다.

그런데 오크의 대규모 퀘스트는 진행되지 않은 채로, 다른 이들의 관심을 끌 만한 이벤트가 벌어졌다.

진홍의 날개 길드.

베르사 대륙에서도 열 손가락 안에 꼽히는 명문 길드다. 그곳의 수장인 테로스가 특별한 동영상을 공개한 것이다.

동영상의 길이는 단 5분!

전투나 퀘스트를 공개하는 것치고는 지나치게 시간이 짧았다. 그래도 테로스의 이름값이 있었기에 사람들은 그 동영상을 보기 시작했다.

오크들의 대규모 전투를 구경하려면 어차피 기다려야 했기에 짧은 동영상을 보는 데에는 별로 무리도 없었다.

동영상에서는 어떤 고대 유적 안으로 사람들이 들어가고 있었다.

"바바리안 워리어, 플라인 님이다."

"공포의 암살자 데인도 있어!"

"적염의 마녀, 도광도 있다!"

진홍의 날개 길드에 속한 최고의 유저들이 뭉쳤다.

성기사, 성직자, 도둑, 마법사, 탐험가, 어쌔신, 바드, 워리어, 소환술사, 주술사, 레인저.

사람들이 쉽게 선택하는 대중적인 직업들 외에도, 생명력을 축소시키는 대신에 마력을 늘린 마녀! 도에 미쳐서, 1개의 도를 가지고 싸우며 후퇴라고는 모르는 미친 도인, 도광! 몬스터에 의해 점령된 성채에 거주하며 달이 지는 밤마다 몬스터를 암살한다는 데인!

여러 특별한 직업과 명성을 가진 이들도 있었다.

진홍의 날개 길드는 대륙 전체에 명성이 퍼져 있고, 많은 길드원들을 보유했다.

평상시에는 얼굴도 보기 힘든 이들이 모여서 유적 안으로 들어가고 있었다. 이것만으로도 유저들이 흥분하기에 충분했다.

거기에 불을 지르는 듯한 테로스의 한마디.

붉은 광택이 흐르는 갑옷을 입고 있는 테로스는 특유의 차가운 목소리로 말했다.

─ 드디어 스콜피온 왕의 무덤인가. 우리는 실낱같은 단서를 추적해서 여기까지 왔다.

테로스가 말을 하는 와중에도 길드원들은 유적 안으로 들어가고 있었다.

테로스는 잠시 공백기를 가졌다가, 다시 입을 열었다.

─ 우리에게 어떠한 험한 길, 난관이 있더라도 반드시 극복해 낼 것이다. 이번 일에 나는 목숨을 걸었다. 포기하지 않는 자만이 쟁취할 수 있다. 가자, 난이도 A급의 퀘스트로. 스콜피온 왕의 무덤. 내가 너를 깨고 말리라.

또 다른 난이도 A의 퀘스트!

사람들을 열광하게 만들기에 충분한 사건이었다.

테로스는 한마디의 말을 남기고, 그 자신도 길드원들을 따라 유적 안으로 들어갔다.

— 포기하지 않는 용기와, 영광을 보아라. 우리들의 싸움을, 흘리는 피를, 그리고 고귀한 승리를 지금부터 보도록 해라.

그곳에서 동영상은 끝이 났다.

의미를 알 수 없는 말이었다.

난이도 A급의 퀘스트에서 알쏭달쏭한 말을 남기고 사라진 것이다. 그러나 그 의문은 곧 밝혀졌다.

명예의 전당에 동영상이 올라오고 10분 후부터, CTS미디어에서 진홍의 날개 길드가 하는 퀘스트를 방송한다는 것이었다. 그것도 따로 편집된 영상이 아니라, 현재 진홍의 날개가 유적을 탐험하고 있는 것을 그대로 방송해 주는 것이라고 한다.

'그럭저럭 잘되고 있군.'

테로스는 회심의 미소를 지었다.

유적의 탐험은 실제로 얼마 전에 이루어진 바가 있었다. 내부의 석실로 향하는 문 앞까지, 길드원들의 희생을 바탕으로 진출하는 데에 성공했다. 그런데 마지막 제단에 바칠 제물이 없어서 발길을 돌려야 했다.

'이번에야말로 퀘스트를 완수하고 말리라.'

테로스는 길드원들을 이끌고 유적을 조사했다. 물론 조사하는 척이었다.

어쌔신과 도둑들이 길을 열고, 방패를 치켜든 워리어와 성기사들이 위험에 대비한다.

"크아악!"

"함정이다. 조심해!"

진홍의 날개 길드는 유적에 설치된 함정들을 파훼하고, 위험한 몬스터들과 싸웠다. 버거운 몬스터들. 길드원들의 일부가 죽음으로 로그아웃이 되기도 했다.

"더 힘을 내라. 진짜 위기는 찾아오지도 않았다."

"괜찮아. 이런 정도로 우리 진홍의 날개를 막진 못한다."

"우리가 뿌려 온 피들이 거룩한 성과를 거둘 수 있게 만들어 줄 것이다."

"우리에게는 죽은 동료들만큼의 무게가 걸려 있어. 여기서 포기하지 마라!"

바람잡이로 나선 고위 레벨 유저들이 여기저기서 외쳤다.

이번에 테로스가 동원한 것은 진홍의 날개에서 상위권에 속하는 유저 무려 1천 명!

지난번의 탐험대보다 4배나 증가한 인원이었다. 그만큼 전체적인 수준은 조금 떨어질 수밖에 없었다. 그래도 레벨 310이 넘는 이들 중에서 최대한 동원한 것이다.

'이 기회를 놓쳐서는 안 돼.'

테로스는 이번 퀘스트를 최고의 홍보 기회로 삼기로 했다.

방송사와 연계된 것은 양측 모두에게 이득이었다. CTS미디어에서는 이슈가 될 만한 소재로 시청률을 올릴 수 있고, 길드에서는 돈과 명성을 함께 얻는다.

힘겨운 모험을 하는 것을 실시간으로 방송하면, 길드에 대한 호감도가 크게 높아질 것이다. 또 어려운 퀘스트를 격파해 나가면서, 대중에게 강력한 길드로서의 이미지를 각인시킬 수 있다.

'이번 퀘스트만 잘 넘기면 길드가 대규모로 세력을 늘릴 수 있을 거야. 우선은 규모를 키우고, 자금을 모으자. 신입 유저들이 더 크게 성장한다면 현재 최강이라고 일컫는 헤르메스 길드도 잡을 수 있다. 우리의 핏빛 날개가 대륙을 뒤덮는 것이다.'

테로스는 가슴을 활짝 폈다.

그의 원대한 포부가 이루어지려 하고 있었다.

"으아악!"

"좀 더 힘을 내! 성직자들은 어서 부상당한 동료들을 치료하라!"

진홍의 날개 길드원들은 열심히 길을 뚫었다.

테로스는 약간의 희생도 감수하면서, 의도적으로 새로 탐험대에 속한 이들에게 위험을 알려 주지 않았다.

이미 통과했던 길을 다시 격파해 나가는 것은 조금도 흥미롭지 않았다. 실제로는 지난번 탐험에서 이미 많은 부분 진척되었지만, 의도적으로 모르는 척 고난을 겪는 연출을 하는 것이다.

길드원들은 열심히 힘든 연기를 했다.

알고서도 당하기도 하고, 길을 뚫는 데 일부러 전력을 약간 부족하게 투입해서 죽기도 했다. 물론 죽은 이들에게는 먼저 상당한 보상을 약속한 후였다.

"내가 죽어도, 탐험은 꼭 계속돼야 해."

"그래. 우리들만 믿어라."

테로스는 일부러 길드원들을 데리고 점점 유적의 깊은 곳으로 향했다.

길드원들의 후방, 용병으로 참여한 다크 게이머들은 냉소를 지을 뿐이었다.

"쓸데없는 짓을 잘하는군."

"괜히 사람을 늘려 봐야 피해만 커질 텐데."

"저런 게 다 삶의 지혜라니까. 어지간히 약삭빠르지 않고서는 못할 일이야."

"우리한테는 상관없지. 정해진 일당만 받으면 되니까. 그래도 싸울 수 없다는 건 불만스럽군."

다크 게이머들은 구시렁거리면서 뒤를 따랐다.

진홍의 날개 길드는 몇 번을 헤맨 끝에 제단에 도착했다.

유적의 내부, 벨소스 왕의 무덤으로 들어가는 입구였다.

"드디어 도착했다."

테로스는 흥분으로 몸을 떨었다.

그들이 받은 퀘스트는 벨소스 왕의 뿔피리를 가져오는 것이었다. 하지만 무덤 내부에는 다른 보검이나 마법 아이템들이 가득하다고 한다.

테로스는 주위를 둘러보았다.

1천여 명이 들어왔는데, 지금은 650명 정도만이 남아 있다. 이곳까지 오면서 거의 350명이나 죽은 것이다.

지난번 탐험을 할 때에는 최정예로만 꾸려서 왔었다. 그때에도 입구 부근에서만 45명이, 제단에 올 때까지는 130명 정도가 죽었다.

이번에는 규모는 커졌어도 약한 사람이 많아서 피해가 큰 것이었다. 그러나 난이도 A급의 퀘스트를 하면서 이 정도의 피해는 감수하고 있었던 만큼, 다들 표정에는 그리 변화가 없었다.

"그럼 시작하자. 모두들 준비하라."

테로스는 제단 위에 7개의 스콜피온 조각을 올려놓았다. 그 순간 붉은 스콜피온이 그려진 거대한 문이 육중한 굉음을 내며 열리기 시작했다.

쿠구궁!

길드원들은 바싹 긴장한 채로 무기를 들었다. 유적 내에서는 마법의 사용이 불가능하기에, 육체적인 힘을 내는 이들이 주력이었다.

열린 문 안에는 몬스터들이 가득했다.

사악하게 생긴 마수들!

일반적인 몬스터 도감에도 나오지 않는 마수들투성이였다.

"괴물들이다."

"모두 전투준비!"

"목숨을 걸고 싸우자."

"여기까지 와서 돌아갈 수는 없다!"

테로스는 휘하의 길드원들을 통솔해서 전투에 임했다.

다크 게이머들도 놀고 있을 수만은 없었다. 둥글게 원을 그려서 성직자들을 안쪽에 포진시키고, 바깥에는 전투 직업들이 자리를 지켰다.

재빠른 진형 구축이었지만, 그사이에 마수들이 달려왔다.

크허허헝!

마수들의 울부짖음.

놈들의 사나운 공격에, 탐험대 중에서는 목숨을 잃는 이들이 속출했다. 원형진을 편성하는 것보다 좁은 문을 지켰더라면 훨씬 나은 결과를 얻을 수 있었을 텐데, 평소에 하던 대로 한 탓에 큰 피해를 입어야만 했다.

그러나 진홍의 날개 길드에서는 여기에 전력을 투입한 탓에 성기사들, 워리어들, 검사들이 전열의 선두에서 전투를

이끌었다.

"이겼다!"

겨우 전투를 이겨 내고 남은 이들은 480명 정도!

이곳에서 또 많은 이들이 죽었지만, 승리를 일구어 낸 것이다.

"들어가자."

테로스는 서둘러서 안쪽으로 들어갔다. 열린 문 안에서부터 광채가 번쩍이고 있었던 것이다.

마수들이 있던 공간에 들어간 탐험대는, 입을 쩌억 벌리고 말았다.

"이야아!"

"보물이다."

문의 안쪽에는 거대한 황금 스콜피온 상이 있고, 주변에는 금은보화가 산더미처럼 쌓여 있었다.

"못해도 50만 골드는 넘겠다."

"50만 골드? 100만 골드도 족히 되겠어."

그러나 탐험대를 흥분하게 만든 것은 돈만이 아니었다.

여기저기 널려 있는 아이템들. 광채를 뿌려 대는 아이템들이 가득 쌓여 있었던 것이다.

테로스는 황금 스콜피온 상 앞에 놓여 있는 뿔피리를 쉽게 발견할 수 있었다.

"이것이다."

테로스가 뿔피리를 들어 올렸다. 그들의 임무는 그레스 백작에게 이 뿔피리를 가져다주는 것이었다.
'이걸로 퀘스트는 성공이다.'
조금은 힘들었지만 목표를 무사히 획득했다.
테로스에게는 밝은 미래가 보이는 것 같았다.
지금 이 순간은 CTS미디어를 통해 생중계가 되고 있었다. 못해도 수백만, 어쩌면 수천만이 넘는 이들이 이 장면을 함께 보고 있다.
최초로 난이도 A급의 퀘스트를 깬 이 순간은, 그들에게 잊지 못할 장면으로 각인될 것이다. 매스컴과 동영상으로 수없이 반복되면서 영광스러운 모습이 남을 것이다.
진홍의 날개가 욱일승천하는 것은 시간문제였다.
그때, 새하얀 검신을 가지고 있는 검이 테로스의 눈에 띄었다. 검 자루에는 화염 무늬의 형상이 음각되어 있었다.
여기에는 무수한 보물들이 있지만, 그중에서도 무언가 품격이 달라 보이는 물건이었다.
'저건 유니크다. 어쩌면 벨소스 왕이 쓰던 검일지도 몰라.'
테로스의 눈가에 탐욕의 빛이 스쳤다.
검사라면 누구나 더 좋은 검에 욕심을 낼 수밖에 없다. 방어보다는 공격을 위주로 하고, 자신이 줄 수 있는 최대 데미지를 향상시키는 것이야말로 자랑거리가 아니던가.
어떤 검을 쥐느냐에 따라서 공격력이 크게 차이 난다. 당

연히 명검과 일반 검을 단순 비교할 수는 없는 노릇이고, 몬스터의 특성에 맞춰 어떤 검을 쓰느냐에 따라서도 달라졌다. 화염 계열 속성의 몬스터에게는 빙 계열을, 어둠 속성의 몬스터를 상대할 때에는 신성 계열의 무기를 주로 쓴다.

그래서 검사들은 최소한 서너 자루의 명검들을 소유하려고 하는 게 보통이었다.

'진홍의 날개가 베르사 대륙 위로 날아오른다면, 나에게도 좋은 검이 필요하겠지. 내 명성을 더욱 크게 높여 줄, 권위가 담긴 검이.'

테로스는 조용히 검을 주시하고 있었다. 길드의 수장으로서도 명검을 소유하고 싶었다.

그 자체로 예술품으로 보일 정도로 아름다운 검. 다소 권위적인 그에게 딱 걸맞은 품격을 갖춘 검이었다.

그때 길드원들도 검과 테로스를 보았다.

"테로스 님, 어서 취하시지요."

"가장 큰 고생을 하셨으니 검 정도는 테로스 님이 가져도 괜찮을 것입니다."

테로스의 친위대라고 할 수 있는 이들이 부추기는 것이었다.

그러다가 문득 그들은 검 아래에 있는 푯말을 발견했다.

워낙에 검이 주는 느낌이 강렬하여 한참이나 후에 보게 된 것이다.

"여기 뭐라고 글이 쓰여 있습니다!"
사브론이 문자를 해독했다.

  검을 가져가시오.

"검을 가져가라고 합니다."
"검을 가지라고?"
 겉으로는 시큰둥한 표정을 지었지만, 테로스는 무척이나 기뻤다. 그리고 검을 향해 손을 뻗었다.
 만약에 위드였다면 여기서 최소한 다섯 번은 의심을 해 보았으리라!
 일이 술술 잘 풀린다 싶을 때에는 그 배경을 의심해 봐야 한다.
 난이도 A급의 퀘스트치고는 너무나 쉽게 이곳까지 왔다. 사실 위험한 전투도 몇 번 없었다.
 위드처럼 부대를 지휘하여 싸우는 전투라면 공적이 분산된다. 그런데 오크나 다크 엘프 등의 힘도 없이, 이들은 온전히 스스로의 실력으로 이곳까지 왔다.
 적이 너무나 약했다. 불사의 군단과는 비교조차 할 수 없을 정도였다. 게다가 검을 가져가라고 하지 않는가!
 테로스가 막 검을 쥐었을 때였다.
 번쩍!

보물이 있는 장소가 황금빛으로 가득 찼다.

"이게 무슨 일이지?"

"주변이 밝아졌어."

영문을 몰라 하던 사람들.

그들은 시선을 올려 보고 나서야 그 근원을 알았다.

황금 스콜피온이 눈을 떴던 것이다.

-감히 불의 대제였던 벨소스 왕의 신물을 탐하다니, 용서받지 못할 자들이로다. 불의 재앙이 너희들 모두를 뒤덮으리라.

화르륵!

검을 쥐고 있는 테로스의 몸에 불이 붙었다. 완전히 재로 변해서 목숨을 잃는 것은 한순간이었다. 그리고 탐험대에도 재앙이 찾아왔다.

불의 정령!

셀 수도 없이 많은 불의 정령들이 나타나서 그들을 공격한 것이다.

전열이 흐트러져 있던 탐험대는 제대로 대응도 하지 못한 채 쓰러져 갔다.

차례차례 재가 되어 사라지는 탐험대를 보며 황금 스콜피온이 말했다.

-어리석은 인간들! 벨소스 왕의 노여움을 샀으니 불의 저주가 세상에 내리게 될 것이다.

CTS미디어를 통해 수많은 사람들이 그들의 모험을 보고 있었다.

진홍의 날개 길드의 위명이 추락하는 순간이었다. 마지막 순간에 욕심을 부렸던 게 패인이었다.

처음에는 황금 스콜피온 상이 말하는 내용을 다들 제대로 이해하지 못했다. 퀘스트에 실패한 것으로 끝인 줄로만 알았다.

그런데 로열 로드에 접속했던 사람들이 마구 글을 올리기 시작했다.

-대륙이 더워졌습니다.

-햇볕이 갑자기 뜨거워졌어요.

-온도가 최소한 5도는 높아진 것 같습니다.

벨소스 왕의 저주!

그것은 무더위를 찾아오게 만드는 것이었다.

사시사철 살기 좋았던 중앙 대륙은 찜통더위가 가득한 장소로 변하고 말았다.

불의 기운이 강성해지면서, 불의 정령을 다루는 이들에게는 좋았지만 그것도 잠시였다. 불의 정령을 좋아한다고 해도, 등줄기에 땀이 흐르는 더위까지는 아니었던 것이다.

새벽의 차가운 공기를 마시며 동료들과 함께 사냥을 떠나

던 정겨움을 다신 느낄 수 없게 되었다.

유저들의 엄청난 원성!

사람들의 비난은 이 사태를 초래한 진홍의 날개로 향했다.

진홍의 날개 길드원들은, 자신이 소속된 세력이 난이도 A급 퀘스트를 한다는 데 대해 자부심이 가득했었다. 그런데 이제는 차마 길드의 마크를 들고는 어디에도 다닐 수 없게 되었다.

상점에서 상인들이 물건을 팔아 주지 않고, 사냥 파티에서도 거부당한다.

길드원들은 속속 이탈하고, 동맹 길드들도 등을 돌렸다.

명망 높던 길드 하나가 몰락하는 것은 한순간이었다.

이현은 남는 시간 동안 세수를 하고 오랜만에 목욕도 했다.

"역시 여름이 좋아."

겨울에는 목욕을 하기가 상당히 힘들다.

우선 더운 물을 쓰면 보일러 비가 많이 나오지 않던가. 매달 부과되는 공과금을 줄이지 않고서는 절대로 부자가 되지 못한다.

그에 비해서 여름은 참 좋다. 시원한 물로 목욕을 해도 때가 잘 밀렸다.

이현은 몸을 씻고 나서 아이템 거래 사이트에 접속해서, 소유하고 있던 물품들을 몇 가지 등록했다.

오크 로드 굴취의 글레이브, 엘프의 머리띠, 특별한 독을 해독할 수 있는 희귀한 약초들, 여러 잡템들.

절망의 평원과 유로키나 산맥에서 구했던 아이템들을 판매하기 위해서 올린 것이었다. 광석이나 가죽들도 많이 입수했지만 그것들은 경매에 등록하지 않았다.

재봉이나 대장일 스킬이 있으니 직접 가공해서 아이템으로 만들어서 팔 작정이었다. 검이나 옷을 만든다면 구매자를 구하기도 쉬우니까.

돈을 벌기 위해서 다양한 생산 스킬들을 익히는 것은 필수였다.

충분한 휴식을 취하고, 여동생도 학교에 보냈다.

거의 하루 종일 로열 로드를 탐험하던 이현에게 24시간이란 제한은 한없이 길게 느껴졌다.

경험치나 아이템을 획득하기 위한 짜릿한 손맛!

"이제 슬슬 가 볼까?"

이현은 정확히 24시간을 채우고 로열 로드에 접속했다.

KMC미디어의 강 부장은 위드와 연락을 하기 위해서 열심히 노력하고 있었다. 메일도 수십 통이나 보내 보았고, 전화를 바란다는 쪽지도 남겼다.

그런데 상대방은 한 통의 메일도, 단 한 장의 쪽지도 수신 확인을 하지 않았다.

"젠장, 제발 메일 좀 읽어 보란 말이야!"

강 부장은 보기 드문 끈기의 사나이였다. 그는 할 수 있는 모든 방법을 찾아보고 있었다.

그러던 차에 아이템 거래 사이트에 위드라고 밝혀진 이가 물건을 등록했다.

"이거다. 바로 이거야!"

다크 엘프나 오크들의 무기, 자이언트 몬스터의 가죽류들도 포함되어 있었다.

더 이상은 의심할 여지가 없다.

강 부장은 즉시 올라온 물품에 입찰했다. 그가 써넣은 금액은 무려 3천만 원.

미노타우로스의 발톱이라는 잡템 하나에 입찰한 금액이었다.

위드가 다시 나타난 곳은 유배자의 마을이었다.

죽음을 경험했으니 가장 가까운 인간 마을에서 되살아난

것이다. 마을에는 어린 아이들이 뛰어놀고, 사람들이 분주하게 오간다.

바삐 움직이는 사람들의 표정에는 활기가 돌고 있었다.

사냥꾼 코쿤도 방패를 손질하고 있었다.

"여어, 위드. 자네가 왔군."

"불사의 군단과의 전쟁은 어떻게 되었습니까?"

"우리가 이겼지. 그놈의 리치가 죽고 나서."

"그러고요?"

"전투가 끝나고 우리들은 돌아왔다. 그동안 노예 생활을 하던 주민들도 함께 돌아와서, 마을의 규모가 조금 커졌지. 이제 우리 인간들과 오크들이 서로 싸우지 않고 지낼 수 있을지. 일시적인 평화에 불과하겠지. 참, 오크들이 자기네 영웅 카리취가 없어졌다고 찾고 있더군. 네크로맨서들도 자네를 기다리고 있어. 자신들이 세상에 나설 때가 되었다면서 빨리 와 주기를 바란다네."

사냥꾼 코쿤의 말을 통해서 퀘스트는 성공했음을 알 수 있었다.

"알겠습니다. 그들에게 가 봐야겠군요."

"그럼 수고하게. 참, 우리 마을을 지키는 데 도움을 주어서 고맙네. 앞으로 우리 절망의 평원에 있는 마을들에서는 자네에게 최대한 편의를 봐주게 될 거야. 사실 그래 봐야 대단한 것은 없지만, 어디서든 환영을 받게 될 걸세."

그러면서 코쿤은 다시 방패를 손질하기 시작했다.

위드는 네크로맨서를 만나러 가기 전에 우선 자기 자신의 상태부터 살피기로 했다.

"스탯창!"

캐릭터 이름 : 위드	**성향** : 자유로움
레벨 : 286	**직업** : 전설의 달빛 조각사
칭호 : 뛰어난 손재주를 가진 장인	
명성 : 13,645	
생명력 : 19,230	**마나** : 9,760
힘 : 715+65	**민첩** : 575+65
체력 : 134+65	
지혜 : 136+65	**지력** : 154+65
투지 : 323+65	**지구력** : 180+65
인내력 : 374+65	
예술 : 447+145	**카리스마** : 212+65
통솔력 : 492+65	**행운** : 5+65
신앙 : 96+435	**매력** : 39+65
공격력 : 2,211	**방어력** 640
마법 저항 불 : 13%	**물** : 15%
대지 : 25%	**흑마법** : 50%

레벨이 7개나 올라 있었다.

직접 리치 샤이어의 목숨을 끊어 놓은 것은 아니라고 해도, 위드는 상당히 결정적인 역할을 했다. 그 덕에 레벨이 한꺼번에 올랐다. 그 후에 죽어서 하락을 했다고 해도 286이나 되었다.

하지만 레벨 외에 떨어진 것들이 너무나도 많았다.

2차 전직을 한 전투 계열 직업들은 힘이나 민첩, 혹은 지혜 등이 비약적으로 상승한다.

조각사에게는 그러한 혜택이 없으나, 손재주가 있다.

조각술은 모든 예술이나 생산 계열의 기본이 되는 학문이었다. 가장 빠르게 발전하는 손재주를 이용해 다양한 생산 스킬들을 골고루 익혀 놓는다면 다방면에 재주를 부릴 수 있게 된다.

그로 인해서 육체와 정신, 지구력 등이 골고루 발전할 수 있다. 충분한 시간만 투자한다면 같은 레벨에서는 상대해 낼 적수가 없을 만큼 강해진다. 그러나 역시 조각사의 단점은 숙련도였다.

한 번씩 죽을 때마다, 어렵게 올려놓은 각종 생산 스킬들이 하락했다.

고급 조각술이 13%, 요리가 10%. 손재주가 16%.

재봉이나 대장일, 약초, 낚시, 검 갈기, 방어구 닦기, 붕대 감기, 다림질.

이런 다양한 스킬들이 5%에서 7%까지 하락했다.

레벨로 따지자면 두세 단계 정도가 떨어진 아픔이었다.

"으으."

위드는 안타까움에 몸을 떨었다.

노가다를 해 가며 어떻게 올려놓은 스킬들인데 떨어진다는 말인가! 그러나 정작 이제는 정말로 중요한 것을 확인해 봐야 할 순간이 왔다.

리치 샤이어를 잡고 얻은 아이템!

그것을 살펴봐야 하는 것이다.

위드는 아무 말 없이 배낭에 손을 넣어 가진 것을 꺼내 놓았다.

지팡이 하나!

보석 하나!

마법 책 하나!

어떤 순간에도 아이템을 취할 수 있는 손놀림이 아니고서야 불가능한 일.

위드도 죽음으로 인해 물건 몇 개를 잃어버려야 했다.

대장장이가 쓰는 소형 화로와, 재봉에 사용하는 실과 바늘 정도. 값으로 따져도 그리 크지 않은 손실이었다.

"바인의 로브는 일단 없군. 마법 책이야 퀘스트 아이템일 테지만……."

여전히 불안했다.

개수가 많다고 해도 쓸모없는 것들이라면 헛수고를 한 셈이 되어 버린다.

"감정!"

위드는 우선 마음의 안정을 취하기 위해 마법 책부터 확인해 보기로 했다.

띠링!

바르칸이 직접 저술한 네크로맨서의 마법서 : 내구력 30/30.
흑마법의 두 번째로 어려운 학문인 언데드의 조제에 대해 적혀 있는 마법서. 기초 수준에서부터 고급 단계에 이르기까지 언데드에 대한 모든 제조법이 적혀 있다.
천재적인 마법사 바르칸 데모프가 직접 저술하여, 이해하기는 어렵지 않다.
다만 언데드를 생성하고 다루는 데에는 막대한 마나가 필요하므로 함부로 사용할 수는 없을 것 같다.
제한 : 직업 마법사. 레벨 300. 지혜 500. 마나 8,000.
네크로맨서로의 전직이 가능함.
옵션 : 흑마법에 대한 저항력 +25.
　　　언데드를 제조하는 능력 +2.
　　　지성을 갖춘 보스 언데드를 만들 수 있다.
　　　언데드의 생명력이 향상되며, 신성력에 대한 저항력이 생긴다.

언데드를 제조하고 양성하는 데에는 최고의 아이템이라고 할 수 있는 물건이었다.

'이걸 처분한다면 꽤 큰돈을 받겠어.'

위드는 우선 마법서를 잘 챙겼다. 당장은 팔기 힘들고, 네크로맨서를 택하는 마법사들이 많아질수록 가치가 커질 물건이다.

 실상 지금은 초기라서 네크로맨서에 대한 관심이 지대하다. 그러나 정작 네크로맨서의 직업을 선택할 사람은 그리 많지 않으리라.

 선택할 수 없을 때에야 장점만 보이는 법이지만, 할 수 있게 되면 단점이 더 부각되기 때문이다.

 네크로맨서들은 기본적으로 신성력에 의한 축복이나 치료를 받지 못한다. 이것은 의외로 중요한 문제라서, 생명력이 낮은 마법사들은 죽을 확률이 서너 배쯤 높아지게 된다.

 죽은 몬스터를 언데드로 만들어 유지하는 데에도 많은 마나가 들어가니 웬만한 마법사는 고르지 못하는 직업이다.

 사실상 네크로맨서들은 여러 부작용 때문에 파티 플레이에도 걸맞지 않다.

 다수의 언데드를 거느린 마법사.

 대부분의 사냥을 언데드들이 해 버릴 테니, 안전하긴 하겠지만 그만큼 경험치 등을 습득하기에는 장애가 되는 것이다.

 네크로맨서의 인기도 어느 정도 줄어들고, 결국은 마법사들 중에서도 정말 자신의 길이라고 생각한 사람들만이 선택하게 될 것이다.

 그다음, 위드는 천천히 심호흡을 하고 지팡이를 확인했다.
"감정!"

성자의 지팡이 : 내구력 90/90. 공격력 15~20.
위대한 성자 고리안이 다리의 힘이 풀릴 때마다 사용하였다는 지팡이. 가볍고 튼튼한 엘프목으로 만들어졌지만, 두텁게 때가 타서 무늬를 전혀 알아볼 수 없게 변했다.
생명의 힘이 깃들어 있다.
제한 : 성직 계열의 직업.
 단 범죄자나 흑마법사들도 사용할 수 있음.
옵션 : 성직자가 사용할 경우 신앙 +150.
 매력 +30.
 지구력 +20.
 험난한 지형에서의 체력 소모 감소.
 기부나 적선을 할 때의 명성 +30% 상승.
 헌신이나 희생 마법의 사용 가능.
 악인의 손에 들어가면, 추가적으로 나쁜 힘을 상승시킴.
헌신 : 자신의 생명력과 마나를 1%를 남기고 전부 소모.
 파티원 전원에게 한 단계 높은 축복과 가호 마법 시전.
희생 : 자신의 생명을 바쳐서 주변에 있는 최대 50명 이하의 사람들을 완전한 상태로 회복시킴.

가장 큰 기대를 했던 지팡이!
"역시!"
위드의 입에서 안타까운 한숨이 나오게 하기에 충분한 물건이었다.
"도무지 이걸 어디다 팔란 말이야!"
네크로맨서들이 차고 있는 뼈 지팡이보다도 못한 무기가

나온 것이다.

　감정을 하기 전에는 성직자들이 쓰기에 좋은 무기 같았다.

　힘이 약한 성직자들은 대체로 메이스류의 무기를 잘 쓰지 못한다. 지팡이나, 신앙심을 올려 주는 조금 큰 성물을 들고 다니는 게 보통이었다.

　그런데 누가 이 지팡이를 쓰겠는가!

　검이라면 공격력이 강해지지만, 이 지팡이는 가지고 있어 봐야 순전히 남 좋은 일만 시키는 것이다.

　이 세상에 헌신이나 희생 따위란 있을 수 없다는 철저한 개인주의에 의한 가치관!

　위드는 땅을 치고 후회했다.

　"차라리 줍지나 말 것을."

　그렇다고 해서 버릴 마음은 추호도 없었다.

　구태여 성직자에게 팔 필요는 없다. 나쁜 힘도 상승시켜 준다고 하니 악인에게 팔면 된다.

　"도구는 도구일 뿐이지. 칼이 죄를 짓는 게 아니라, 마음씨가 중요한 거야."

　마지막에 살펴본 보석은 일종의 강화석이었다. 무기나 금속으로 된 방어구를 만들 때에 넣어 주면 그 능력을 향상시켜 주는 재료 아이템!

　1등급의 강화석이었다.

　대장장이 기술은 다양한 가죽류를 다소 쉽게 구할 수 있는 재봉과는 재료에서 수준 차이가 크다. 고귀한 금속은 부르는 게 값이고, 이것을 제련하는 데에도 많은 노력을 필요로 한다.

"이걸로 간신히 적자는 면했구나."

위드는 어느 정도 마음을 놓았다.

레벨 20개와 예술 스탯 100개, 가진 돈 7만 골드를 전부 투자해서 완수한 퀘스트였다.

다른 이들이 사냥을 하는 동안에 이 퀘스트에만 전념했으니 어느 정도의 성과는 있어야만 했다.

"퀘스트를 보고한다면 무언가 더 나오겠지."

위드는 마을에서 망태기를 사서 유로키나 산맥으로 향했다.

널려 있는 잔해와 파헤쳐진 땅!

오크와 다크 엘프, 인간들이 싸운 흔적이 도처에 널려 있었다.

코뿔소의 뿔이나, 세르파의 마녀들의 장비들은 존재하지 않았다.

베르사 대륙의 시간으로 위드가 사라졌던 시간이 나흘 정도나 되었으니, 탐욕스러운 오크들이 이미 모두 처리했을 것이다.

"그래도 다행이야."

위드는 망태기에 약초들을 담았다. 정력에 좋은 약초들이니 고가에 팔릴 것이다.

"한 푼이라도 더 건져야 된다."

위드는 눈에 불을 켜고 약초들을 찾았다.

깊은 산에 숨어 곱게 잘 자라고 있던 약초들을 뽑아내는 손길에는, 인정 따위는 추호도 남아 있지 않았다.

파바바박!

손날을 세워 약초 주변의 흙을 마구 파낸다. 그리고 약초를 흙과 함께 빼낸 다음에 곱게 턴다. 뿌리 한 조각도 잃지 않기 위한 철저하게 숙련된 손놀림이었다.

과거라면 이 정도까진 아니었으리라!

돈 되는 약초이니 반드시 캐려고 했겠지만, 그래도 조금쯤은 느긋해질 수 있었다. 그러나 현재 위드는 퀘스트 때문에 가진 돈을 거의 다 써 버린 신세였다.

"돈. 돈. 돈."

위드는 부지런히 약초를 캐서 담았다.

배낭에는 술병들이 가득했다.

유로키나 산맥에 와서 열심히 담근 술.

로자임 왕국 병사들과 오크들이 마셔 버린 이후로 새로 담근 것이었다. 산열매로 빚은 술에, 헤레인의 잔을 이용해 성수를 가득 담았다.

교단의 성물까지 써먹는 철저한 사리사욕!

성수로 담근 술은 매우 달콤하고 향과 맛이 있으며, 목을 넘어가는 느낌이 아주 뜨겁다.

퀘스트만 진행하였더라면 이런 짭짤한 부수입을 챙기지

못했겠지만, 각종 생산 기술들은 어떤 환경에서도 부업을 하게 만들어 줬다.

"역시 조각사는 부업이 없으면 굶어 죽기 딱 좋은 직업이지. 조각품은 만들기도 어렵지만 잘 팔리지도 않으니까."

이처럼 열심히 약초를 캐고 있을 때였다.

-위드 님!

마판의 귓속말이 전해져 왔다. 아마도 지금쯤이면 위드가 다시 살아나지 않았을까 해서 귓속말을 보내 본 것이리라.

-예, 말씀하세요.

-드디어 접속하셨군요! 지금 어디십니까?

-리치와 싸웠던 장소에 있습니다.

-아, 잘됐군요. 금방 그쪽으로 가겠습니다. 일행도 그 근처라고 하던데.

-일행요?

-페일 님들이 절망의 평원을 달려서 왔습니다. 위드 님을 만나기 위해서요. 조금 후면 거기에 도착할 겁니다. 저도 곧 그쪽으로 가겠습니다.

위드는 감격에 벅차올랐다.

'역시 내가 세상을 잘못 살지는 않았어.'

얼굴을 보기 위해 평원을 횡단하여 올 정도의 우정과 의리가 있는 일행!

"휴, 힘들다."

페일은 이마에 흐르는 땀을 닦았다.

불사의 군단과의 전투를 보고 싶었지만, 뒤늦게라도 말을 바꿔 타면서 쉬지 않고 달려왔다. 성직자인 이리엔이 지친 말에 축복과 체력 회복을 걸어 준 덕분에 이곳까지 달릴 수 있었다.

이리엔은 힘겨운 미소를 지었다.

"정말 동영상에 나와 있는 것과 똑같아요. 온 보람이 있네요."

"여기가 로자임 왕국의 동쪽이로군요. 탐험가들의 발길도 닿지 못하던 땅."

"우리들이 거의 최초라고 볼 수 있을 거예요."

로자임 왕국을 떠나 보질 못했던 로뮤나 수르카가 느끼는 감동은 대단한 것이었다.

자유로움 속에서 자신을 찾는다. 베르사 대륙의 다양한 문물을 보면서 자기 자신을 느끼는 것이다.

처음에 로열 로드가 열렸을 때, 많은 이들이 걱정을 했다. 갈수록 게임에 빠져 드는 사람들이 늘어나는데, 여기에 불을 지르는 것은 아닌가 하는 우려에서였다.

특히나 어린 나이부터 게임을 시작하여, 소심하고 편협한 사람으로 성장하는 것은 큰 문제가 아닐 수 없었다.
 그러나 로열 로드는 그런 부분에 있어서는 우려를 불식시키기에 충분했다.
 평상시 접해 볼 수 없는 문화를 가지고 있는 대륙에서, 다양한 국가를 경험해 본다. 넓은 대지를 달리면서 웅심을 키울 수도 있었다. 나약한 사람이 아니라, 뜨거운 가슴을 가진 인간이 된다. 동료와 함께 싸우면서 든든한 우정도 쌓을 수 있었다.
 수르카가 말했다.
 "헤헤, 위드 님한테 요리를 해 달라고 해야지."
 화령도 웃으면서 고개를 끄덕였다.
 "맛있는 요리를 만들어 달라고 해야죠."
 뒤에서 따라오던 검치도 한마디를 했다.
 "우리는 술을 마시고 싶어."
 "한잔해야지요, 스승님."
 검둘치가 재빨리 맞장구를 쳤다.
 어느새 일행을 따라온, 검치와 검둘치를 비롯하여 검오치까지!
 검치와 검둘치, 검삼치, 검사치, 검오치 들은 각자 흩어져서 무사 수행을 하기로 했다. 그러다가 위드를 만나러 간다는 소식을 듣고 따라나선 것이다.
 술과 음식을 위해서!

"위드 님!"

"저희들이 왔어요!"

약초를 캐고 있던 위드가 산 아래쪽을 내려다보자, 한 떼의 무리들이 달려오고 있었다.

황폐화된 산을 뛰어오르고 있는 무리들!

페일, 수르카, 이리엔, 로뮤나, 화령, 제피!

거기에 예상치 못한 손님인 검치 들도 보였다.

위드는 반갑게 그들과 해후했다. 나눌 이야깃거리는 많고도 많았다. 어떤 식으로 불사의 군단과 싸웠는지, 그동안 어떤 준비를 했는지를 이야기하는 것이다.

평원을 달려오면서 중간에 참지 못하고 이미 마판에게 한 차례씩 들은 일행이었지만, 당사자에게 직접 듣는 것과는 또 느낌이 다르다.

마판도 어느새 달려와서 함께 이야기를 듣고 있었다.

"에, 그러니까······."

위드는 느긋하게 약초를 캐며 설명을 했다.

불사의 군단에 대한 흥미진진한 이야기를 들으며, 페일들도 모험을 한 것만 같았다. 새삼 직접 옆에서 구경한 마판이 부러워지는 순간이었다.

"그래서 퀘스트는 성공하셨나요?"

페일이 조심스럽게 물었다.
이것만큼은 마판도 확실히는 알지 못했다. 리치 샤이어와 위드가 함께 죽는 것까지만 봐서 퀘스트의 결과는 모르고 있었다.
리치 샤이어를 조금이라도 먼저 죽이고 죽었다면 성공했겠지만, 그게 아니라면 실패였으니까.
"그게……."
위드는 한없이 우울한 표정을 지었다.
쓸쓸함, 고독!
깊은 안타까움을 온몸으로 표현하는 것이다.
사랑하는 여자 친구에게 실연을 당한 남자라고 해도 이렇게 슬퍼 보이지는 않으리라.
"제가 괜한 것을 물어본 것 같습니다."
페일이 사과의 말을 할 때였다.
위드가 약초를 뽑기 위해 땅을 파며 말했다.
"아이템이……."
"예?"
"리치 샤이어에게서 값비싼 아이템이 거의 안 나왔습니다."
"커억!"
난이도 A급의 퀘스트를 해결하고도 좋은 아이템을 건지지 못했다고 슬퍼하는 남자!
'역시 위드 님은 변함이 없어.'

화령은 활짝 미소를 지었다.

동료를 만난 이 순간에도 한 푼이라도 더 벌기 위해 부지런히 약초를 따는 저 손길. 저것이야말로 위드의 철저한 마음가짐이었다.

여기서 어떻게 변하더라도 저런 모습만은 평생 바뀌지 않으리라.

페일이나 제피 들도 얼른 약초밭에 뛰어들었다.

"위드 님, 저희들이 돕겠습니다."

그러나 위드는 의젓하게 고개를 젓는 것이었다.

"아닙니다. 제 일인데 여러분을 고생시킬 수야 없지요."

"그래도……."

"그냥 저쪽에 앉아서 편안히 구경해 주세요."

평상시의 위드라면 절대로 하지 않을 말이다. 언제부터 위드가 다른 사람을 부려 먹지 않게 되었단 말인가!

페일 들은 의아했지만, 구태여 억지로 끼기도 뭣해서 대충 바위에 걸터앉았다.

그래도 이리엔이나 화령, 수르카 들은 옷소매를 걷었으나, 위드가 아예 앞을 가로막았다.

"이건 제 일이니까 제가 끝내도록 해 주세요."

견물생심!

남자들보다 오히려 여자들을 더욱 걱정하는 위드였다.

정력을 보강시켜 주는 약초라면 여자들이 더 탐내는 법.

"휴우."

"바람이 참 찹니다, 스승님."

"옆구리가 허전하구나."

정력 보강 약초 따위는 도무지 쓸 곳이 없는 검치 들만이 쓸쓸하게 앉아 있었다.

이윽고 약초를 다 캔 위드는 허리를 폈다.

"휴, 다 끝났군요. 그럼, 오랫동안 기다려 주셨으니 특별히 약초 토끼탕을 만들어 드리겠습니다."

"와아!"

위드가 요리를 만들어 준다는 말에 일행은 환호를 올렸다.

"어험!"

검치가 보란 듯이 헛기침을 했다.

"어째 목이 칼칼하구나."

검둘치가 재빨리 덧붙였다.

"약초 토끼탕이라면 뭔가 얼큰할 거 같구나. 먹다 보면 딱 한 잔 생각이 날 것도 같은데. 위드야."

"예. 사실 사형에게 드리려고 좋은 술을 담가 놓았습니다."

"그랬느냐?"

기왕에 줄 것이라면 기분 좋게, 최대한 베푼다는 느낌을 줘야 하는 법!

"저쪽에 계곡이 있습니다. 거기서 요리도 하고, 술도 마시죠."

"그래 주겠느냐? 그런데 괜히 그쪽까지 갈 필요가 있을까?"

"모르시는 말씀. 이 술은 시원하게 마셔야 제 맛이 나는 것입니다. 본래 술은 온도에 따라서 그 맛과 향이 크게 달라지는 법이지요. 그리고 분위기 있는 계곡에서 한잔한다면 얼마나 여유롭고 좋습니까?"

"그래?"

검치 들은 그저 술만 마실 수 있다면 좋을 뿐이었다.

위드는 일행을 데리고 계곡으로 향했다. 전투가 벌어져서 황폐화된 장소와는 거리가 멀어서, 맑은 냇물이 흐르고 물고기들이 헤엄을 치고 있었다.

"그러면 슬슬 제 요리 솜씨를 발휘해 볼까요? 참, 이 술은 우선 계곡 물에 담가 두도록 하지요."

"허허, 그렇게 하거라."

위드는 일행이 보는 앞에서 술병을 꺼내 계곡 물에 담갔다. 그러고는 약초들을 조금 꺼내고, 미리 재워 둔 토끼 고기와 조미료를 넣고 탕을 끓였다.

지친 몸을 챙겨 주는 약선 요리!

"좋구나!"

"정말 맛있어요."

위드가 만든 음식은 엄청난 인기를 끌었다.

토끼 고기는 금방 사라지고, 서로 국물 한 수저라도 더 뜨기 위해서 난리였다. 검치 들의 왕성한 식욕을 알고 있는 페일 들 또한 조금도 지지 않고 숟가락을 놀렸던 것이다.
 위드는 그들을 위해 넉넉하게 요리를 만들어 주었다.
 물론 공짜라고는 추호도 생각하지 않았다.
 '가는 게 있으면 오는 것도 있는 법. 즉 먹였으니 나중에 무언가를 뜯어내야지.'
 돼지를 기를 때, 정말로 돼지가 예뻐서 밥을 주는 이가 몇이나 되겠는가. 다 바라는 게 있는 것이다.
 "슬슬 목이 타는구나."
 검치가 술을 꺼내 놓으라고 은근히 눈치를 주었다.
 꿀꺽!
 마른침을 삼키는 이들이 한둘이 아니었다.
 검치 들만이 아니라 다들 위드가 주는 술을 맛보고 싶어 하는 것이었다.
 "자, 여러분께 제가 한 잔씩 따라 드리겠습니다."
 위드는 간단히 조각칼을 꺼내, 주변의 나무로 잔을 만들었다. 그리고 그 잔을 나누어 주고 술을 따라 주었다.
 또로롱!
 맑은 옥빛 술이 잔을 가득 채운다. 누구나 마셔 보지 않고서는 견딜 수 없을 정도로 그윽한 정취가 일었다.
 검치 들은 잔을 들어 마셔 보고 나서 탄성을 터트렸다.
 "캬아! 좋구나."
 시원한 술이 목구멍에서는 화끈하게 변한다.

몸을 보하고 기분이 좋아지는 제대로 된 술.

"이런 술이라면 정말 천금이 아깝지 않겠구나."

검치가 그렇게 말했고, 마판도 동감이었다.

"이렇게 좋은 술이라면 공짜로 마시기가 미안한데요. 웬만한 노력으로는 담그기 힘드셨을 것 같은데. 거기에 위드 님, 퀘스트 하느라 돈 다 쓰셨잖아요."

"매번 신세 지기도 죄송하니 이 술은 저희들이 사겠습니다. 제가 우선 두 병 사죠."

저번에도 술을 마셔 보았던 페일이 솔선해서 나섰다.

"그래. 우리들이 살 테니 어서 술을 내오거라."

검치 들도 이제는 초보가 아니라서 술값 정도는 충분히 낼 수 있는 처지가 됐다. 위드가 드디어 돈을 받고 술을 팔 수 있게 된 것이다.

그러면서도 겸양의 말은 잊지 않았다.

"꼭 그러지 않으셔도 되는데."

"아니다. 네가 만든 술을 우리가 사 주지 않으면 누가 사겠느냐? 섭섭한 소리 그만 하고 어서 술이나 얼마든지 가져오거라."

"예, 알겠습니다."

위드는 그때부터 열심히 술을 날랐다.

계곡 물에서 차갑게 만든 술을, 검치나 다른 일행이 마시기 좋게 따라 주는 것이었다.

이리엔과 로뮤나가 자리에서 일어나서 도와주려고 했다.
"위드 님, 저희가 할게요."
"아닙니다. 술은 어떻게 따르느냐에 따라서 맛이 달라지는 법. 제가 만든 술이니 제가 가장 맛있는 때를 압니다. 좋은 술이니 제가 따르도록 해 주세요."

나름대로 이유를 내세우면서 위드는 술을 가져오는 것을 계속 전담했다.

검치 들과 일행은 조금씩 취기가 돌아 고주망태가 되어 갔다.

그때부터 위드는 열심히 술에 물을 타기 시작했다. 일부러 술의 온도를 이야기하면서 계곡까지 온 이유가 바로 이것이었던 것이다.

죽음을 거부할 수 있는 힘

거나한 술자리를 마치고, 위드는 일행과 함께 오크 마을로 향했다.
그러면서 위드는 다시금 육중한 몸뚱이를 가진 악독한 오크 카리취의 형상으로 변신했다.
"꺄아, 너무 귀여워!"
"이게 그 오크구나!"
"이 팔뚝 좀 봐. 두꺼워."
사람의 취향이란 알 수 없는 것.
화령과 수르카는 카리취의 모습을 보며 너무나도 좋아했다.
틀어진 큰 코에, 입 밖으로 튀어나온 누런 이빨.
이기심으로 가득한 눈매!

지나치게 떡 벌어지고, 불룩하게 튀어나온 똥배!

 이건 도저히 인간이나, 유사인종으로 보고 좋아하는 것이 아니었다. 너무 못생기다 보니 아예 괴물 취급을 하며 즐거워하고 있었다.

 위드는 어렵지 않게 오크들의 마을을 찾았다.

 거의 몇 달간을 퀘스트를 위하여 지내 왔고, 오크들과 함께 유로키나 산맥을 뛰어다니면서 사냥을 했으니 모를 수가 없었다.

 "취칙! 500만 골드에 좀비 이빨 판다. 취치이익. 좀 사가라."

 "고대 병사가 쓰던 다 썩은 검. 추이익! 2천만 골드에 판다."

 "차면 저주 붙는 팔찌 있다. 싸게 800만 골드만 받는다. 취익."

 불사의 군단과의 전투를 승리로 이끌고 난 이후로, 여러 아이템을 얻은 오크들은 황당한 가격으로 물건을 팔고 있었다. 한 건이라도 올리기 위한 가격 후려치기!

 어떤 오크들은 본격적으로 위드에게 말을 걸었다.

 "좋은 물건 있다. 사가라. 취."

 "관심 없다. 취익."

 보통은 이 정도로 포기했지만, 몇몇 오크들은 집요했다.

 "이거 사려고 왔지, 카리취? 얼마까지 알아봤나. 최대한

맞춰 주겠다."

적극적으로 호객 행위를 하는 오크들!

"그럼 둘러보고 다시 와라. 취익!"

위드가 쳐다보지도 않는데도, 자기들끼리 알아서 말을 한다. 보통과는 다른 오크 마을만의 특징이었다.

어떤 오크들은 알은체를 했다.

"카리취. 카리취."

"왜 그러나. 취칫."

위드는 심드렁하게 대꾸해 줬다.

"저 인간들은 뭐냐. 췻."

"내 포로들이다. 취익."

따라서 마을로 들어온 일행에 대해서는 대충 둘러대는 것으로 충분했다.

애초에 지능이 떨어지는 오크들이었기에 복잡한 생각 따위는 하지도 않는 것이다.

"아, 그러냐. 축하한다. 취치치칫. 살이 야들야들한 게, 삶으면 맛있겠군. 언제 먹을 거지?"

오크 병사들은 군침을 흘리며 화령이나 이리엔, 로뮤나를 보았다.

체구가 작은 수르카는 아예 먹을 생각도 하지 않았다.

졸지에 오크들의 먹잇감이 된 그녀들은 웃음을 그치지 않고 있었다.

이런 상황이 너무나도 흥미진진했던 것이다.

위드는 익숙하게 오크들을 대했다.

"나중에 먹을 거다. 취익!"

"그래? 나도 끼워 주라. 취이잇."

"2골드 내라. 치칙."

"돈 없다. 대신 좀비 눈알 80개는 안 되겠나. 취."

좀비 눈알은 일종의 잡템으로, 5실버 정도 하는 물건이었다.

"된다. 취익."

"늘 그랬듯이 팔은 내 거다. 취칙."

"알았다. 남겨 두겠다. 취익!"

하지만 위드와 오크들 간에 오가는 본격적인 이야기를 들으며, 화령과 이리엔 들의 얼굴빛은 파리하게 변했다. 왠지 정말로 팔아먹고도 남을 듯했던 것!

위드는 일행을 데리고 오크 장로가 사는 집으로 들어갔다.

나무를 대충 잘라서 덧대어 만든 집으로, 비가 오면 빗물이 줄줄 새고 밤에는 별이 보이는 집이었다.

"카리취, 왔구나."

오크 장로는 부드러운 눈으로 위드를 맞이했다.

"장로, 부탁한 의뢰를 수행하고 돌아왔다. 취익."

"그래. 이번에 카리취 너의 공은 잊을 수가 없다. 다크 엘프에게 밀리던 오크들. 우리들이 다시금 유로키나 산맥의 지

배자임을 증명할 수 있었다. 취치치칙!"
 띠링!

> **오크 종족의 번영 완료**
> 위대한 오크들은 희생을 마다하지 않는다.
> 번식력이 뛰어난 오크들은 삶보다는 죽음에 더 큰 의미를 둔다.
> 어떤 적과 싸워서 죽느냐.
> 전투를 숭상하는 오크들에게는 강한 적과 싸우는 것이 최대의 영광이다.
> 불사의 군단과의 전투에서 승리함으로 인하여, 다크 엘프들은 오크들이 산맥의 지배자임을 깨닫게 되었다.
> 몬스터와, 험난한 지형과 투쟁하며 살고 있는 오크들의 영광은 오래도록 남을 것이다.

-명성이 230 올랐습니다.

-오크들과의 우호도가 19가 되었습니다.

-오크 마을의 공적치가 950 상승했습니다. 오크 마을의 공적치는 지역 상태창을 통해 확인할 수 있습니다.

-오크 마을의 공적치 : 2,790

-레벨이 오르셨습니다.

죽음을 거부할 수 있는 힘 **169**

-레벨이 오르셨습니다.

-레벨이 오르셨습니다.

오크의 종족 퀘스트를 완수하면서 레벨을 3개 올릴 수 있었다.
오크 장로는 말을 이었다.
"그럼 약속한 물건을 주겠다. 췻!"
퀘스트의 보상 아이템!
오크들의 마을에서는 퀘스트를 무사히 해결했을 경우에 보석이나 광석으로 대가를 지급한다.
'비싼 보석을 받을 수 있으면 좋겠군.'
보석을 직접 가공해서 판다면 그것이 모두 돈이다.
위드는 상당한 기대를 가졌다. 그런데 오크 장로가 들고 나온 것은 흑색 덩어리였다.
"취칙. 오래전에 발견한 광석이다. 우리를 토벌하기 위해서 왔던 이가 쓰던 갑옷의 일부다. 취익. 좋은 물건 같지만 어떻게 손볼 수가 없어서 대장간에 그대로 넣어 두었던 거다. 가져가서 알아서 써라."
흑색 덩어리!
처음에 위드는 그것이 무엇인지 알지 못했다.
광물의 원석도 아니고, 그렇다고 해서 장비도 아니다.

한참을 살펴본 바로는 미약하나마 방어구의 흔적이 발견되었다.

장갑과 부츠, 어깨에 대는 견갑과 허리에 매는 요대도 있었다. 재질로는 미스릴이 상당히 함유된 것이었다.

그것을 용광로에 집어넣어서 지금까지 녹였다. 그런데 다 녹지 않아서 덩어리째로 굳은 것이다.

'미스릴이라. 이걸 제대로 다루려면 천생 예술가들의 도시로 가야겠군.'

달빛 조각술에 대한 힌트를 얻기 위해서도 예술가의 도시에 방문해야 했다.

예술가의 도시 로디움!

여기에는 예술가들과 생산직들의 길드가 모여 있다.

"그럼 이만 가 보겠다, 장로. 췻."

위드가 보상품을 챙기고 나가려고 할 때였다.

시키지도 않았는데 장로가 엉뚱한 이야기를 했다.

"이제 우리 오크들의 긍지는 하늘을 찌른다. 췻췻. 오만한 다크 엘프의 콧대를 눌러 주었을 뿐만 아니라, 유로키나 산맥의 주인이 우리라는 사실도 알리게 됐다. 취이잇. 우리에게는 더 많은 도전과 힘든 길이 함께하겠지만, 마지막 순간까지 살아남는 종족은 오크가 될 것이다."

띠링!

오크가 베르사 대륙에 존재를 드러내었습니다.
포악하고 이기심 많은 종족! 하지만 솔직하고 꾸밈이 없기도 합니다.
오크들은 다수가 가질 수 있는 규모의 힘을 자랑합니다.
압도적인 세력과 규모!
육체적인 능력이 부각된 오크들은 체력적으로 강하게 성장하면 바바리안과도 겨룰 수 있습니다.
로열 로드의 초기 시작 시에 종족 오크를 선택할 수 있게 되었습니다.

종족의 번영 퀘스트.

새로 시작하는 유저가 오크를 선택할 수 있게 된다는 것이었다.

'앞으로 유로키나 산맥이 바빠지겠군.'

위드에게는 얼마 후의 모습이 훤하게 그려졌다.

새로운 직업이나 종족이 열리면, 호기심 때문에 많은 사람들이 우선적으로 선택해 본다.

오크 마을에 새로운 유저들이 생겨나리라.

오크의 모습을 하고, 오크들처럼 취익거리는 유저들!

좀 흉악하고 이기적인 오크들과 함께 사냥을 하면서 산맥을 뛰어다닐 것이다. 파격적으로 비싼 가격 덕분에 상거래는 그리 발전하지 않을 테지만, 많은 기회를 얻을 수 있다.

유로키나 산맥의 드넓은 사냥터!

우글거리는 고위 몬스터들!

오크를 택한 이들은 다크 엘프나 유배자의 마을에도 오고 가면서 조금씩 성장하게 될 것이다. 이것은 인간을 택한 이들은 결코 얻지 못할 소중한 경험이 되리라.

 위드는 오크 장로를 향해 가볍게 고개를 숙여 보인 후에 마을을 나왔다.

 위드는 이번에는 일행과 함께 다크 엘프의 성으로 들어갔다. 네크로맨서 바라볼에게 보고를 하기 위함이었다.

"대장님!"

다크 엘프의 성에는 로자임 왕국의 병사들이 있었다.

여전히 건재한 왕실 기사들과 백부장들.

부란, 베커, 호스람!

위드는 데일이 빠진 것을 발견했다.

"부란, 데일은 어디에 있지?"

"데, 데일은… 흐흑!"

호스람과 부란이 펑펑 울음을 터트렸다. 병사들도 침울한 얼굴이었다.

베커가 눈물을 참으며 보고했다.

"데일은 리치 놈의 마법에 휘말려서 와이번과 함께 추락하였습니다."

"그런 일이!"

위드의 눈시울도 따라서 붉어졌다.

진한 슬픔, 안타까움, 후회, 괴로움, 아픔!

이 모든 감정들이 물밀듯이 밀려왔던 것이다.

위드는 슬픈 얼굴로 호스람의 옆자리를 보았다. 저곳에 언제나 데일이 있었다.

백부장으로 승급한 이후로 더욱 든든하게 자리를 잡고 있었던 데일. 창을 주력 무기로 다루던 그였다.

'데일아.'

위드가 크게 상심을 하며 슬퍼하는 모습에, 로자임 왕국 병사들의 친밀도는 더욱 높아졌다.

"역시 우리의 대장님이다."

"리트바르 마굴에서부터 쭉 우리들을 키워 주셨던 분."

"대장님을 믿고 따르기로 한 데에는 조금이라도 후회가 있을 수 없어."

호스람과 부란, 베커의 친밀도와 충성도는 최상이 되었다. 다른 일반 로자임 왕국 병사들이나 왕실 기사에게도 위드의 권위는 절대적이 되었다.

따르던 부하의 죽음에 이토록 슬퍼할 수 있는 지휘관이란 흔치 않다. 높은 카리스마와 통솔력, 거기에 불사의 군단 퀘스트를 함께 마치면서 위드의 능력에 대해서 병사들은 깊이 신뢰하게 되었다.

일행도 위드에 대해서 그동안 잘못 알고 있었다고 판단할 정도였다.

페일은 반성했다.

'돈만 밝히는 분인 줄 알았더니… 이렇게 여린 면이 있으셨구나.'

수르카나 이리엔도 페일과 비슷했다.

'함께했던 병사의 죽음에 저토록 애도할 정도로 정이 많은 위드 님이었어.'

'왕국 병사라고 할지라도 함부로 쓰지 않고 소중히 대해 주시는구나.'

말없이 서 있는 화령이나 로뮤나의 눈가에도 따라서 눈물이 맺히려고 할 정도였다. 믿고 따르던 부하를 잃은 위드의 아픔이 전해져 왔던 것이다.

세상을 잃어버린 것처럼 낙심하고 있는 위드를 보자면 그런 감정을 가질 수밖에 없으리라.

하지만 실상은 조금 달랐다.

위드가 슬퍼하고 있는 것은 다른 부분이었다.

'내 공헌도!'

로자임 왕국의 병사들을 무사히 살려서 돌려보내면 소모했던 공헌도가 보충된다. 크게 성장시켜서 돌려보낸다면 오히려 공헌도를 더 얻을 수도 있다.

공헌도는 곧 돈과 아이템으로 직결된다.

그런데 백부장인 데일의 죽음은 그만큼의 공헌도를 잃어 버린 셈이니 안타깝고 후회될 수밖에 없는 것이다.

위드는 여전히 아픈 눈으로 로자임 왕국의 병사들을 보았다.

"데일 외에 죽은 이들은?"

"옛, 병사들 중에서도 25명가량이 목숨을 잃었습니다. 하지만 사악한 리치와 싸우다가 죽었으니 그들에게도 영광일 것입니다."

"아니야. 죽은 이들은 영원히 나의 마음속에 남아 있을 것이다. 우리는 그들을 절대로 잊지 말아야 한다."

"알겠습니다, 대장님."

불사의 군단 퀘스트를 하면서 병사들이 이것밖에 죽지 않았다는 것은 거의 기적에 가까웠다. 사제들의 치유력을 집중시키고 안전한 임무에만 돌렸다고 해도, 생각보다 많은 이들이 살아남은 것이다.

부란, 베커, 호스람 등 백부장들은 레벨도 많이 올라 있었다. 공을 세우기 좋은 임무에만 내돌린 덕분에 레벨이 70개 정도씩이나 올랐다. 지금 로자임 왕국에 돌아가면 기사가 될 수도 있을 것이다.

평범한 병사가 기사까지 오르는 것은 거의 전례가 없는 일이리라.

왕실 기사들도 레벨이 최소한 10개에서 20개 정도씩은 늘

어난 모습이었다.

로자임 왕국 병사들과의 반가운 만남을 마치고, 위드는 이제 네크로맨서들을 만나기 위해 흑색의 신전으로 가려고 했다.

일행도 그곳까지 따라가려다가 잠시 걸음을 멈췄다.

주변에 걸어 다니는, 까만 피부를 가진 다크 엘프들과 성채가 호기심을 크게 자극했던 것이다.

"위드 님, 저희들은 성을 돌아다니면서 구경을 좀 할게요."

로뮤나의 말에 위드는 고개를 끄덕여서 수락했다. 따로 퀘스트를 보고하는 자리까지 함께 가야 하는 것은 아니니까.

"예, 그렇게 하세요. 퀘스트를 보고하고 나와서 만나도록 하죠."

위드는 혼자서 흑색의 신전 안으로 들어갔다.

흑색의 신전 지하!

여전히 로브를 쓰고 우중충한 얼굴을 하고 있는 네크로맨서들이 위드를 기다리고 있었다.

바라볼이 뼈 지팡이를 흔들며 말했다.

"그대가 오기를 기다렸다. 불사의 군단과 싸울 때 발휘한 그대의 놀라운 지휘 능력은 길이 남을 것이야."

"아닙니다. 제가 세운 공은 미약합니다."

위드는 공손하게 대답했다.

죽음을 거부할 수 있는 힘 **177**

실제로 본인 스스로도 그리 대단한 일을 했다고는 여기지 않았다. 만일 혼자서 불사의 군단과 싸웠다면 바위에 계란 치기였을 것이다.

 오크와 다크 엘프들의 특성을 최대한 살려서 그들에게 투자를 했다. 그 덕에 이길 수 있었으니 그리 큰일이라고는 생각하지 않은 것이다.

 "그대의 투쟁심 덕분에 불사의 군단을 이길 수 있었고, 샤이어도 영원한 안식으로 빠져 들었다. 지옥에 가서도 야망을 불태울지 모르지만, 이제 이 대륙에서 샤이어를 보게 될 일은 없을 것이야. 불사의 군단이 사라진 것은 모두 그대의 공이네."

 띠링!

샤이어가 이끄는 불사의 군단 완료
어둠의 힘을 이끌어 내어 세상을 죽음으로 뒤덮으려던 샤이어는 다시는 돌아오지 못할 길을 떠났다.
베르사 대륙을 혼란에 빠뜨렸던 샤이어가 죽음으로써 세상은 한결 안전해질 것으로 믿고 있지만, 어둠의 무리는 어디선가 끝없는 전쟁을 일으키려고 할 것이다.

-명성이 2,750 올랐습니다.

-네크로맨서들과의 친밀도가 올랐습니다.

―레벨이 오르셨습니다.

―레벨이 오르셨습니다.

―레벨이 오르셨습니다.

―레벨이 오르셨습니다.

―레벨이 오르셨습니다…….

 레벨이 올랐다는 메시지가 한꺼번에 펼쳐졌다. 무려 17개의 레벨이 단번에 오른 것이었다.
 어느 정도 고수가 되면 퀘스트로 받는 경험치에는 한계가 있다. 그만큼 난이도 A의 퀘스트가 주는 경험치가 크다는 뜻이었다.
 위드의 레벨은 대번에 300의 고지를 넘어서 306이 되었다.
 '먼 길을 돌아왔군.'
 와이번을 만드느라 떨어진 레벨을 감안한다면, 아직은 그리 대단할 것도 없었다.
 바라볼은 비쩍 마른 손을 들었다.
 "우리 네크로맨서들을 대표해서 그대에게 보상을 내리겠다."
 위드는 절대로 거부하고 싶지 않았다. 난이도 A급의 퀘스트니까 보상 아이템도 어마어마한 것을 받게 될 것이다.

리치 샤이어를 잡고 나온 네크로맨서들의 마법 책은 그 시작에 불과한 것이다.
　'적어도 유니크! 아니면 레어로 3~4개는 받아야 한다.'
　프레야 교단의 예를 들더라도 아가사의 검 정도는 받을 수 있을 것으로 기대되었다.
　바라볼은 말했다.
　"그런데 미안하게도 우리들은 가진 재산도 보물도 전혀 없다네."
　"……."
　"은둔자로서 떳떳하게 세상을 다닐 수 없었으니, 아무것도 모아 놓을 수가 없었지."
　"그래도 최소한 아껴 놓은 보물 하나쯤은 있을 것 아닙니까?"
　"수백 년을 어렵게 음지에서 살다 보니 모두 처분하였네. 우리 네크로맨서들의 보물은 다 어디론가 뿔뿔이 흩어져서 찾기 힘들게 되었지."
　"……."
　너무나도 일리가 있는 말이었다.
　위드가 보기에도, 바라볼의 행세는 구질구질했다. 빨지도 않은 것 같은 로브며, 부츠 같은 것은 헐어서 발가락이 훤히 드러나 보일 지경.
　네크로맨서들은 거지들이나 다름이 없었다.

위드를 절망하게 만들기에 충분한 일이었다. 하지만 바라볼은 고개를 저었다.

"그렇게 낙심하지 말게. 그래도 자네에게 줄 것이 있으니."

"무엇입니까?"

"나 네크로맨서의 수장 바라볼은 어려울 때에 우리를 도와준 친구에게 특별한 선물을 하려고 하니, 이것은 오로지 네크로맨서들만이 줄 수 있는 권능!"

바라볼은 엄숙하게 분위기를 잡았다.

띠링!

―바라볼이 네크로맨서의 상위 직업인 블러드 네크로맨서의 직업 스킬, '죽음을 거부할 수 있는 힘'을 전수하려고 합니다.
스킬을 익히실 경우 생명력 500 증가.
마나 1,000 증가.
모든 스탯이 3 늘어납니다.
받아들이시겠습니까?

눈앞에 메시지 창이 떠올랐다.

위드는 그리 크게 고민하지 않았다.

'적어도 난이도 A급 퀘스트를 한 보상이다. 나쁜 것은 아니겠지.'

스탯의 증가와 생명력, 마나의 증가를 보니 대단한 스킬일 거라고 짐작되었다.

마법사의 상위 전직 직업 네크로맨서!

거기서도 2차로 전직을 해야 얻는 블러드 네크로맨서의 직업 스킬인 만큼 얻어서 나쁠 것이 없다고 본 것이다.

"받아들이겠습니다."

"잘 선택하였네."

-죽음을 거부할 수 있는 힘을 받아들이셨습니다.

-생명력이 500 증가하였습니다.

-마나가 1,000 증가했습니다.

-모든 스탯이 3 늘어납니다.

파지지직!

위드의 손등에 데스 나이트의 형상이 그려졌다.

"스킬 설명. 죽음을 거부할 수 있는 힘."

죽음을 거부할 수 있는 힘 초급 1(0%) : 블러드 네크로맨서의 특수 스킬. 자동으로 발동됨.
삶과 죽음의 갈림길에서 안식을 피하고 적에게 응분의 대가를 치르게 만들어 준다.
생명력이 다 소진되었을 때에 발동. 즉시 언데드로 되살아나서 전투를 지속할 수 있음.
언데드 상태에서는 현재의 2배에 달하는 생명력과 마나를 얻는다.
밤이 지나면 인간으로 돌아오게 됨.
언데드 상태에서도 지나친 타격을 받아 생명력을 모두 소모하게 되면 레벨과 숙련도가 하락하고 24시간 동안 접속이 불가능.

> 되살아나는 언데드는 레벨과 스킬의 숙련도에 따라서 달라짐. 언데드의 특성을 이용할 수 있음. 언데드 상태에서는 저주 마법과 흑마법에 대해 완전히 면역.
> 한 번이라도 사냥해 본 언데드로만 살아날 수 있다.
> 신성력에 취약해짐. 성직자의 치료나 축복 불가능.
> 언데드로 변할 때에도 죽음에 대한 페널티로 경험치와 레벨, 숙련도의 하락은 정상적으로 이루어짐.

'전투를 하다가 생명력이 떨어지면 죽게 되지. 그러나 죽음을 거부하고 언데드가 되어서 계속 싸울 수 있게 되는 것이로군.'

위드는 꽤나 쓸 만한 스킬이라고 생각했다.

죽을 정도로 부상이 심해서 언데드로 변하게 되면 레벨이나 숙련도는 그대로 떨어진다. 그럼에도 언데드로 변신하면, 아이템을 잃을 가능성은 훨씬 줄어들게 된다.

체력과 생명력이 2배씩 늘어나고, 언데드의 특성에 따른 공격도 가능하다. 무엇보다 죽음을 겪더라도 지속적으로 플레이를 할 수 있다는 게 장점이었다.

'24시간 동안 손가락만 빨면서 기다리지 않아도 되니까.'

위드는 다크 게이머로, 사냥과 퀘스트를 통해서 돈을 벌고 있다.

죽게 되면 실질적으로 경험치와 아이템의 손실은 물론이고, 하루 동안 로열 로드를 전혀 하지 못하게 된다.

일일 휴업이나 다름없는 신세가 되어 버리는 것이다.

다만 장점만 있는 게 아니라 만만치 않은 부작용도 함께 존재했다. 언데드로 되살아나더라도 도저히 이길 수 없는 적에게는 의미가 없다. 오히려 두 번 죽게 되니 더욱 큰 손해만 입게 되는 것이다.

바라볼이 말했다.

"우리 네크로맨서들은 그동안 많은 고생을 겪었지. 그러나 이제 오해가 풀리게 될 테니, 정식으로 제자들을 받아들이면서 흑마법을 발전시킬 수 있을 것이야."

"성공하시기를 빕니다."

"억지스러운 우리들의 부탁에 많은 고생을 하였네. 그 보답으로 한 가지 사실을 알려 주지. 베르사 대륙은 과연 평화롭다고 생각하는가?"

"예?"

"알려지지 않은 어둠 깊은 곳에서 자신들만의 악을 구축한 이들이 있지. 엠비뉴 교단. 거기서 인정받는 12인의 교주들."

"교주?"

"프레야 교단이나 루의 교단, 발할라의 신전과는 다르게 음지에 숨어 있는 집단. 악신을 신봉하며 암흑으로 세상을 물들이려는 이들이지. 이들 중에서 열두 번째의 교주가 바스린 땅에 웅크리고 있어. 낮에는 평화로우나 밤이 되면 광신도들이 축제를 펼치는 곳. 성과 마을 전체가 그들의 손아귀

에 떨어져 있지."

-엠비뉴 교단에 대한 정보를 습득하셨습니다.

-바스린에 대한 정보를 습득하셨습니다.

'바스린이라.'
아직 알려지지 않은 지역이라서 크게 도움이 될 만한 정보는 아닌 듯싶었다.
위드는 바라볼에게 인사를 하고 흑색의 신전을 나왔다.

중앙 대륙의 사람들은 원망 섞인 눈으로 하늘을 올려다보았다.
구름 한 점 없는 맑은 날씨!
햇볕이 너무나도 뜨거웠다.
"덥다, 더워."
"젠장. 비라도 내리면 시원할 텐데."
며칠째 비도 한 방울 내리지 않았다. 달구어진 대지에서는 아지랑이가 피어오를 정도였다.
대기의 온도가 크게 올라가면서 화염 마법은 더욱 강해졌다. 최소한 20% 이상의 부가 효과를 보이는 것이다. 본래 환경이나 주변의 여건에 따라 마법의 위력도 달라진다.
 하지만 그것은 마법사들의 입지만 더욱 약화시키는 결과를 낳았다.
 "화염 계열만 전공한 레벨 272 마법사입니다. 파티 가입시켜 주실 분?"
 "안 그래도 더워 죽겠는데, 무슨 화염 마법이야. 누구 통구이 될 일 있어?"
 화염 계열 마법사들이 박대를 당하는 것이다. 그러면서 빙계 마법을 익힌 마법사들이 각광을 받았다. 위력은 조금 약하더라도, 시원한 맛에 여기저기 빙계 마법사들을 부르는 곳이 많아졌다.
 찌는 듯한 더위!
 등줄기에 흐르는 땀!
 가만히 있어도 체력이 저하되고, 조금만 전투를 해도 쉽게 지친다. 그러나 의외로 짜증을 내며 베르사 대륙을 떠나는 사람들은 거의 없었다.
 오히려 더 많은 사람들이 베르사 대륙을 탐험하고, 전투를 즐겼다.
 뭐든 쉽게만 맞춰지는 세상은 재미가 없다.
 역동적으로 변해 가는 땅.
 어려움을 극복하고 개척하는 즐거움이 있었던 것이다.
 기후야 원래 변덕스러운 게 베르사 대륙의 특징이었으니

그리 놀랄 일도 아니었다.

"이게 벨소스 왕의 저주라면, 분명히 풀 방법도 있을 것이다."

"찾아라! 그 방법을 남들보다 빨리 알아내야 한다."

"더위를 물리칠 수 있다면 어마어마한 명성을 얻을 수 있을 거야."

진홍의 날개가 사람들로부터 완전히 외면받고 몰락한 것을 본 다른 길드들은 경쟁적으로 나서고 있었다.

한편으로는 사람들도 조금씩 더위에 적응을 하게 되었다. 왕국이나 성내에서는 분수대 주변에 머무르게 되었다. 사냥이나 모험을 떠날 때에는 차가운 물통을 구입했다. 시원한 물을 마시거나 몸에 뿌리면서 이동하는 것이다. 그러면 더위를 조금이나마 잊을 수 있었다.

사냥터도 지상이 아닌, 지하로 뚫린 던전이나 마굴이 큰 인기를 끌게 되었다. 서늘한 던전 내부에서 사냥을 하고자 하는 사람들이 많아지면서부터, 사냥터를 두고 다투는 일들도 잦았다.

일부 유저들은 온도가 낮은 북쪽으로 올라가기도 했다. 추위로 견디기 힘들던 땅이, 이제는 상대적으로 시원한 곳으로 변해 버린 것이다.

벨소스 왕의 저주는 베르사 대륙에 많은 영향을 끼치고 있었다.

"파티도 구할 수 없고⋯⋯."

화염 계열을 전문적으로 익힌 로제로는 분수대 앞에 앉아 주위를 둘러보았다. 사람들이 파티를 구해 사냥을 하러 떠나고 있었다.

"불만큼 효과적인 공격 마법도 없는데. 빠르지, 강력하지, 범위 공격 마법 많지."

혼자서 사냥하는 마법사들은 많지 않다. 낮은 생명력과 방어력 때문이다. 그것을 극복한 마법사들도 있지만, 대다수는 파티에 얹혀서 다니기 마련이었다.

"이번 기회에 전직이라도 해 볼까, 빙계 마법으로? 네크로맨서가 되려고 억지로 기다리고 있었는데, 완전한 전직은 아니더라도 빙계 마법도 배워 봐야지. 화계와는 상극이라서 배우기가 쉽지 않겠지만 숙련도를 조금만 올리면 파티에 가입 정도는⋯⋯."

그때였다. 근처에 있던 마을 주민 NPC가 입을 열어서 말하는 것이다.

"로제로 님, 소문 들으셨어요?"

"예?"

로제로는 주민들과 친분이 조금 있었다.

"위드라는 놀라운 모험가의 이야기. 증오심으로 가득한 리치 샤이어가 불사의 군단을 이끌고 나왔다고 하는데, 위드 님이 이를 막았다는 소문이에요."

"위, 위드 님이 말입니까?"

"네. 그가 불사의 군단에게 영원한 휴식을 주었다고 하네요. 리치 샤이어도 목숨을 잃고, 다시는 사악한 음모를 꾸미지 못할 거예요. 죽어서도 편히 쉬지 못하던 기사들, 성기사들이 이제는 편안하게 눈을 감을 수 있겠죠?"

이제까지 아무런 소식이 없어서 실패한 줄로만 알고 있었던 퀘스트!

불사의 군단이 패망했다는 소식이 들려온 것이다.

"위드다! 위드가 퀘스트를 해결했다."

"리치 샤이어가 죽었다!"

"네크로, 네크로맨서의 직업을 선택할 수 있게 되었어!"

분수대 여기저기에서 고함 소리가 터져 나왔다. 로제로가 있는 발트 성만이 아니라, 중앙 대륙 전역에서 비슷한 소란이 일고 있었다.

베르사 대륙 이야기.

신혜민은 오늘도 방송을 진행하는 중이었다.

"네, 그러면 르완드 마을에서 일어난 몬스터의 침입은 이걸로 끝났음을 알려 드립니다. 르완드 마을에서 생활하고 계시던 분들은 다시 마을로 들어가 보셔도 됩니다."

오주완이 익숙하게 그녀의 말을 받아 주었다.

"참 다행스러운 일입니다. 많은 용병들이 열심히 활약한 결과 몬스터들을 무사히 퇴치할 수 있었다고 하지요? 위기는 곧 기회! 용병으로 참전해서 마을 자경대와 함께 싸우신 분들은 좋은 경험을 하신 거죠. 마을이 조금 황폐화되었지만, 공을 세우신 분들 모두 축하드립니다."

오주완이나 신혜민 모두 눈 밑이 검었다.

요즘 들어서 베르사 대륙에 갖가지 사건 사고들이 한꺼번에 터졌다. 그 덕에 쉬지도 못하고 철야에, 연장 방송을 하고 있는 것이다.

'페일 님이랑 같이 여행도 못 가고.'

신혜민은 가슴이 아파 왔다.

이 방송 때문에 며칠째 로열 로드에 접속도 하지 못하고 있었다. 그 탓에 연인인 페일과도 만나지 못하는 것은 말할 필요도 없는 것!

'아아, 페일 님은 다른 분들과 함께 절망의 평원 너머로 여행을 갔을 텐데.'

그녀도 꼭 따라가고 싶었지만, 시간이 없었다. 다행히 오늘 방송만 마치면 사흘간 휴가를 받게 된다.

'더 힘내서 방송해야지.'

진행자로서의 슬픔.

신혜민은 자신의 감정은 일단 접어 두고, 생글생글 웃는

얼굴로 방송을 진행했다.

"이제 요즘 들어서 찾아온 무더위에 대한 이야기를 하지 않을 수 없는데요, 진홍의 날개 길드가 그 책임으로 인해서 마침내 해산을 했다고요?"

"예, 그렇습니다. 사실 이 정도로 파급효과가 크리라고는 누구도 미처 생각지 못한 일이겠습니다."

"진홍의 날개 길드는 그만큼 탄탄한 전력을 자랑하고 있었으니까요."

"베르사 대륙 서열 10위 내의 길드가 도박으로 일구어 낸 것은 아닐 테니까요. 가지고 있는 성이 7개에, 마을이 25개나 되는 거대 길드였습니다. 길드원을 제외하고도 유사시에 동원할 수 있는 병력이 15만이나 될 정도였지요. 탄탄한 자금줄과 명예를 동시에 거머쥐고 있던 길드의 몰락과 해산은, 그래서 더욱 의외였습니다."

"어쩔 수 없는 일이었다는 소리가 있어요."

"혜민 씨의 말대로입니다. 동맹 길드가 모두 등을 돌렸고, 휘하 길드원들의 심리적인 이탈이 컸죠. 명분을 얻은 다른 길드들은 이 기회를 놓치지 않고 연합해서 공격을 해 오고… 강화된 성벽과 궁수들 수만! 테로스가 지휘하는 전력은 막강했지만 사기의 추락을 막을 수 없었던 것 같습니다. 아군은 분열하는 반면에 갈수록 적들은 강성해지고 있었고요. 이래저래 진홍의 날개에서는 더 견디지 못하고 해산이라는 최후의 수단을 택할 수밖에 없었다고 합니다."

"가슴 아픈 일이네요."

"그러나 길드장 테로스는 데인, 도광, 프시케 등 길드에서 중추적인 역할을 하던 유저들과 함께 다시금 재기를 노리고 있다고 하니 두고 볼 일이지요. 아마 이대로 완전히 사라지진 않을 것입니다."

"참! 여러 길드들이 무더위에 대한 해결 방법들을 찾고 있다고요, 오주완 씨?"

"현재 본격적으로 나선 길드들이 적지 않습니다. 더위를 물리칠 수 있는 특수한 퀘스트나 보물을 찾는 것이지요. 벨소스 왕의 유적이 남부의 뜨거운 사막지대에 있었으니, 역으로 추운 북부에서 흔적을 찾으려고 하고 있습니다."

"북부라면 굉장한 모험의 대륙이잖아요."

"신화와 전설이 상존하는 곳이죠. 매우 강한 몬스터들이 무리 지어 다니며 마을을 침략하는 일들이 빈번하게 이루어지고, 상상조차 할 수 없는 보스 몬스터들도 있다고 합니다. 지금까지는 아주 소수의 고레벨 유저들만이 파티를 이루어서 사냥을 하고 개척하던 곳입니다. 그곳 몬스터의 수준은 경악스러운 정도라고 합니다."

"놀랍네요. 그러면 드디어 북부가 개척되는 것인가요?"

"지켜봐야 할 일이겠습니다만, 가능성이 높습니다. 어느 때보다 많은 사람들이 북부에 관심을 가지고 있다고 합니다."

추위로 인하여 북부에는 사람들이 많지 않았다. 그러던 곳에 모험가들의 발길이 끊이지 않게 되었다.

신혜민의 눈이 빛났다.

'나중에 페일 님과 북쪽으로 여행을 해 보면 재미있을 것 같아.'

신혜민은 은근히 말했다.

"북부가 따뜻해졌다고 하니 많은 사람들이 가 볼 것 같아요. 여행을 하기에도 좋나요?"

그러자 오주완은 어이없다는 듯한 표정을 지었다.

"신혜민 씨, 아직 그 정도는 아닙니다. 북부의 추위는 상상을 초월할 정도라서요. 어느 선까지는 괜찮겠지만, 일정 수준을 지나면 땅이 온통 얼음으로 뒤덮여 있을 지경입니다. 북쪽 왕국들은 동토의 대지 위에 있거든요. 모험가들은 그런 곳을 뒤지면서 흔적을 찾고 있습니다. 그렇지만 소수의 모험가들이 할 수 있는 일에는 한계가 있어서, 금방 가시적인 성과가 나오기는 어려울 것 같습니다."

"대단한 일이네요."

그 이후에도 신혜민은 잡다한 소식들을 전해 주었다. 그것으로 베르사 대륙 이야기 1부가 끝이 나고, 연속으로 2부가 진행되었다.

2부는 각계의 전문가들과 함께 진행하는 코너였다.

몇 가지 중요 사안에서만 나오던 전문가들이 이제는 매번 고정 출연을 하고 있었다.

이용한이 자신 있게 말했다.

"불사의 군단 퀘스트는 확실히 실패한 것 같습니다. 성공했다면 지금까지 아무런 소식이 없을 리가 없으니까요."

"이미 예상을 하고 있었으니 놀랄 필요도 없습니다."

각 전문가들은 자신 있게 의견을 밝히고 있었다. 시청자들에게 많은 비판을 받았던 만큼, 실패를 더욱 강조하는 모습이었다.

신혜민이 조심스럽게 말했다.

"그래도 아직은 성공의 가능성이 남아 있지 않을까요?"

"불가능합니다. 혜민 씨는 레벨이 낮아서 모르시겠지만, 그렇게 난이도가 높은 퀘스트는 쉽게 할 수 있는 게 아닙니다."

"레벨을 좀 더 올리면 저희들의 말이 이해가 될 겁니다. 저희도 한때는 신혜민 씨처럼 생각하던 시절이 있었죠."

"로자임 왕국에 붉은 용병 길드가 파견되었습니다. 여러분, 안심하십시오. 불사의 군단이 쳐들어온다면 저희들이 막겠습니다."

신혜민은 공연히 끼어들어서 본전도 찾지 못하고 면박만 당했다.

위드의 정체에 대해서, 신혜민은 페일에게 전해 들어 알고 있었다. 사적인 관계를 이용하고 싶지 않아서 회사에 밝히지 않고 있을 뿐이었다.

신혜민의 얼굴이 조금씩 찌푸려졌다.

무시를 당하고도 기분 좋을 사람은 없다. 구태여 이번의 경우만이 아니라, 전문가라면서 공공연히 그녀의 말을 무시하곤 했던 것이다.

조금씩 쌓여 온 것들이 부글부글 끓고 있었다. 그러던 차에 그녀의 헤드폰으로 어떤 메시지가 전해졌다.

활짝!

신혜민은 방송용이 아닌 진짜 웃음을 지었다.

"여러분께 알려 드릴 내용이 있어요. 시청자 분들께서도 많이 궁금해하고 계시는 불사의 군단 퀘스트에 대한 결과가 나왔습니다."

"……?"

"실패한 것이 아니었나요?"

전문가들이 고개를 갸웃할 때에, 신혜민은 또박또박 말했다.

"리치 샤이어가 제거되고, 불사의 군단은 안식을 얻었다고 합니다."

"그럴 리가!"

전문가들은 자리를 떨치고 일어났다. 그들의 상식으로는 일어날 수 없는 일이 벌어진 것이다.

"말도 안 돼! 그 정보는 확실한 겁니까?"

"베르사 대륙의 주민들이 이야기를 하고 있다네요. 참,

로자임 왕국에 있는 붉은 용병 길드요."
 "네?"
 "할 일이 없어졌으니 돌아오셔야겠어요."
 "……."

세상 속으로

위드가 흑색의 신전에 보고를 하러 간 사이에, 일행은 장터를 돌아다녔다.

"여기가 시장입니다."

안내는 마판이 맡아서 했다. 며칠간 다크 엘프의 성에서 지내면서 대충이나마 지리를 파악하고 있었기 때문이다.

위드가 전투를 준비하면서 오크와 인간으로 가득했던 성이, 이제는 평온을 되찾고 정상적으로 돌아갔다.

많은 다크 엘프들이 상점을 차리고 있었다.

"우리 엘프들이 기른 열매 팔아요."

"상처에 바르는 약초 사세요."

까만 피부에 흑진주처럼 반짝이는 눈동자!

다크 엘프들은 키가 그리 크진 않았다. 대신 탄력 있는 몸매에서는 건강미가 넘쳤다.
"참 신기해요. 마판 님은 여기저기 돌아다니시니 엘프들도 많이 보셨겠어요."
수르카가 물었지만, 마판은 멋쩍은 듯이 머리만 긁적였다.
"실은 그렇게 많이 만나 보진 못했습니다."
"그러면요?"
"다크 엘프는 저도 이번에 처음 봤고요, 우드 엘프와 하프 엘프들은 저번에 화령 님과 중앙 대륙에서 상거래를 할 때에 봤죠."
"우드 엘프들은 어떻게 달라요?"
수르카의 질문은 일행의 마음을 그대로 대변하는 것이었다.
페일, 이리엔, 로뮤나는 로자임 왕국을 거의 벗어나 보질 못했고, 검치 들은 이런 유에 대해서는 일자무식이었던 것이다.
"하프 엘프는 귀가 뾰족하고 긴 것 외에는 인간과 별로 다르지 않습니다. 인간과 엘프가 반씩 섞인 종족이거든요. 우드 엘프는 깊은 숲에서 사는데, 전투력이 뛰어나죠. 마법은 좀 약한 편입니다."
"다른 엘프들도 있어요?"
"그레이 엘프나 하이 엘프, 나이트 엘프, 쉐도우 엘프… 엘프들의 종류도 참 많습니다."

마판은 수르카에게, 아는 한도 내에서 엘프에 대한 설명을 열심히 해 주었다.

검치가 검삼치의 옆구리를 쿡 찔렀다.

"삼치야."

"예, 스승님."

"네가 로열 로드를 좀 안다지?"

"그렇습니다, 스승님!"

검삼치는 씩씩하게 대답을 했다. 어느새 그는 검치 들 사이에서는 로열 로드 전문가처럼 행세하고 있었다.

"근데 엘프가 뭐냐?"

"에, 엘프 말씀이십니까?"

"그래."

"엘프라……."

"혹시 모르는 것은 아니지?"

검치나 검둘치 등의 눈에 불신이 담기자, 검삼치는 손을 휘저었다.

"당연히 알고 있지요. 엘프는 마을입니다."

"마을?"

"우드 마을, 다크 마을, 하프 마을. 알고 보면 참 단순하지요? 그러니까 여긴 다크 마을이라 피부가 까만 겁니다."

묘하게 일리가 있는 말에 검치는 고개를 끄덕였다.

"오호, 그런 거였구나. 역시 검삼치 넌 똑똑해."

"과찬이십니다, 스승님!"

일행은 장터를 오가면서 물품을 구입했다.
약초류와 간단한 기념품들이었다. 저렴하고 질 좋은 약초들을 다수 구할 수 있었던 것이다.
일행은 구경하는 재미에 흠뻑 빠졌다.
잡화점이나 교역소에는 신기한 물품들이 많았고, 까만색 피부를 자랑하며 걸어 다니는 다크 엘프들은 굉장히 신비로운 존재였다.
높은 산의 정상에 위치한 성에서 주변의 풍경을 보는 즐거움도 그만이었다.
성벽 위에 올라서면 세상이 발아래에 펼쳐져 있다. 바람을 따라 흘러가는 구름들, 푸른 녹음이 무성한 산들이 빼어난 자태를 자랑했다. 까마득해 보이는 절벽이며, 세찬 바람이 너무나도 시원했다.
이리엔은 처음 하는 나들이에, 입가에 미소를 달고 살았다.
"역시 돌아다니는 보람이 있네요."
"그러게요. 자주 돌아다녀야겠습니다."
제피도 공감하고 있었다.
강을 따라 낚시만 하던 그였기에, 산에 와 보는 것은 처음이다. 이렇게 높고 좋은 산에 와서 유람을 즐기니 후련한 기분이 들었다.

"자, 그럼 무기점으로 안내해 드리겠습니다."

마판은 일행을 데리고 무기점으로 향했다. 무기점은 성문 근처에 있었다.

"안녕하세요."

마판은 허리를 숙여서 인사를 했지만, 다크 엘프는 고개만 까딱할 뿐이었다.

"또 왔나?"

거만한 다크 엘프 노인!

장사를 하는 다크 엘프마저도 특유의 오만함을 갖추고 있었다. 손님이 오거나 말거나 전혀 신경을 쓰지 않았다.

마판이 공손하게 말했다.

"가게를 좀 둘러봐도 되겠습니까?"

"마음대로 해."

일행은 저마다에게 맞는 무기들을 우선 구경했다.

오크 마을에는 변변한 상점도 없었지만, 여기에는 별 희한한 물건들이 많았다.

제피는 낚싯대를 찾았다. 엘프들이 기른 나무는 낭창낭창한 탄력과 강성을 자랑한다. 그래서 낚시를 하기에는 그만이었다.

"이거 얼마입니까?"

"8천 골드야. 살려면 사고, 안 살 거면 내려놔."

값도 비싸지 않은 편이었다.

제피는 두말하지 않고 값을 지불했다.

"와! 돈 많으신가 봐요."

이리엔이 말했을 때에 제피는 멋쩍게 씨익 웃었다.

"가진 건 돈밖에……."

"……."

순식간에 일행의 공적이 되어 버린 제피!

대충 무기점을 둘러본 일행은 다른 곳으로 가기 위해서 문을 나서려고 했다. 그런데 다크 엘프가 페일을 보며 혀를 끌끌 차는 것이었다.

"자넨 궁수인가?"

"예. 그렇습니다만 어르신, 하실 말씀이라도 있으십니까?"

"가진 재능에 비해서 활을 너무 안 좋은 것을 쓰는구만. 엘프들이라면 그런 활은 창피해서도 못 쓸 거야."

페일의 얼굴이 확 붉어졌다.

사실 그가 가진 활은 상당히 오래 쓴 것으로, 바꿀 때가 되긴 했다.

"여기에 활이 많으니까 사려면 사도록 해. 좀 싼 것도 있으니."

무기점에 가장 많은 품목이 단검과 활이었다. 단검들은 진열장에 들어가 있고, 활은 벽에 가득 걸려 있었다.

아무래도 다크 엘프의 성이다 보니 엘프들이 주로 쓰는 무기류를 판매하는 것이리라.

레벨 200대가 쓰는 활이 다수를 차지하지만, 그 이상의 활들도 아주 많았다. 쓸 만해 보이는 레어나 유니크 급 활들이, 감히 가격을 물을 수도 없는 맵시를 뽐내고 있었다.

페일은 그나마 만만해 보이는 일반 활을 택했다.

하늘색의 고풍스러운 장식이 달린 활.

레어나 유니크가 아니라서 옵션은 거의 달려 있지 않지만 사정거리가 길고, 연사에 용이한 엘프의 활이었다.

"이건 얼마입니까?"

"2만 5천 골드."

"제가 가진 돈이 2만 4천 골드뿐인데……."

"안 살 거면 나가게."

위드에게서 배운, 값을 절약하는 방법은 이빨도 먹히지 않았다. 까다로운 다크 엘프들은 인간에 대한 호감도가 그리 높지 않았던 것!

'2만 5천 골드라면 거의 전 재산인데.'

상당한 고민 끝에 결국 페일은 활을 구입했다.

지금보다 더 좋은 무기를 쓰고 싶은 것은 검사나 궁수나 다르지 않다. 어떤 면에 있어서는 궁수들의 무기 경쟁이 더욱 치열한 편이었다. 좋은 활을 쓰면 사정거리가 훨씬 늘어나서 확연히 차이가 나기 때문이었다.

"후후후."

페일은 새로 장만한 활이 마음에 드는지 연방 웃음을 터트렸다.

그때 수르카가 상점 주인을 보며 말했다.

"근데 참 귀엽게 생겼다. 노인이 아니라 꼭 오빠 같아."

"수르카야!"

로뮤나가 놀라서 소리쳤다. 이 까다로운 다크 엘프가 혹시 화라도 내지 않을까 경계하는 것이었다.

다크 엘프의 성은 어떤 면에서 본다면 중립지대나 다름이 없다. 인간의 성과는 달리, 다크 엘프들과의 친밀도가 낮다면 공격을 받을 수도 있는 곳이다.

그런데 그런 우려가 무색하게, 다크 엘프 노인은 부끄러운 듯 수줍게 웃었다.

"소녀여, 정말로 그렇게 생각하나? 내가 그렇게 젊어 보인단 말이지?"

"네. 전혀 나이 들어 보이지 않으시고 참 귀여우세요, 다크 엘프님."

"소녀도 아주 귀엽군. 내 이름은 그랑벨이라네. 그랑벨이라고 불러 주면 좋겠군."

"제 이름은 수르카예요, 그랑벨 님."

제피와 화령의 입이 떠억 벌어져서 닫히질 않았다. 먼저 이름을 알려 준다는 것은, 어느 정도 친분 관계가 형성된 이후에나 가능한 것이다.

귀엽고 젊어 보이는 것을 좋아하는 다크 엘프!

우연치 않게 수르카가 한 말이, 제대로 친밀도를 형성시켜버린 것이었다.

로뮤나의 주먹이 부르르 떨렸다.

나이 먹은 다크 엘프가 귀여운 척을 하는 것이야 그렇다고 치자. 보는 관점에 따라서 다르기야 하겠지만 충분히 귀여우니까.

그런데 맨손으로 몬스터를 때려잡는 수르카까지 덩달아 귀여운 척을 하고 있다니!

"수르카 너……."

"쉬잇!"

참다 못한 로뮤나가 수르카를 부르려는데, 마판이 서둘러 제지했다.

"지금이 중요한 순간입니다. 그러니 그냥 놔두세요."

"네?"

"다크 엘프와 친밀도를 형성시킨 것이니까요."

여러 왕국을 돌아다니며 상거래를 한 마판은 친밀도의 중요성에 대해서는 누구보다 잘 알았다.

마을 주민과의 친밀도가 올라가면 서로 간의 진지한 대화가 가능해진다. 어떤 요구나 부탁도 할 수 있고, 퀘스트나 정보를 얻는 것도 가능했다.

실상 마판은 위드가 이곳 유로키나 산맥의 다크 엘프와 오크들을 지휘하고 있다는 말을 들었을 때에 큰 기대를 했다.

위드를 통해 절망의 평원이나, 이곳의 퀘스트에 대한 정보를 얻을 수 있기를 바랐기 때문이다. 그런데 예상외로 별 소득이 없었다.

오크들은 단순 무식해서 아는 게 없었다. 그들이 가진 정보는 사냥터에 대한 것뿐이었다. 어디에 얼마나 강한 몬스터가 나온다는 정도. 그것도 철저히 오크의 기준이었다.

오크 투사가 가서 죽었던 장소. 오크 대장이 부하 100마리를 끌고 갔다가 혼자 살아남았던 장소.

매사가 이런 식이니 상인인 마판에게는 그다지 도움이 되지 않았다.

게다가 오크들은 인간을 별로 좋아하지 않아, 기본적인 대화도 나누기가 힘들었다. 거기에 뇌물이나 먹을 것은 어찌나 좋아하는지, 마판의 생돈만 깨졌다.

그런 상황은 다크 엘프들도 별로 다르지 않았다. 그들은 오만하고 까다로워서 인간과의 대화를 꺼렸다. 상점을 이용하거나 기본적인 이야기를 나눌 수는 있지만, 그것이 한계였다.

그리고 다크 엘프들은 위드도 상당히 싫어했다. 고귀한 자신들을 부려 먹은 아주 나쁜 오크로 보고 있었던 것이다.

마판은 다크 엘프의 성에서 이제까지 거의 고립되어 지냈다. 일행이 온다고 했을 때에 얼마나 기뻤는지 모른다. 절망의 평원의 길을 상세히 안내해 주면서 기다린 까닭이 있었다.

기대를 저버리지 않고 그랑벨이라는 다크 엘프가 말했다.

"우리 성에서 동쪽으로 좀 가다 보면 여기서도 높은 산이 나와. 호롬 산은 정말 멋진 산이지. 적당히 사냥할 만한 몬스터도 많고, 지형은 험한 편이지만 경치만큼은 최고야. 모르긴 해도 그런 높은 산을 오른다면 이름을 날릴 수 있겠지? 조금 힘들겠지만 호롬 산을 걸어서 올라간 이야기를 해 준다면 자네들이 깜짝 놀랄 만한 사냥터에 대한 정보를 주지."

위드가 흑색의 신전에서의 일을 마치고 나왔을 때, 일행은 다들 흥분해 있었다.

"무슨 일입니까?"

"그게……."

마판이 나서서 무기점에서 있었던 일을 얘기했다.

"높은 산이라. 그곳에 오르면 명성을 얻을 수 있다고요?"

위드도 사실 지금까지는 불사의 군단과 싸우느라 다크 엘프들과 이야기를 나누지 못했다. 이 주변은 워낙에 돈이 안 되어서 구태여 꼭 할 필요성도 느끼지 못했지만 말이다.

"우리 호롬 산에 오르죠!"

페일이 강력하게 주장했다.

이리엔이나 로뮤나도, 너무 돌아다니지 않아서 명성이 낮았다. 그들에게는 이번 일이 명성을 올릴 수 있는 좋은 기회였다.

위드는 다른 일행을 둘러보았다.

"모두들 호롬 산에 오르는 것을 찬성하십니까?"

"산이라. 강에서 오래 지냈으니 산에서 시간을 좀 보내는 것도 괜찮을 것 같습니다, 형님."

제피가 은근히 넉살 좋게 말하고, 화령도 흥미롭다는 듯이 웃고 있었다.

"산책 삼아 가 봐요. 산들바람이 불고 수풀이 우거진 산에 오르는 거잖아요!"

검치도 뒷짐을 진 채로 한마디를 했다.

"나도 재밌을 거 같구나."

검둘치도 말했다.

"산에서 고기를 구워 먹는 것도 각별한 맛이 있을 것 같고, 기분 전환 겸 다녀오는 것도 괜찮겠지."

검삼치나 검사치, 검오치도 비슷한 의견이었다. 모험을 별로 해 본 적이 없는 그들로서는, 호롬 산에 올라가 보는 것이 상당히 흥미로울 것 같았다. 꽤 높은 산이라고 하니 올라가서 주변의 풍경도 둘러볼 수 있을 것이다.

다크 엘프의 성에 온 일행은 산에 흠뻑 취해 있었다. 거기에 무기점 주인이 등산을 하라는 이야기를 하자 완전히 빠져 버린 것이다.

'어딘가 불안한데.'

위드는 어쩐지 일행이 이번 일을 너무나도 쉽게 생각한다고 느꼈다.

'뭐, 그래도 설마 별일이야 없겠지.'

다들 찬성하는데 혼자 반대하는 것도 이상하다. 더군다나 딱히 그럴 이유도 없었다.

명성이란 높을수록 유리한 점이 많다. 모험가 신분으로 어느 왕국이나 마을에 가더라도 쉽게 인정을 받을 수 있고, 퀘스트도 쉽게 얻을 수 있다.

위드도 명성이 전혀 없었다면 다크 엘프나 오크들을 지휘할 때 장애가 많았을 것이다.

위드는 고개를 끄덕였다.

"그럼 호롬 산에 한번 가 보도록 하지요. 다만 다들 피곤한 것 같으니, 좀 쉬었다가 다시 모이는 게 어떻겠습니까?"

페일이나 다들, 말을 타고 절망의 평원을 달려오느라 지친 상태였다. 여태까지 제대로 잠도 자지 못했다. 억지로 졸음을 참고 있었던 것이다.

화령이 서둘러 동의했다.

"그게 좋겠네요. 우리 모두 푹 자고 다시 모여요."

"그러면 그럴까요?"

페일도 말했고, 일행은 한숨 푹 자고 나서 12시간 후에 모이기로 했다.

성격 급한 검치 들부터 접속을 종료하고, 위드도 곧 로그아웃했다.

캡슐에서 나와서 이현이 한 것은 가계부 정리였다. 한 푼이라도 더 아끼기 위해서는 수입과 지출 내역을 꼼꼼하게 정리할 필요성이 있었다.
　"이번 달 수익은……."
　가계부를 쓰는 이현의 손이 부르르 떨렸다. 아무래도 이번에 획득한 아이템들이 마음에 들지 않았다.
　리치 샤이어 정도라면, 레벨이 못해도 470 정도는 되리라. 그런 보스 급 몬스터를 잡았는데 아이템을 3개밖에 못 얻었다.
　그나마도 마법 책은 원래 얻을 수 있는 물품이었으니 실제로 획득한 물품은 딱 2개다.
　강화석 1개와, 그다지 쓸모가 없어 보이는 지팡이 하나.
　"강화석은 처분하기 아까우니 제쳐 두기로 하고, 결국 팔아먹을 건 지팡이 하나밖에 없군."
　강화석도 팔려고 마음먹으면 충분히 팔 수는 있다. 아마 경매 사이트에 올리기만 한다면 사려는 사람들이 줄을 설 것이다. 그 강화석을 구입해서, 다른 대장장이에게 맡겨 가공하려는 이들!
　그럴 바에야 직접 아이템에 강화까지 해서 파는 게 더 이득이었다. 스킬의 숙련도도 올릴 수 있고 가격도 더 높게 받

을 수 있을 테니까.

그렇다고는 해도 기대한 것에 훨씬 못 미치는 수입이었다.

"우선 지팡이만 팔아 볼까?"

이현은 경매 글을 쓰기 위해 아이템 경매 사이트에 접속했다.

지팡이라고 해도 큰돈이 될 것 같지는 않았다. 괜히 희생이나 헌신 따위의 옵션이 붙은 물품을 사려는 성직자는 없을 것이다. 그런 기능이 붙은 지팡이를 가지고 있다는 사실이 알려진다면, 필요할 때에 사용해야 하니까.

"그런데 아까 올렸던 아이템들은 가격이 얼마나 되었지?"

큰 기대는 하지 않고, 이현은 올려놓은 물건들의 가격을 살폈다. 1원씩 올리는 악질 구매자들 때문에 아예 초반의 가격은 포기한 것이다.

사실 경매라고 해서 꼭 정해진 기일까지 가란 법은 없다. 사전에 목표 가격을 정해 놓는다면, 그 가격을 초과하는 즉시 구매가 이루어진다. 대체로 적당한 목표 가격을 정해 놓는다면 1시간 만에 물건이 팔리는 경우도 많다.

그렇지만 한 푼이라도 더 벌기 위해서, 이현은 목표 가격을 정하지 않았다. 그 덕에 1원씩 가격을 올리면서 노는 이들이 아주 많았다.

"지금쯤이면 그래도 5천 원은 넘겠지?"

다분히 현실적인 생각을 하며 이현은 아이템의 가격들을

살폈다.

　글레이브나 엘프의 머리띠들은 1만 원 대를 조금 넘고 있었다. 애초에 글레이브는 구매자가 그리 많지 않을 테니 비싼 가격을 바랄 수 없다. 엘프의 머리띠 정도가 잘 팔리는 물품으로, 최소 30만 원 이상은 받을 수 있을 것으로 예측됐다.

　그런데 유독 눈에 들어오는 것은 잡템 하나였다.

미노타우로스의 발톱 : 　입찰 횟수 6회. 가격 30,000,000

"이게 뭐야."

이현이 입에서 어이없다는 듯한 말이 나왔다.

　경매에서 장난 입찰은 이루어질 수 없다. 물품을 입찰할 때 최소한 10%에 달하는 금액을 보증금으로 등록해야 하기 때문이다.

"그래도 3천만 원이라니."

　어처구니는 없었지만, 이현은 일단 재빨리 즉시 낙찰을 선택했다. 3천만 원을 적은 구매자에게 물건을 판매하기로 결정한 것이다.

　만약에 상대가 구매를 하지 않는다고 해도 10%에 해당하는 300만 원은 얻을 수 있으니 망설임이란 있을 수 없었다.

"300만 원이라."

　이현은 서둘러 가계부에 부가적인 수입을 잡았다.

그런데 판매 확정을 누른 지 1분도 되지 않았을 때였다.

띠리링!

전화벨 소리가 요란하게 울렸다.

이현은 혹시나 해서 불안하게 수화기를 들었다.

'설마 실수였다고 경매를 취소해 달라고 하진 않겠지.'

어쩌면 그런 전화일지도 모른다.

이현은 조마조마한 마음으로 수화기에 대고 말했다.

"여보세요."

ㅡ아, 방금 경매에 낙찰받은 사람입니다. 미노타우로스의 발톱을 아이템 사이트에 올려놓으셨죠?

수화기에서 들려온 목소리에는 조급함이 섞여 있었다.

이현의 눈앞이 캄캄해졌다.

'역시나!'

구매를 포기하기 위해서 아예 경매 자체를 취소해 달라는 부탁을 하려는 것이란 생각이 들었다.

이현은 목소리를 깔며 대답했다.

"무슨 말씀을 하시는 건지. 그런 사람 여기 안 삽니다!"

순간적인 이현의 재치! 이 정도 말하면 물러나야 했지만, 상대방은 호락호락하지 않았다.

ㅡ로열 로드를 플레이하고 계시지 않습니까?

"예? 무슨 로드요?"

ㅡ로열 로드. 캐릭터 이름 위드를 쓰시는 분이 아닌가요?

이현은 퉁명스럽게 대답했다.
"그런 사람 모릅니다."
-틀림없이 이 번호가 맞는데.
"무슨 용건인지 모르겠지만 바빠서 이만 끊겠습니다."
-자, 잠깐만요! 아이템 거래의 신용도도 높고, 몇 번이나 거래를 한 것으로 나와 있으니 이 번호가 틀릴 리가 없습니다.
"……."
상대방은 근거를 대며 이야기를 하고 있었다.
이현은 대답할 말이 떠오르지 않아서 잠깐 머뭇거렸다.
-지금 그분에게 매우 시급하게 드릴 말씀이 있어서 그렇습니다. 본인이 아니라면, 그분과 이야기할 수 있게라도 주선해 주세요. 참, 마음이 급하다 보니 제 소개를 잊었군요. 저는 KMC미디어 기획부장 강한섭입니다.
"KMC미디어요?"
아마도 로열 로드를 플레이하는 사람 중에는 모르는 이가 없으리라. 그만큼 인기도가 높은 방송사였던 것이다.
-캐릭터 이름 위드를 쓰시는 분에게 꼭 드릴 말씀이 있어서 그렇습니다. 그분께 연락을 취해 주실 수 있을까요?
재차 해 오는 부탁에, 이현의 마음이 흔들렸다.
'경매를 취소시켜 달라는 말 같진 않은데.'
눈치를 보니 무언가 중요한 용건이 있는 것만 같았다. 이현은 잠시 갈등했지만, 결론을 내렸다.

"제가 이현. 로열 로드의 캐릭터 위드를 쓰는 사람입니다."

-아, 그러시군요. 그런데 좀 전에는 왜?

"……."

-참, 그게 중요한 게 아니지요. 제가 긴히 드릴 말씀이 있습니다.

"말씀하세요."

-여기서 이렇게 전화로 이야기할 내용이 아닌데, 시간이 되신다면 저희 방송국으로 찾아오실 수 있겠습니까?

이현은 주저하지 않고 대답했다.

"곤란합니다."

-예?

"여기서 거기까지는 차비가 꽤 많이 나와서요. 버스를 세 번이나 갈아타야 되거든요."

도움도 안 되는 일에 교통비까지 쓸 수는 없다.

이현의 말에 상대방은 어이가 없는지 잠시 대답을 하지 않았다. 하지만 곧 음성이 전해졌다.

-그러면… 주소를 말씀해 주시면 제가 그곳으로 차를 보내드리겠습니다. 그 차를 타고 오실 수는 있겠습니까?

"그건 가능합니다."

-그럼 잠시 후에 뵙겠습니다.

들어온 돈, 나가야 할 돈

KMC미디어에서는 약속대로 곧바로 차량을 수배해서 보냈다. 기사가 딸린 외제 차였다. 이현은 아주 공손하게 두 손으로 문을 열고 차에 탑승했다.

난생처음 타 보는 외제 차였던 것이다.

방송국에 도착해 차에서 내릴 때에도, 혹시 생채기라도 생기지 않을까 조심해서 문을 닫았다.

강 부장은 입구에 나와 기다리고 있었다.

"반갑습니다. 제가 강한섭입니다."

"이현입니다."

대머리 중년인 강 부장은 이현을 보고 눈을 빛냈다.

'생각보다 많이 어린데?'

명예의 전당 동영상에서는 굉장한 호쾌함과 박력이 느껴졌다. 최소한 30대 중반에서 후반 정도의 나이일 것이라고 염두에 두었는데, 상대는 예상외로 20대 초반 정도의 청년이었다.

강 부장은 따로 내색하지 않고 이현을 인도했다.

"그럼 기획실로 가면서 이야기를 나누죠. 이쪽입니다."

"예."

강 부장은 방송국 안으로 걸어 들어가면서 많은 이야기를 해 주었다. KMC미디어의 탄생과 현재 방송 점유율, 그들이 꿈꾸는 게임과 방송의 융화에 대한 것이었다.

게임을 하는 사람들이 늘어날수록, 필요로 하는 정보도 더욱 많아진다. 로열 로드가 이만큼 성공할 수 있었던 이유 중 하나가 바로 넓은 대륙에, 수만 가지가 넘는 직업들이 다양하게 분화되어 있기 때문이었다.

이런 정보들은 인터넷에서만 구할 수는 없다.

소수의 희귀한 직업들을 택한 이들은 자신들의 노력으로 얻어 낸 정보를 웬만하면 공유하려 하지 않는다. 직업을 구하는 방법부터 숨겨져 있어서, 애초에 택할 수 있는 사람도 거의 없다.

결국 흔하디흔한 직업들만 넘쳐 나고, 사람들은 유명한 직업에만 매달리게 될 것이다.

여기서 방송은 취재와 보상을 통해 여러 가지 새로운 유망

직업들을 발굴해 낼 수 있다.

직업뿐만이 아니다.

광활한 베르사 대륙에서 아직 개척되지 않은 지역을 공개하고, 특정한 보상을 주는 퀘스트들을 소개할 수 있다. 그럼으로써 로열 로드가 더욱 다양한 즐거움을 갖추는 데에 일조한다는 것이었다.

강 부장은 신념을 담아 말했다.

"방송이 없다면 유저들은 자신의 길밖에 모를 것입니다. 그건 전체적으로 봐도 좋지 않지요. 혼자서 일구어 낸 대단한 성과가 있다면 이를 알림으로써 2차, 3차적인 이용자들이 함께 즐길 수 있습니다. 로열 로드와 방송은 이미 떼려야 뗄 수 없는 관계가 되었습니다."

강 부장이 말하는 새로운 방송의 역할이나 개념들에 대해서, 이현은 머릿속에 전혀 담아 두지 않았다. 그저 급증하는 시청자들이 있으며, 이들의 방송에 대한 충성도는 매우 높다는 것만이 남았다.

결국 단 하나의 결론에 도달할 수 있었다.

'방송이 돈이 된다는 이야기군.'

사람이 모이는 곳에 돈도 생긴다.

로열 로드와 관련된 방송 프로그램은 국내외 할 것 없이 인기를 끌고 있었다.

방송뿐만이 아니다. 영화나 만화, 소설, 캐릭터 산업에 이르기까지 로열 로드는 방대한 영역을 구축하며 돈과 관련이 많았다. 이현이 아이템을 판매하면서 돈을 버는 것도 그 일부분에 속하는 것이다.

"여기가 기획실입니다."

강 부장은 이현을 자신의 방으로 안내했다.

기획실에서도 별도로 나뉘어 있는 부장실로 가는 동안, 기획실의 사원들이 이현을 보고 신기하다는 듯이 눈을 빛냈다. 캐릭터 이름 위드의 주인공이 그들이 짐작하던 것보다 어렸기 때문이었다. 그것도 많이.

부장실에는 손님을 맞이할 수 있는 푹신한 소파가 준비되어 있었다.

이현이 앉고, 맞은편에는 강 부장과 몇 명의 사원들이 앉았다.

강 부장은 바로 몇 가지 질문을 던지기 시작했다.

"이현 님, 실례가 아니라면… 혹시 레벨이 어떻게 되십니까?"

"꼭 말해야 되나요?"

"말씀하지 않으셔도 됩니다. 그렇지만 말씀해 주시면 저희들이 참고하기에 좋습니다."

"그럼 말하죠. 306입니다."

"306이라고요?"

강 부장이나 기획실 직원들의 눈에는 경악이 떠올랐다.

"정말 306입니까? 정 레벨을 밝히고 싶지 않다면 그냥 비공개로 하셔도 좋습니다."

"306이 맞는데요. 이번에 퀘스트를 완료하면서 레벨이 조금 많이 올랐거든요. 총 20개 정도."

"그럴 수가!"

"무슨 문제라도 있나요?"

"아닙니다. 그냥 좀 놀랍군요."

강 부장과 기획실 직원들은 어이가 없었다.

KMC미디어에서 근무하면서 고레벨 유저들을 많이 보아 왔다. 대다수가 370이 넘는, 수준 높은 유저들!

그런데 지금 난이도 A급의 퀘스트를 완료한 이현의 레벨이 겨우 306이라 하니 놀라지 않을 수가 없었다.

'아니지. 퀘스트를 보고하기 전에는 지금보다 레벨이 더 낮았을 테니 그걸 감안한다면……!'

강 부장과 기획실 직원들은 머리를 흔들었다. 복잡한 계산을 떠올리기에는 상황이 너무나도 황당무계하기만 했다.

'아무리 오크나 다크 엘프들을 지휘해서 깨는 퀘스트였다고 해도 정말 터무니없군.'

강 부장은 잠시 물을 한 잔 마시고 다시 말했다.

"아무튼 좋습니다. 그러면 이제 직업을 물어볼 수 있을까요?"

"직업은……."

이현은 말끝을 흐렸다. 왠지 전설의 달빛 조각사라는 직업을 밝히기가 창피했던 것!

그것을 보고 강 부장이나 기획실 직원들은 완전히 오해했다.

'아, 굉장히 좋은 직업을 가지고 있구나.'

'그래! 직업 때문이었어! 직업이 좋아서 그렇게 퀘스트를 받을 수 있었던 거야.'

'모험가일까? 모험가겠지. 퀘스트에 대해서는 타고난 감각을 가지고 있는 모험가일 거야.'

바로 그 순간, 주저하던 이현이 마침내 입을 열었다.

"조각사입니다."

"네?"

"제 직업은 달빛 조각사입니다."

"……."

부장실에는 침묵이 감돌았다.

조각사라니!

모두가 존재조차 잊고 있었던 예술 계열의 직업을 가지고 그런 퀘스트를 깰 수 있단 말인가?

강 부장은 나오지 않는 웃음을 억지로 지었다.

"좋군요. 조각사라는 훌륭한 직업을 갖고 계시다니요. 요즘 들어서 로열 로드에 생산직이나 예술 계열의 직업들이 부각되고 있지요."

"저도 그렇게 생각합니다. 조각사라는 직업은 정말로 멋진 것 같습니다."

남들에게 밝히기는 아직 낯간지럽고 창피했다. 그래도 스스로 조각사라는 직업 때문에 능력이 부족하다고는 생각하지 않았다.

다양한 성장법.

그냥 사냥만 하자면 전투 계열 직업보다 약해도, 여러 생산 직업들을 익히면서 조각사로서 생존법을 터득한 것이다. 전투와 직접적인 관련은 없어도 남들보다 더 높은 스탯을 보유할 수 있는 것도 장점이었다.

지구력 스탯들이 높아짐에 따라 웬만해선 지치지 않아 오랫동안 싸울 수 있으니까.

강 부장은 무언가 떠올랐다는 듯이 말했다.

"아! 그러고 보니 얼마 전에 로자임 왕국에서 어떤 파렴치한 조각가가 유저들의 노동력을 착취했다고 합니다. 피라미드를 만든다면서 잔인하게도 풀죽으로 부려 먹은 일이죠."

"그런 일이 다 있었습니까? 세상 참 별일도 다 있군요."

이현은 놀랐다는 듯이 혀를 내둘렀다.

"예. 그 덕분에 시청률이 꽤나 오르기도 했지요. 참, 로열 로드를 한 지는 얼마나 되셨습니까?"

"1년이 조금 지났습니다."

"……."

이번의 침묵은 조금 더 길었다.
　로열 로드가 열린 지도 2년 반 정도가 지나고 있었다. 현재 고수 층에 있는 사람들은 대다수가 초창기에 시작한 이들이다.
　'1년 조금 넘는 시간 동안 난이도 A급 퀘스트를 깰 수 있을 정도로 성장했단 말인가?'
　'1년 만에 레벨 300을 넘길 수 있는 게 어디 사람이야?'
　강 부장이나 기획실 직원들이나, 이젠 이현에 대해서 나름대로 판단을 내리고 있었다.
　'대단한 허풍쟁이로군.'
　'허세가 심한 녀석인 것 같아.'
　'나이가 어리니 그럴 수도 있겠지.'
　하루에 꼬박 18시간에서 20시간씩 플레이를 했던 과거를 모르니 빚어지는 오해였다.
　이현의 성장법은 정작 알고도 그대로 행하기가 쉽지 않다. 다소의 시간이 걸리더라도 그 레벨 대에서는 최고의 능력을 보이도록 성장시키는 방법.
　조각사만이 할 수 있는 것이기도 했거니와, 웬만한 인내력으로는 엄두도 내지 못할 수준이다.
　1달 내내 재봉만 하고, 1달 내내 대장일을 하고, 3달 동안 낚시를 한다.
　번갈아 가면서 지루함을 참아 낼 수 있는 능력!

몬스터를 사냥할 때에도 쉬는 시간이 없다. 아니, 쉬는 시간에도 조각품을 깎는 작업을 한다. 이런 노가다 정신이 없고서야 불가능한 업적이었다.

강 부장은 몇 가지 사소한 질문을 더 던진 뒤에, 본격적인 용건을 꺼냈다.

"실은 이현 님을 이처럼 방송국까지 모신 이유는, 저희들과 계약을 했으면 하는 바람에서입니다."

"계약요?"

"짐작하시는 대로, 방송 계약이죠."

"방송 계약이라. 구체적으로 어떤 내용입니까?"

"이번에 오크족과 관련된, 그리고 불사의 군단을 퇴치하는 퀘스트를 하신 것이 맞지요?"

이현은 고개를 끄덕였다.

"알고 계신 그대로입니다."

연락 온 곳이 방송국이라는 말을 들었을 때부터 어느 정도 알려졌을 것으로 추측은 하고 있었다. 레벨과 직업을 꼬치꼬치 캐물을 때에는 거의 확신하고 있었기에 굳이 숨기지 않은 것이다.

강 부장은 반색을 했다.

"명예의 전당에 올려놓으신 동영상을 봤습니다. 충분히 사람들을 매료시킬 수 있는 퀘스트를 하고 계시더군요. 그 퀘스트를 저희 방송국에서 방송할 수 있도록 해 주시겠습니까? 참고로 말씀드리자면 수익 배분은 평상시 저희 방송사의 시청률을 기본으로 합니다. 이현 님의 퀘스트가 나온 방송편의 시청률이 높게 나오는 만큼, 거기에 맞는 금액을 가산해서 드립니다."

"만약에 시청률이 낮다면요?"

"그럴 리야 없을 것으로 보이지만, 그래도 기본적인 금액은 드릴 것입니다."

곰곰이 생각을 해 보았지만, 나쁠 것은 없었다. 명예의 전당에서 공개하는 것보다야 방송사에서 받을 수 있는 돈이 훨씬 많을 테니까.

"좋습니다. 하겠습니다."

"잘됐군요. 그리고 혹시 저희 방송국과 전속 계약을 하실 의향이 있으신지요."

"전속 계약이라면 뭐가 다른 거죠? 따로 제가 방송국에 나와서 출연을 해야 되는 건가요? 시청률을 위해서? 미녀 가수들과 수다도 떨고, 혹은 미팅 프로그램에도 나가야 되는 겁니까?"

이현의 말에 부장실에 모여 있던 이들의 얼굴에 어이없는 기색이 떠올랐다.

'거울도 안 보나.'

'소녀 팬들을 끌고 다니는 연예인들이 널린 마당에······.'

'시청률을 위해서라니!'

강 부장은 수건으로 이마에 흐르는 땀을 닦았다.

"그런 건 아닙니다. 직접 방송에 나와서 하실 일은 하나도 없습니다. 이현 님께서는 퀘스트를 하고 계시죠? 그리고 앞으로도 할 예정이시고요."

"그렇습니다."

"전속 계약이라는 건 우리들과 이현 님이 계약을 맺고, 우리 방송국에서 이현 님이 진행하시는 퀘스트들을 방송할 수 있게 되는 겁니다."

"아, 그런 거였군요."

이현은 다행스럽다는 듯이 미소를 지었다.

매번 일이 있을 때마다 방송국에 나와서 억지로 웃고 즐기는 모습을 보여 주는 것은 정말로 고역이라고 생각했던 것이다. 하지만 강 부장이나 기획실 직원들은 더욱 안도의 한숨을 내쉬고 있었다.

'휴우, 착각이었구나.'

'정말 다행이다.'

'왠지 한 고비를 넘긴 것 같군.'

강 부장이 서류를 꺼냈다.

"계약서입니다. 이 서류에 사인을 하시면 이현 님이 하시는 퀘스트들은 저희 방송사에서 방송을 할 수 있게 됩니다. 알아 두셔야 할 것은, 모든 퀘스트를 방송하실 필요는 없습니다. 그리고 필요하다면 방송 시기를 조절할 수도 있습니다."

"어째서 그렇죠?"

"공개되어서는 곤란한, 중요한 퀘스트가 있을 겁니다. 혹은 도중에 공개되어 버리면 진행하기 곤란한 퀘스트. 그런 것들은 방송국에서 시기를 조절해 줍니다."

"시청률이 중요할 텐데요."

"꼭 이현 님을 위해서 하는 것만은 아닙니다. 아시다시피 방송국은 기업이니까요. 무사히 퀘스트가 완수되어야 양측 모두에게 이득이 될 수 있을 테니 일부러 공개를 미루거나 하지 않는 경우도 생길 겁니다. 큰 보상을 주는 퀘스트들도, 필요하다면 이현 님의 이익에 따라 공개하지 않을 수도 있습니다."

"그런 점은 나쁘지 않군요."

"자세한 사항은 계약서에 있으니 한번 쭉 읽어 보시면 될 겁니다. 그리고 궁금한 점은 저에게 물어보십시오."

이현은 계약서를 찬찬히 읽어 보았다.

최소한 난이도 B급 이상의 퀘스트이거나 희귀한 퀘스트, 숨겨진 퀘스트를 시작으로 해서 알려지지 않은 정보를 방송사에 보낼 수 있다. 방송사에서는 이러한 정보들을 기반으로 방송을 한다. 그리고 방송에서 차지하는 비중과 시청률에 따라 과감한 인센티브를 지급하는 것이다.

'괜찮군.'

현재까지는 아이템 획득에만 집중하고 있었다. 아무리 좋

은 퀘스트가 뜨더라도 좋은 아이템이 나오지 않는다면 무용지물이다.

복잡한 연계 퀘스트는, 얻더라도 시간이 많이 걸려 하지 못하는 경우도 있다. 그런데 이런 퀘스트를 통해서도 돈을 벌 수 있게 된 것이다.

"계약하겠습니다."

"그러면 그곳에 기본적인 인적 사항을 적고 서명을 해 주시면 됩니다."

이현은 계약서를 작성했다.

이현을 방송국 밖까지 배웅하고 나서, 강 부장은 기획실로 돌아왔다. 직원들이 이구동성으로 말했다.

"부장님."

"왜?"

"사소하다면 사소한 문제가 있습니다."

"뭔데?"

직원들은 이현이 작성한 계약서를 보여 주었다. 최고의 악필로, 도무지 알아보기 힘든 글씨체였다.

강 부장이 눈을 가늘게 떴다.

"이건 도무지 사람의 글씨라고 보기 어렵군."

"제 눈에도 그렇습니다."

아무튼 본인이 직접 계약서를 작성한 이상, 계약은 성립되었다고 할 수 있다.

며칠간 명예의 전당과 아이템 거래 사이트를 정신없이 들락거리면서 확인하던 강 부장은 녹초가 되어 의자에 앉았다.

"그래도 이젠 홀가분하게 되었어."

"축하드립니다, 부장님."

기획실 직원들도 마음이 편해졌다.

눈코 뜰 새 없을 정도로 바쁘게 일하는 그들이었지만, 이러한 작은 성취감이라도 없었다면 직장 생활을 할 수 없었으리라.

"부장님, 언제쯤 영상을 보내올까요?"

"1시간쯤? 집에 도착하면 그 정도 될 거야. 방송국까지 오는 데 그 정도 시간이 걸렸으니 가는 데에도 비슷하겠지."

"빨리 왔으면 좋겠습니다."

기획실 사람들은 이현이 보내올 동영상을 기다리고 있었다. 이현이 집에 도착하는 대로 자신의 퀘스트 플레이 영상을 보내온다고 했던 것이다.

때마침 점심시간이 다가오고 있어서, 강 부장이나 기획실 직원들이나 모두 하던 일을 놔두고 동영상이 오기만을 기다렸다.

이윽고 컴퓨터를 살피던 직원 1명이 외쳤다.

"왔습니다!"

"그래?"

강 부장은 반색을 했다. 기획실 직원들도 덩달아 기뻐했다.

"그러면 메인 화면으로 재생시켜 보게."

"알겠습니다."

직원이 컴퓨터를 조종해서 기획실에 있는 스크린에 동영상을 띄우는 사이, 강 부장은 출출함을 느꼈다.

"그런데 우리, 식사를 해야지?"

"부장님, 보면서 먹으면 안 될까요?"

직원들은 이현의 동영상이 매우 보고 싶은 눈치였다. 강 부장도 실은 불사의 군단 퀘스트가 어떻게 진행되었는지 궁금하던 참이었다.

"그래? 그러면 배달을 시키지."

"예, 바로 주문하겠습니다."

강 부장은 직원들과 함께 자리에 앉았다.

막 스크린을 통해서 동영상을 보려고 할 때였다.

문이 열리더니 방송국의 국장이 들어왔다.

"강 부장, 그 계약 성사시켰다면서요?"

이현이 왔었다는 소식을 듣고 온 것이었다.

강 부장은 서둘러 자리에서 일어났다.

"예, 잘 진행되었습니다."

"방송 편성은 언제쯤으로 할 예정이지요?"

"음향이나 영상을 방송에 맞게 편집할 시간이 필요하겠지만, 그리 늦추지는 않으려고 합니다."

"최대한 빨리 하도록 하세요. 이런 일은 시간을 끌수록 좋지 않습니다."

"네, 국장님 말씀대로 하겠습니다."

강 부장은 즉시 허리를 숙였다. 직장인으로서의 철저한 삶의 자세였다.

"그런데 강 부장, 무슨 급한 일이라도 있습니까? 점심시간에 식사도 하지 않고서 직원들과 모여 있다니요."

"사실 그 동영상을 지금 받았습니다. 그래서 부하 직원들과 식사를 하면서 함께 보려고 합니다."

"그래요?"

국장은 슬그머니 회가 동했다. 다크 엘프와 오크들의 전투를 매우 흥미롭게 보았던 그인지라, 이번의 영상도 꼭 보고 싶었다.

"강 부장, 저도 함께 볼 수 있겠습니까?"

"국장님이 함께 봐 주신다면 영광입니다."

"이럴 게 아니라, PD들도 부르도록 하죠. 저번 회의에 참여했던 이들 중에 바쁜 일이 있는 사람들을 제외하고는 모두 회의실에서 이걸 보도록 합시다."

국장의 의견에 반대하는 사람은 아무도 없었다. 기획실에서 작은 스크린으로 보는 것보다, 각종 음향 설비와 첨단 스

크린이 갖춰진 회의실에서 보는 편이 훨씬 나았으니까.

　국장과 강 부장, 기획실 직원들은 식사를 주문하고 회의실에 앉았다. PD들도 저마다 자리에 앉아서 동영상이 나오기만을 기다렸다.

　곧 회의실의 화면이 어두워지더니, 영상과 함께 사운드가 울려 퍼졌다.

　공간감이 확실하게 느껴지는 입체 사운드.

　― 붉은 해가 저 검붉은 연기에 가려진다. 취익! 대지는 어둠에 잠기고, 새들은 노래하지 않는다. 취취!

　못생긴 오크 카리취가 나타났다.

　"오오오오!"

　"카리취야!"

　여직원들이 작은 목소리로 환호했다.

　못생기고 사납게 생긴 카리취의 은근한 인기. 부리부리한 눈빛과 호쾌하면서도 종잡을 수 없는 행동이 매력적이라고 난리였다.

　어느새 카리취를 좋아하는 여자들이 사방에 퍼져 있었던 것이다.

　국장은 흐뭇하게 웃었다.

　'직원들 사이에서도 카리취의 인기가 좋으니, 역시 계약하기를 잘했군.'

　방송국 직원들은 웬만한 걸 봐서는 재미있어 하지 않는

다. 나름대로의 면역력이 생겨났기 때문이다. 직원들이 좋아할 정도라면 시청자들 사이에서의 인기는 두말할 나위 없으리라.

"강 부장."

"예, 국장님."

"이 동영상의 길이가 어떻게 되지요?"

국장은 카리취가 노래하는 것을 보며 물었다. 강 부장은 잠시 확인해 보고 나서 작은 목소리로 대답했다.

"21시간입니다."

"……."

"또 편집을 하지 않은 것 같습니다. 원본 동영상을 그대로 보내온 모양인데요. 어떻게 할까요, 중요 부분만 재생하도록 할까요? 아니면 속도를 좀 더 빠르게 해서 재생할까요?"

"일단은 그냥 보도록 합시다."

구덩이에서부터 음울한 검붉은 빛이 뿜어져 나와 하늘을 덮고 있었다.

무언가 일어날 듯한 분위기!

쿠콰콰콰!

좀비와 구울, 스켈레톤들이 구덩이에서 무더기로 튀어나왔다.

"꺄악!"

여직원들의 비명 소리다. 언데드의 살벌한 모습을 보고

놀라서 지르는 비명이었으나, 정작 눈은 있는 대로 크게 뜬 채 화면을 보고 있었다. 그저 반사적으로 비명을 지를 뿐, 입가에는 흥미로운 미소가 가득했다.

불사의 군단과 오크, 다크 엘프와의 전투가 진행되면서 국장과 강 부장은 몇 번이나 주먹을 불끈 쥐었다.

그들의 눈에 비친 8개의 성벽은 전혀 견고해 보이지 않았다. 겨우 성벽에 의지해서 아슬아슬한 전투를 하고 있는 것이 참으로 긴장되었던 것이다.

그때쯤에 식당에서 주문한 도시락이 나왔다.

그러나 도시락에 손을 대는 이들은 단 1명도 없었다. 동영상을 보느라 완전히 정신이 팔렸던 것이다.

스켈레톤이나 좀비, 구울과의 전투는 단지 시작에 불과했다. 2차, 3차로 이어진 불사의 군단의 대습격!

은 화살 수만 발이 쏘아질 때는 여기저기서 탄성이 나왔다.

"저게 다 얼마야!"

"굉장한 부자였구나!"

착각에 빠지게 만들 만한 일이었다.

와이번들이 하늘을 날아다니며 성수를 뿌려 대고, 카리취의 명령에 따라 다크 엘프들이 목숨을 돌보지 않고 싸울 때에는 땀으로 손바닥이 흥건하게 젖었다.

오크들의 용맹함은 말할 것도 없었다.

고대 병사들이나 자이언트 몬스터들과 맞붙어서 싸우는

오크들!

　수없이 난자당하고 살육되는 가운데, 네크로맨서들이 활약한다.

　비록 상대방 마녀들은 제대로 위력을 보여 주지 못했어도, 네크로맨서 바라볼이나 그의 동료들은 언데드들을 일으켜 세우고 있었다.

　그리고 마침내 나타난 리치 샤이어!

　리치의 위력은 과연 발군이었다. 광범위 마법을 속사포처럼 쏴 대는데, 일대가 완전히 초토화되었다.

　오크들이나 다크 엘프들은 무수히 죽어 나가면서도 끈질기게 덤벼들었다.

　뱀파이어나 데스 나이트도 활약을 했다.

　굉장한 차륜전이었다.

　불나방처럼 덤벼드는 적들을 상대로 리치 샤이어는 절대적인 위력을 보여 주었다. 레벨 400대가 훨씬 넘는 보스 몬스터다운 위용.

　수없이 많은 적들을 상대로 포효하는 리치 샤이어!

　대규모 마법들이 난무했다.

　와이번들이 목숨을 걸고 성수를 뿌리기도 했다.

　엄청난 위력을 보여 주던 리치 샤이어가 서서히 약화되어 간다.

　뱀파이어 로드를 유혹하는 리치 샤이어.

때만 노리고 있던 오크 카리취가 돌격을 했다. 틀림없이 한계에 달한 상황일 텐데도, 샤이어는 카리취의 전력을 다한 일격에 죽지 않았다. 마지막은 다크 엘프의 마법이 그 지역을 초토화시키는 것으로 끝이 났다.

국장은 자신도 모르게 중얼거렸다.

"성공일까? 실패일까?"

강 부장이 대신 대답했다.

"성공했을 겁니다. 퀘스트가 보고되었으니까요."

"그렇군."

국장은 주위를 둘러보았다.

벽에 걸린 시계가 오전 9시를 가리키고 있었다. 밤을 꼬박 지새우고 이 동영상을 본 것이었다.

그런 탓에 다들 눈이 붉게 충혈되어 있었다.

중간에 피치 못해 화장실을 가긴 했다. 그러나 화장실에서도 일을 빨리 보기 위해 서둘렀다. 학창 시절 때 이후로는 몇십 년 만에 처음 있는 일이었다.

국장과 강 부장 들은 어제 시켜 놓았던 도시락을 열었다.

이미 식어 버린 도시락을 먹으며 그들은 이야기를 나누었다.

"강 부장, 방송 스케줄이 어떻게 됩니까?"

"오늘은 몇 가지 중요한 일정들이 잡혀 있습니다."

"취소시킬 수 있는 것은?"

"최대한 알아보겠습니다."

강 부장은 국장의 마음을 헤아렸다.

최대한 빨리 이 동영상을 방송해야 한다는 데에 공감하고 있었던 것!

국장이 덧붙였다.

"다른 방송 프로그램에서 잠깐 소개하는 정도로 해서는 안 됩니다."

"예. 특집 프로그램을 별도로 편성하겠습니다."

"최대한 빨리요."

그런데 강 부장이 아쉽다는 듯이 말했다.

"저도 그러고 싶지만, 저녁 전에 방송하는 건 무리입니다. 음향이나 화면을 방송에 맞게 어느 정도는 조절해야 될 테니까요. 절대적으로 시간이 모자랍니다. 대신에 저녁 시간 이후에 밤새워서 틀어 주는 것도 괜찮을 것 같습니다."

"편집은 최소로 하도록 하세요. 시간 분량을 많이 줄일 필요는 없습니다. 정 안 되면, 방송으로는 일부만 보여 주고 방송국 홈페이지에서 나머지를 전부 공개하도록 하세요."

"그럴 작정입니다. 가능한 원본대로 방송을 하는 편이 좋다고 생각합니다."

"지루할 시간이 없을 겁니다."

국장과 강 부장은 만족스럽게 웃을 수 있었다.

이현은 매우 기쁜 마음으로 가계부를 작성하고 있었다.

"공돈이다. 예산에 넣지도 않은 돈이 굴러들어 왔어!"

방송국의 인센티브 계약!

시청률에 따라서 받는 돈은 크게 달라질 수밖에 없다. 그럼에도 방송사에서는 미노타우로스의 발톱에 입찰한 금액을 전속 계약금으로 주기로 했다.

"그래도 더 벌어야 해. 아직 한참이나 모자라니까."

할머니의 병원비, 생활비는 당분간 걱정하지 않아도 되겠지만 여동생의 장래가 문제였다.

매년 오르는 대학교 학비는 1년에 천만 원이 넘었다. 그러므로 4년간의 학비, 4천만 원!

그 외에 학생회비도 내야 하고, 교재 값도 만만치 않다.

이것이 순전히 학교에 바치는 돈이라면, 그 외에 써야 하는 돈도 많았다. MT나 대학 축제 때에는 별도로 돈이 들 것이다. 동아리에 가입해도 돈이 든다. 또 대학생으로서의 기본적인 품위를 유지하기 위해서 옷도 구입해야 하고, 화장품도 사야 된다.

남들에게 없이 산다는 느낌을 주지 않기 위해서, 더욱 좋은 것을 입혀야 했다.

친구를 만나도 돈이 들고, 지식과 교양을 쌓기 위해 학원이라도 다닌다면 그것도 죄다 돈이었다.

"이 돈이면 컴퓨터도 사 줄 수 있겠어."

매우 작은 휴대용 컴퓨터.

이현이 쓰고 있는 것과는 다르게, 손목시계만큼 작은 컴퓨터가 있다. 학교 수업을 위해서나, 여러 취미 생활을 위해서나 많이 가지고 있는 컴퓨터였다.

이것의 가격은 천차만별이었다. 정말 좋은 것은 억을 넘고, 싼 것도 최소한 500만 원은 된다. 대학 생활을 위해서는 반드시 필요한 물품이었다.

"그걸로도 끝이 아니지."

취직을 위해서 학원을 다닐 수도 있다. 요즘처럼 취직하기 힘든 세상에 대학교만 졸업하고 바로 취직하기를 바라는 것은 사치였다. 능력을 개발하는 데 드는 비용은 조금도 아깝지 않았다.

"못 배우면 돈도 못 버는 세상이니까."

이현은 가슴 아픈 과거를 회상했다.

남들보다 어리고, 배운 것이 없어서 당했던 설움은 잊을 수 없었다. 재봉 공장에서 실밥 따는 일을 하면서도 수없이 잔소리를 들었다. 아무리 열심히 일을 해도, 조금만 실수를 하면 무능하다는 소리를 들었다.

각종 잔심부름도 해야 했고, 밤늦게까지 일해도 야근 수당조차 받을 수 없었다.

오히려 정해진 월급도 안 주기 일쑤였던 것!

공사판에서도 일 못하는 녀석이라고 욕을 얻어먹으면서 적은 돈을 받으며 일할 때, 제아무리 이현이라도 눈물이 흘러나왔다.

착취라고밖에 표현할 수 없지만 비일비재하게 일어나고 있는 일이었다. 노동부에 신고도 할 수 없는 처지를 교묘하게 이용해 먹는 악덕 사장들이 많았던 것이다.

만약 노동부에 제소를 했다면 그동안 일했던 월급은 받을 수 있었을 것이다. 하지만 그때부터는 노동부의 블랙리스트에 올라서, 새로운 직장을 구할 수가 없다.

그런 열악한 환경에서 돈을 벌어 보았던 만큼 정상적인 기업, 기왕이면 번듯한 기업에 여동생을 취직시키고 싶었다.

"학교생활을 제대로 하려면 남들이 하는 건 다 해 봐야 해. 휴대용 컴퓨터는 당연히 가지고 있어야지."

이현은, 오늘 번 돈은 여동생의 장래를 위해서 꿍쳐 두기로 했다. 대학생이 되면 살 것도 많고 해야 될 것도 많다. 그럴 때를 위한 비상금으로 남겨 두기로 한 것이다.

"참, 오늘은 할머니 병문안을 가야 되는 날이군."

이현은 가계부를 정리하고 주섬주섬 자리에서 일어났다.

퀘스트를 하느라 도장에도 나가지 못하고, 병문안도 못 갔다. 하지만 오늘은 할머니 병문안을 가기로 약속한 날이었다.

이현의 할머니는 이혜연과 같이 있었다.
"이게 정말 대학교에 합격했다는 통지서냐? 거짓말하는 거 아니지?"
"아이참! 제가 왜 할머니에게 거짓말을 하겠어요. 거기 이름이 적혀 있잖아요."
"그래도 믿어지지가 않아서 그렇지."
할머니는 한국 대학교에서 합격 통지서를 받아 보고는 놀람을 감출 수 없었다.
이현의 대학교 합격!
상상도 못 하던 일이 벌어지고 만 것이다.
설마 했던 일이 현실로 닥치자 기쁘고 놀란 것은 이혜연도 마찬가지였다.
'어떻게 면접까지는 보게 했지만……'
진짜 합격을 하게 될 줄은 몰랐다.
하지만 이혜연은 마냥 기뻐할 일만은 아니라고 여겼다.
'이 사실을 오빠가 알게 되면 큰일이야.'
속였다는 사실로 화내는 것은 괜찮다. 문제는 단돈 100원에도 부르르 떠는 이현이 대학교에 진학할 턱이 없다는 사실이었다.
그때 할머니가 빙긋 웃었다.
"그리 복잡하게 생각할 일이 아니다, 아가야."
"네?"

"내게 다 생각이 있으니 걱정하지 말거라."
"그럼 할머니만 믿을게요."

이현이 할머니의 병실에 들어갔을 때, 이혜연은 고개를 푹 숙이고 있었다. 할머니는 무언가 막 말을 내뱉다가 멈추는 모습이었다.
이현은 빠르게 다가갔다.
"할머니, 무슨 일이에요?"
"너는 알 것 없다."
할머니의 태도에서, 이현은 무언가 심상치 않은 기운을 느꼈다. 게다가 그가 온 것을 보고도 여동생은 그대로 고개를 숙이고 있었다.
"혜연이를 또 야단치셨어요? 얘가 이제 제대로 마음을 잡고 공부를 하고 있어요. 예전처럼 나쁜 애들과 어울려 놀거나 하지 않습니다."
"그게 아니다."
"그러면 무슨 일로……."
"대학은 꼭 가야 한다지 뭐냐."
할머니의 말에 이현은 맥이 탁 풀렸다.
"또 그 말씀을 하셨어요?"
"그래. 우리처럼 없는 살림에 무슨 대학을 간다고! 너도 고등학교를 중퇴하고 돈을 벌고 있지 않으냐."

"할머니도 참! 검정고시에 합격했으니 이제 전 고등학교를 졸업한 거나 다름이 없잖아요."

이현이 살살 부드러운 말로 돌려 봤지만, 할머니는 꿈쩍도 하지 않았다.

"그래도 네가 고생하고 있는데, 어떻게 그 돈을 쓸 수가 있어? 가장이라고 할 수 있는 네가 어렵게 번 돈을 쓸데없이 대학이나 다니면서 쓸 수는 없다."

"대학은 쓸데없는 곳이 아니에요, 할머니. 배울 수 있을 때 조금이라도 더 배우는 것이 나중을 위해서라도 좋습니다."

"현아, 넌 동생을 너무 감싸고돌아서 탈이야. 만약 네 경우라도 그렇게 대학을 가야 한다고 생각을 했겠니?"

이현은 이런 때 밀려서는 안 된다고 생각했다. 그래서 즉시 고개를 끄덕였다.

"물론이지요. 저도 대학은 꼭 가야 된다고 생각합니다."

"정말?"

"그렇습니다."

이제 뜸이 거의 다 들어서 밥이 되기 직전이다.

할머니와 이혜연의 눈이 마주쳤다. 그런데 이혜연이 고개를 살짝 저었다.

'조금 부족해요.'

이현을 확실하게 옭아매려면 이 정도로는 안 된다. 할 때 제대로 해야 한다. 빠져나갈 구멍을 놔두어서는 안 되었다.

할머니가 잠시 말을 멈추었다.

어떤 수단을 쓸지 고민하는 기색이었다.

이현이 아부와 처세술에 능하지만, 할머니의 경지를 따라오기에는 한참 부족했다.

시장에서 물건을 수십 년간 팔아 온 관록과 안목은 그냥 생기지 않는다. 사람을 대하는 데에는 경험 많은 할머니를 당해 낼 수 없었다.

할머니는 완고하고 고집스러운 얼굴로 말했다.

"그러면 네 여동생이 대학이나 합격한 다음에 이번 일에 대해서 다시 이야기를 해 보자꾸나. 아니야, 네 여동생의 일인데 너에게 말할 필요는 없지. 대학에 합격하거든, 내가 혜연이가 잘 알아듣도록 설명하마."

"할머니!"

이현은 깜짝 놀랐다.

여동생이 대학에 합격해도 할머니가 정면에서 반대를 하겠다는 소리로 들렸던 것이다.

"왜 그러세요. 혜연이가 대학을 간다면 좋은 일 아닙니까."

"정말 좋은 일이라고 생각하느냐?"

"그럼요. 대학을 다녀서 교양도 쌓고 학문도 배우고 그래야지요."

"그래도 돈이 아깝지 않으냐."

"돈이 조금 든다고 해서 포기할 수는 없는 일입니다. 대학에서 열심히 공부를 한다면 그만큼의 이득은 거둘 수 있을 테니까요."

"그러면 너도 합격만 할 수 있다면 대학을 꼭 다니고 싶겠구나."

"그것이……."

이현은 무언가 말이 이상하게 돌아간다는 것을 알았다. 느낌이 상당히 좋지 않았지만, 물러설 수는 없었다.

'뭐 별일이야 있겠어?'

이현은 당연하다는 듯이 대답했다.

"그럼요. 대학에 합격할 수만 있다면 저도 다니고 싶을 겁니다. 그래서 더 여동생을 대학에 보내고 싶어 하는 거고요. 혜연이는 공부에 재능이 있습니다. 시험을 볼 때마다 성적도 빠르게 올라가고 있고요."

"그렇구나. 너도 기회만 된다면 대학을 가야겠구나. 그런데 만약 네가 대학을 가지 않는다면 말이 안 되겠구나."

"네?"

할머니가 만족스러운 미소를 머금었다. 그리고 통지서를 한 장 내밀었다.

"한국 대학교에서 온 합격 서류다."

"이것이 정말……!"

이현의 손이 마구 떨렸다.

한국 대학교의 입학 허가증!

'혜연이가 드디어 한국 대학교에 합격을 했구나!'

기쁨과 감격으로 이루 형언하기 힘든 기분이었다.

할머니가 말했다.

"현아, 한국 대학교의 합격을 축하한다. 내년부터는 너도 대학생이 되겠구나."

각 방송국의 시청자 게시판은, 불사의 군단 동영상을 보고 싶다는 사람들로 인해서 여전히 난리였다. 퀘스트가 성공했다는 사실이 전해졌는데도 왜 아직까지 공개가 되지 않느냐고 성화인 것이다.

KMC미디어 측에서는 별도의 홍보 수단을 사용하지 않았다. 그럼에도 불사의 군단 퀘스트를 계약했다는 소문이 파다하게 났다. 국장과 부장을 비롯해서 직원들이 하루 밤낮 동안 보았다는 사실이 어느샌가 퍼져 나간 것이었다.

-빨리 동영상을 보여 주세요.

-왜 아직도 방송을 하지 않나요?

시청자들의 성화가 지나쳐서 게시판이 마비될 지경이었다.

KMC미디어에서는 최대한 빨리 작업을 진행시켰다. 그런데 원래 1시간짜리 방송 분량을 편집하는 것도, 생방송이 아닌 한 며칠은 걸리는 작업이다.

어쩔 수 없이 PD들은 결단을 내려야 했다.
"그냥 방송하자."
"알아서 보면 되겠지."
사실 그들이 꼭 작업을 해야 할 필요성은 없었다.
원래 보는 데에는 아무 지장이 없었고, 다만 특별한 장면에서 자막이나 설명들을 해 주어야 했다. 그런데 그런 일체의 작업들을 포기해 버린 것이다.
"될 대로 될 거야."
"그래도 재미없다고 하는 사람은 없을 테니까."
그들도 무척이나 재미있게 보았다. 조금의 아쉬움도 느끼지 못할 정도였다. 시청자들도 재미있게 볼 거라고 생각하고 즉시 방송을 개시했다.
아무런 예고도 없이 실행하는 방송이었다.
언제쯤 작업이 끝날지는 참여한 이들도 몰랐으니, 예정 시간이 있었을 리가 없다.
갑자기 시작된 방송. 그럼에도 사람들은 어떻게 알았는지 보기 시작했다. 인터넷에 이 사실이 퍼지는 것도 금방이었다.
시청률이 폭발적으로 증가하고 있었다. 그리고 방송이 끝났을 때에는, 평상시 시청률의 2배 이상이 나왔다.
그러면서 다시 시청자 게시판이 마비되었다.
-처음부터 못 봤습니다. 재방송해 주세요.
-이거 언제쯤 다시 볼 수 있을까요?

방송사 관계자들은 회심에 찬 미소를 지었다.

이번 일로 인해서 KMC미디어 측에서는 돈으로 환산하기 힘든 인지도를 쌓게 되었다. 더불어서 오크 카리취로 출현했던 위드에 대한 추가적인 정보들을 원하는 사람들이 대단히 많았다.

"내가 대학을 가게 되다니."

이현은 고민에 빠졌다. 이런 일이 생기리라고는 꿈에도 몰랐다. 무슨 놈의 대학이 게임을 잘하는 것으로 입학이 가능하단 말인가.

"이거 혹시 사기꾼 집단 아냐? 입학생을 마구 늘려서 등록금을 받아 장사하려는 파렴치한 놈들은 아닐까?"

얼마 전까지는 장래성 밝은 최고의 대학이, 이제는 다단계 업체만도 못한 평가를 받았다. 사실 이현의 입장에서는 별로 다를 바도 없었다. 돈을 뜯어 가는 곳이라면 다 비슷한 것이다.

"돈이 들어갈 구석은 알아서 찾아 나오는구나."

아무리 세상을 한탄해도 변하는 것은 없다.

이미 할머니 앞에서 대학은 꼭 가야 한다고 말을 했다. 여동생까지 그 이야기를 들었다.

이제 와 이현이 대학 진학을 포기한다면, 여동생도 대학을 가지 않겠노라고 선언했다. 돈 때문에 이현이 대학을 못 갈 정도라면 자신이 가는 것도 의미가 없다는 것이다.
 고등학교 3학년. 가장 중요한 시기에 여동생의 머리를 복잡하게 만들 수는 없었다.
 이현은 어쩔 수 없이 타협을 했다.

 ― 대학에 합격했다고 해서 꼭 가야 되는 건 아닙니다. 그렇지만 제가 입학을 포기한다면 혜연이도 공부를 안 한다고 하니, 이렇게 하죠. 혜연이가 대학에 합격하는 것은 물론이고 장학금까지 받을 수 있다면 저도 그 대학을 가겠습니다. 아니면 저도 더는 양보 못 합니다.

 물러설 수 있는 최후의 보루였다.
 그것으로 이혜연과 할머니를 설득시켰다. 물론 어느 정도는 실리를 생각해서 한 말이다.
 '장학금을 목표로 공부한다면 합격은 충분히 할 수 있을 거야.'
 이혜연도 자신을 닮아 꽤나 독한 구석이 있었다. 한다면 하는 아이라서, 장학금을 받기 위해 공부를 한다면 최소한 대학교 합격은 문제가 아니리라. 지금의 성적이라면 실제로 장학금을 받을 확률도 굉장히 높았다. 이변이 없다면 장학금

을 받게 될 것이다.

'가만! 그러고 보니 혜연이가 공부를 열심히 하는 건 좋지만, 그러면 나도 내년부터 대학교를 다녀야 하잖아?'

입학 날짜까지는 1년도 채 남지 않았다. 불과 7개월 정도 후면 대학교에 입학해야 하니, 시간이 그리 많다고 볼 수 없다.

이현의 얼굴이 굳었다.

청춘의 낭만이 흘러넘치는 대학 생활!

이런 환상 따위는 애초에 접어 둔 지 오래였다.

"나이 먹어서 동생들과 다녀야겠군."

이현의 나이는 22살이다. 내년에는 23살이 된다.

이래저래 대학 생활을 하려면 많은 돈이 든다. 벌써부터 걱정이 되기 시작했다. 대학 동기라는 것들이 다들 나이가 어리다면 큰일이 아닐 수 없다. 대학교 식당의 밥값은 무척 싸지만, 징그러운 동기들이 밥이라도 사 달라고 매달리면 골치가 아플 수밖에 없는 것이다.

"나이를 속여야겠군."

이현은 기필코 정상적인 나이에 대학에 간 사람인 척 흉내를 내기로 했다.

죽음의 산행

위드가 접속했을 때, 부지런한 마판과 페일, 이리엔은 이미 접속 중이었다. 로뮤나, 수르카, 화령이나 제피, 검치 들도 금방 접속을 했다.

"그럼 이제 우린 뭘 할까요?"

페일이 위드의 얼굴을 보았다. 위드는 별다르게 할 말이 없었기에 일반적인 이야기를 했다.

"여행에 필요한 준비물들을 사서 호롬 산으로 가도록 하죠. 그 외에 필요한 게 뭐가 있을까요?"

"간식! 간식거리를 듬뿍 사자꾸나."

검치가 의견을 냈고, 그것은 곧 만장일치로 통과되었다. 이리엔과 수르카는 위드의 요리 솜씨가 너무나도 그리웠다.

"위드 님이 요리를 해 주신 지도 오래되었잖아요."

"맞아요. 위드 님이 해 주시는 맛있는 요리를 먹고 싶어요."

"아무래도 산에서 먹는 고기 맛은 일품이지 않겠습니까?"

제피가 입맛을 다셨다. 그러자 검삼치가 제피의 어깨를 두들겼다.

"허허, 자네가 고기 맛을 좀 아는 거 같군."

"그럼요. 고기란 집에서 혼자 먹는 것보다 이렇게 탁 트인 곳에서 먹어야 제 맛이 아니겠습니까?"

"맞아, 맞아! 그렇지!"

제피와 검치 들은 먹는 것으로 의기투합했다.

낚시꾼 출신의 제피! 사실 낚시꾼은 어느 정도 게으르지 않으면 할 수 없는 직업이다. 한자리에 진득하게 앉아서 낚시를 즐기며, 생선 요리나 해 먹어야 했던 것!

제피는 위드가 해 주었던 요리들을 하나도 빠짐없이 기억하고 있었다.

위드는 일행의 적극적인 의견을 따르기로 했다.

"그러면 간단히 조미료나 요리 도구를 사 가도록 하죠."

"제가 안내하겠습니다."

마판은 다크 엘프의 성의 상점들을 정확히 기억하고 있었다. 상인으로서는 필수불가결한 기술이었다.

위드는 마판과 함께 다크 엘프의 성을 한 바퀴 돌았다. 주로 향신료나 조미료들만 구입하는 정도였다. 식료품은 한두

번 먹을 정도로만 적당히 샀다.

"어차피 고기야 그곳에서 구하면 되니까 대충 사자꾸나. 고기는 신선한 게 좋아."

검치의 의견이었다. 위드도 상점에서 돈을 주고 음식 재료를 사는 경우는 많지 않았다.

"그러면 그렇게 할까요?"

위드와 일행은 가벼운 소풍을 하는 기분으로 다크 엘프의 성을 나왔다.

"자, 그럼 갑시다."

"와아, 등산이다!"

"가자! 가서 고기나 구워 먹자!"

일행은 신바람을 내며 호롬 산이 있다는 방향으로 향했다.

산을 타고 움직이는 것은 무척이나 유쾌했다. 산들바람이 시원하게 불어오고, 꽃들이 여기저기에 피어 있다. 나비가 날아다니고, 새들이 지저귄다.

"진짜 놀러 온 기분이네요."

화령은 매우 즐거워했다. 이렇게 산속에서 거니는 기분이 일품이었다.

나무들 사이로 난 길을 조심스럽게 걸으면서, 앞사람을 따라간다. 도란도란 이야기를 나누면서 이동을 하니 참 즐거운 추억이 될 것 같았다.

다른 사람들도 마찬가지의 감정을 느끼고 있었다.

'이렇게 평화로운 곳이 있다니.'

'그동안 레벨을 올리느라 너무 삭막하게 살아왔구나.'

'가끔은 이런 여유도 있어야지.'

'산책을 하면서 명성도 얻고 정보도 얻고, 그리 나쁘지 않네.'

그러다가 땅바닥에 깊게 파여 있는 구덩이를 보며 수르카가 감탄했다.

"와! 신기하네요! 어떻게 이런 산에 이렇게 큰 구덩이가 있을 수 있을까요?"

위드는 아무렇지도 않게 대답했다.

"몬스터들의 발자국입니다."

"이, 이게 발자국이라고요?"

"예."

조금 더 가니 일대의 나무들이 마구 쓰러져 있었다.

"자연의 신비네요. 태풍이라도 왔었나 봐요."

위드는 힐끗 보고 상황을 파악했다. 익숙한 지형이었다.

"몬스터들이 싸웠나 보군요."

"몬스터들이 싸워요?"

"피해 정도를 보아하니 이곳 기준으로 중급 정도 되는 몬스터들의 싸움이었던 것 같습니다."

"딸꾹!"

일행은 그제야 사태의 심각성을 조금이나마 눈치를 챘다.
'우리가 있는 곳은 유로키나 산맥이다.'
로자임 왕국은 비교적 안전한 곳이었다. 적어도 길을 가다가 객사하는 경우는 적다. 하지만 유로키나 산맥에서는 목숨을 걸고 다녀야 한다.
"제가 정찰을 하겠습니다."
페일이 먼저 나서고, 제피나 수르카도 주변 경계에 들어갔다. 몬스터가 나타날 경우 최고의 전력을 발휘하기 위해서였다. 검치 들도 검을 뽑아 들었다.
위드는 굳이 그럴 필요까지는 없다고 생각했지만, 일행을 말리지는 않았다. 다크 엘프들과 오크들의 영역 근처에는 센 몬스터들이 살지 않는다. 강한 몬스터들은 산맥의 아주 깊고 외진 곳에 주로 나타나는 편이었다.
특히 붉은 숲이나 협곡 부근이 정말 위험한 몬스터들로 가득한 장소였다.
오크들과 함께 사냥을 하면서, 위드는 유로키나 산맥에 대해서는 속속들이 알게 되었다. 안 가 본 곳도 굉장히 많지만 최소한 지명이나 상주하는 몬스터의 종류에 대해서는 인지하고 있었다.
'호롬 산에는 예티가 산다고 했지. 예티라면 저번에도 상대를 해 보았으니까.'
오크 장로는 호롬 산에 대해서도 한 번 이야기를 하긴 했다. 지형이 조금 험난할 뿐, 몬스터들은 많지 않다고 했다.
 '그래, 예티들은 별게 아니니까.'
 위드는 이미 호롬 산에 대한 정보를 입수했기에 마음 편하게 움직일 수 있었다.
 호롬 산은 신기한 나무와 돌덩이들이 많아서 금세 찾을 수 있었다.
 가벼운 산책 겸 움직인 일행!
 그들이 인식하고 있던 호롬 산은 그저 만만한 동네 뒷산쯤이었다. 그런데 실제로 보니 그 높이가 그야말로 장난이 아니었다.
 고개를 한껏 젖혔지만, 꼭대기가 보이지를 않았다. 구름에 완전히 가려져 있었다.
 "꽤 높네요."
 경사도 이만저만이 아니었다. 거의 계단을 오르는 것처럼 올라가야 할 정도다. 나무보다는 바위가 많은 그런 산인 것이다.
 "와! 저기 올라가면 경치가 멋지겠어요."
 화령의 말에 일행은 다들 공감했다.
 '오르는 동안에도 경치를 계속 볼 수 있겠군.'
 '햇볕은 뜨겁지만 바람도 선선하고, 산행을 하기에는 딱 좋은 날씨야.'
 일행은 산을 오르기 시작했다.

산에 들어선 지도 어언 2시간째!

아직은 몬스터들도 보이지 않고, 단조롭게 걸어 오르는 일을 반복할 뿐이었다.

검치가 지루한 듯이 기지개를 켜며 말했다.

"위드야."

"예."

"이쯤 왔으니 좀 먹고 가는 게 어떻겠느냐? 정상에서 먹으려고 했지만……."

"그럴까요?"

위드는 주변을 둘러보았다. 일행 모두 허기가 지는지, 말이 나오자마자 자리에 털썩 주저앉는다.

"그럼 여기서 먹고 가죠."

"이리엔 님, 화령 님. 고기 구울 준비를 해 주세요. 마판 님은 장작을 좀 모아 주시고, 제피 님은 그릇을 나눠 주세요. 페일 님은 불을 피워 주시면 좋겠네요."

"넷!"

식사 준비를 하기 위해 일행은 부지런히 움직였다.

모닥불이 만들어지고, 그릇과 다크 엘프의 성에서 사 온 고기들이 차려지는 것은 금방이었다.

수르카가 뭔가 아쉽다는 듯이 말했다.

"그런데 고기만 먹나요?"

"아닙니다. 산에까지 왔으면 얼큰한 면을 먹어야죠!"

"면요? 여기서 면을 구할 수 있어요?"

"조금만 기다려 보세요. 금방 만들어 보겠습니다."

위드는 냄비에 산나물과 고기를 조금 집어넣고 팔팔 끓였다. 육수를 우려내는 것이다.

거기에 밀가루를 반죽해서 사정없이 두들겼다.

타타탁!

밀가루를 내치는 위드의 손길!

물에 섞인 밀가루가 마구 반죽이 되고 있었다. 반죽이 어느 정도 완성되자, 빙글빙글 돌리며 면발을 길게 늘였다.

수타면을 만든 것이다.

고급 손재주로 완성한 면발은, 쫄깃하고 감칠맛이 넘쳐 난다. 위드는 보글보글 끓는 탕에 수타면을 넣고 잠깐 더 끓였다.

"자, 완전히 익기 전에 드세요."

"와! 맛있겠다."

수르카가 재빨리 수저를 넣으려고 할 때였다. 검치 들은 아예 그릇째로 집어넣어 탕을 떠 담았다.

"역시 최고야."

"산에서는 라면을 끓여 먹어야지."

"암요! 산에서 불을 피워 고기 구워 먹고, 라면 끓여 먹는 것보다 즐거운 게 어디 있겠습니까."

"얼큰하구나. 시원해!"

절정에 이르는 인기를 자랑하는 위드의 음식!

자고로 산에서는 고기구이와 얼큰한 국물을 가진 라면이 제격인 것이다.

"쩝쩝, 그런데 스승님."

"왜 그러느냐, 검둘치야."

"이러다가 식량을 다 먹어 버리겠습니다."

보리 빵을 남김없이 먹어 버리고 쫄쫄 굶었던 검치 들에게, 음식의 잔량은 늘 민감한 것일 수밖에 없었다.

"괜찮다. 위드가 있지 않느냐."

"그렇군요."

"걱정하지 말고 먹자."

"옙! 스승님!"

검치 들은 남김없이 음식들을 먹어치웠다.

다른 일행도 평상시보다 두세 배 많은 음식을 먹었다. 소풍을 나왔다는 기분에, 더 많은 식사를 한 것이다.

"잘 먹었다. 끄윽!"

일행은 배를 가득 채우고 포만감에 젖었다.

"그럼 슬슬 다시 올라가 볼까?"

검치가 힘이 나는지 앞장을 섰다.

이때까지만 해도 위드나 일행이나, 별로 긴장감을 갖진 않았다. 그래 봐야 산이었다. 차근차근 오르면 곧 꼭대기에 도착할 것만 같았다.

문득 일대에 자욱한 안개가 끼었다. 어느새 구름이 가득한 지역까지 올라온 것이다.
"촉촉하네요."
화령이 두 팔을 활짝 벌렸다.
"시원하군요."
제피도 이마를 닦았다. 땀이 흐르는 것이 아니라 습도가 높아서 물기가 많았다.
"차갑고 맑은 물이라. 여기에 메이런이 함께 왔으면 좋았을 텐데."
페일이 아쉽다는 듯이 말했다.
안개 지역은 신비로운 느낌까지 자아내고 있었다. 연인과 함께 왔다면 다시없는 최고의 추억이 되었으리라.
구름 지대를 통과하자, 다시금 주변이 맑아졌다.
위드는 슬그머니 정상 쪽을 바라보았다.
"이제 거의 다 올라왔을… 커헉!"
다들 이제는 어느 정도 정상 부근에 다다랐을 줄로 짐작했다. 그런데 아무리 고개를 올려도 꼭대기가 보이지 않았다.
구름으로 덮여서 보이지 않는 부분!
그 위로 어마어마한 높이의 산이 절경을 드러낸 것이었다.
지금까지 올라온 것은 빙산의 일각이라고밖에 할 수 없을 정도로 높은 산이었다. 그리고 눈이 쌓인 지역에는 예티들이 있다.

깎아지른 듯한 절벽!

발 디딜 곳도 마땅치 않은 가파른 경사!

그나마 만만한 중앙 부근의 길가에는 예티들이 다수 살고 있다. 예티들을 뚫지 않고서는 더 올라갈 수가 없는 것이다.

'그래서 이곳까지는 몬스터를 볼 수 없었군.'

흰 털을 가진 거인 몬스터 예티는 이미 상대해 본 적이 있었기에 마음이 놓였다.

"여기서부터는 싸울 준비를 하죠."

위드는 일행의 무기와 갑옷들을 전부 받았다.

검 갈기, 방어구 닦기, 다림질.

생산 스킬로 능력을 강화시켜 주었다. 음식은 이미 배부르게 먹었기에, 힘이나 체력은 잔뜩 올라가 있는 상태였다.

"그럼 이리엔 님은 골고루 축복을 걸어 주시고, 페일 님이 화살로 유인합니다. 일단 전투가 벌어지면, 다른 분들은 각자 자신의 역할에 따라 행동해 주세요."

이윽고 벌어진 전투!

페일이 쏜 화살에 맞은 예티 3마리가 아래로 굴러 떨어지듯이 내려왔다.

"크워어!"

"쿠륵쿠륵!"

레벨 340의 몬스터 예티!

서윤과 다니면서 사냥을 했던 적이 있지만, 그놈들과는

달랐다.
"캬오캬오!"
흰 털북숭이 예티의 공격을, 위드는 검을 들어 막았다. 그러자 뼈를 에는 한기가 전해져 왔다.

-몸이 결빙됩니다. 힘이 감소하고 공격 속도와 이동속도가 느려집니다. 추가적인 결빙이 가능하며, 감기에 걸릴 확률이 높아집니다. 심한 경우 얼어 죽을 수 있습니다.

고레벨의 몬스터답게 예티는 추위를 전달하는 특수 능력을 가지고 있었다. 이곳이야말로 진짜 예티의 고향! 따뜻한 기후가 아니라, 호롬 산의 추운 고지대에 있는 이놈들은 본신의 능력을 마음껏 발휘했다.
쩌저적!
예티의 앞발에 부딪친 위드의 검에 얼음이 얼었다.
"예티의 앞발을 조심하세요!"
위드가 굳이 외치지 않더라도, 이미 일행은 충분히 곤경을 겪고 있었다.
예티의 공격이 적중될 때마다 엄청난 추위가 느껴졌던 것이다. 이런 결빙 공격은 즉각적으로 생명력을 깎는 피해보다도, 힘과 속도를 느리게 만드는 효과가 더 무서웠다.
"에취!"
"왜 이렇게 추운 거야."

"그래도 시원한데요."

한기를 느낀 검치 들은 오히려 무척이나 반가워했다.

베르사 대륙에 폭염이 찾아왔기에, 절망의 평원을 건너오면서 푹푹 찌는 날씨를 견뎌야 했다. 땀을 뻘뻘 흘리면서 달려왔는데 이렇게 시원한 공격을 받다니 기분이 좋았던 것이다.

히죽!

검삼치와 검오치의 눈이 마주쳤다. 둘은 오랜 세월에 걸친 교감으로, 서로의 의중을 파악할 수 있었다.

'내가 앞.'

'그럼 제가 뒤를 맡죠.'

검삼치와 검오치는 1마리의 예티를 전담했다.

1명이 앞으로 뛰어나가고, 다른 1명은 후방을 맡았다. 검삼치가 죽을힘을 다해서 예티의 앞발을 피하는 사이에, 검오치가 신 나게 등을 공격하는 것이다.

거의 목숨을 걸고 하는 싸움 방법!

예티가 거대한 체구로 후려치는 앞발을, 검삼치는 바로 정면에서 몸을 움직여서 피하고 있었다. 어쩔 수 없는 공격은 검을 이용해서 비스듬히 받아치는 방법으로, 피해를 최소한 줄였다.

누군가 본다면 놀랄 수밖에 없으리라.

검삼치는 거구의 예티의 공격을 바늘 하나 정도의 간격을 두고 피하고 있었던 것!

한 대라도 제대로 맞으면 즉사할 수도 있는 공격을 피하며 아슬아슬한 줄타기를 보여 주고 있었다.

그러면서도 검삼치는 맞을 때마다 환호성을 질렀다.

"이야! 이거 정말 시원한데."

웬만한 고통 따위에는 아주 면역이 되어 버린 검삼치!

로열 로드에서도 직접 공격을 받을 경우에는 고통을 느낀다. 다른 여러 감각 중에서 고통만은 20% 이하로만 느껴지도록 최대치가 설정되어 있지만, 그것도 꽤나 얼얼하거나 아프다.

그런데 실전에서 워낙 많이 맞고 자란 검삼치인지라 이 정도의 고통은 웃으면서 넘겨 버렸다.

검오치는 열심히 예티의 등을 공략하고 있었다.

"베기, 베기, 찌르기!"

치명적인 급소들만을 노렸다.

등의 척추가 있는 부분과 정수리 부근!

검오치는 신이 나서 검을 휘둘렀다. 삽질을 하면서 키워 놓은 힘은 더욱 강력한 공격으로 변했다.

"재미있겠구나."

"우리도 패자!"

그 모습을 보고 있던 검둘치와 검사치도 예티의 등 뒤로 돌아갔다.

검삼치가 원망스럽게 외쳤다.

"도와주려면 앞에서 도와줘야 할 거 아닙니까!"

"미안. 뒤에서 패는 게 더 재밌을 거 같다."

"형님이 잘하고 계시니 도와 드릴 필요가 없을 것 같아서요. 이 괴물 정도는 충분히 이길 수 있잖습니까."

"그야 그렇지."

검둘치, 검사치, 검오치는 예티의 등을 맹렬하게 공격했다. 분노한 예티가 목표를 바꾸어서 뒤를 돌아보려고 할 때에는, 잽싸게 따라서 반 바퀴를 돌았다.

검삼치는 수비에서 공격으로 전환해서 예티의 시선을 끌었다. 그러면서 조금씩 생명력이 저하되고 있었다. 검과 발목도 서서히 얼어붙어 갔다. 막더라도 그 피해가 상당 부분 전해지고 있었던 것이다.

이리엔의 축복과 가호, 그리고 위드가 방어구 닦기 스킬을 미리 써 주지 않았더라면 진작 목숨을 잃어버렸을 것이다.

검삼치가 먼저 죽느냐, 예티가 먼저 죽느냐의 싸움!

검둘치와 검사치, 검오치의 무식한 힘과 치명적인 부위만 연거푸 노리는 공격에 의해서 예티는 끝내 생명력이 다했다.

쿠우웅!

둔중한 몸이 땅에 쓰러졌다.

"우워어! 이겼다!"

검삼치는 얼음이 낀 검을 높이 들었다. 발목과 허벅지까지 얼음이 얼어서 땅바닥에 붙어 있는 채였다.
 그들이 1마리의 예티를 잡을 때, 위드도 검치와 함께 사냥을 했다. 이들도 검삼치와 상당히 비슷한 전략을 썼다.
 "제가 앞을 맡겠습니다."
 "음, 그렇게 하도록 해라."
 위드의 인내력은 400이 가뿐히 넘는다. 타의 추종을 불허하는 인내력이었다. 거기에 여러 방어구들도, 예티의 공격의 피해를 그럭저럭 줄여 줄 수 있는 수준은 되었다.
 이미 여러 차례 싸워 봤기에 예티의 공격 방식들에도 대단히 익숙했고, 서윤과 있을 때에는 위태롭긴 했지만 혼자서도 1마리 정도는 잡아 본 경험이 많았다. 냉기만 조심한다면 이곳에서도 잡지 못할 상대는 아니다.
 위드가 정면에서 싸우고 있는 기회를 노려서 검치는 예티의 정수리만을 정확히 타격했다.
 쓸데없는 공격을 여러 번 하기보다는 힘을 응집시켜서, 예티가 위드에게 무리한 공격을 할 때마다 정수리를 공격해서 흐름을 끊어 주었다.
 위드도 방어와 함께 반격을 해서 그 둘은 무난히 1마리를 잡을 수 있었다.
 나머지 1마리는 제피가 방어를 전담하고, 페일과 로뮤나, 화령, 수르카가 열심히 때렸다.
 예티의 특성상 궁수나 권사의 공격에는 그리 큰 피해를 입

지 않는다. 화령의 공격력도 썩 좋은 편은 아니었다. 그렇기에 생각보다 시간이 걸렸다.

하지만 차근차근 예티의 생명력을 깎아 내서 마침내 잡을 수 있었다.

예티 3마리가 모두 쓰러지자 수르카가 주먹을 불끈 쥐었다.

"이겼다!"

어렵게 잡은 몬스터!

다들 힘을 합치지 않았다면 불가능한 사냥이었다.

마판은 고개를 저었다.

'역시 난 상인이 어울려. 전투는 조금만 해야지.'

예티와 싸우는 것을 보며 기가 질릴 수밖에 없었다.

예티 3마리는 일행이 한꺼번에 감당하기에는 벅찬 숫자였다.

놈들이 한꺼번에 몰려다니며 한 사람을 공격한다면, 위드라고 하더라도 굉장히 위험할 수밖에 없다. 이리엔이 열심히 치료를 해 주더라도 속전속결, 위드의 생명력이 다 떨어지기 전에 예티들을 사냥하기란 어렵다.

만일 그중 일부가 중간에 위드가 아닌 다른 이를 노린다면, 생명력이 낮은 페일이나 화령은 금방 죽어 버릴 것이다.

그런데 검삼치와 위드, 제피가 나서서 각자 1마리씩, 3마리를 분산시켰다. 강한 몬스터라서 나누어서 잡은 것이다. 이런 빠른 판단력과 순발력, 전투 능력은 누구나 갖고 있는 것은 아니다. 철저하게 서로 마음이 맞지 않는다면 불가능한 일.
 직업과 레벨만이 아니라 이러한 긴급 상황에서의 임기응변이야말로 파티의 역량을 잘 보여 주는 것이다.
 "경험치가 장난이 아니네요."
 이리엔이 캐릭터 정보창을 확인해 보고는 미소를 지었다. 사냥하기 힘들었던 만큼, 예티는 막대한 경험치를 주었던 것이다. 죽은 예티에게서는 알 수 없는 씨앗 몇 개와 잡철 조금, 대형 몽둥이를 획득할 수 있었다.
 잡템들은 우선 마판이 배낭에 넣었다.
 "자, 그럼 다음 예티를 불러오겠습니다."
 페일이 나서려고 할 때에, 위드가 이를 잠시 만류했다.
 "페일 님, 잠깐만요. 먼저 해야 될 일이 있습니다."
 "해야 할 일요?"
 "전리품을 확실히 챙겨야죠."
 위드는 조각칼을 꺼냈다.
 사각사각!
 그리고 예티의 사체에서 가죽과 고기를 추려 냈다. 거기에 뼈까지 따로 분류해서 모아 두었다. 가죽이나 고기는 일정한 확률로 드랍이 된다. 하지만 재봉이나 요리 스킬이 중급 이상 오른다면 사체에서 이를 추려 낼 수 있다.
 얻어 낼 수 있는 양은 각 스킬의 숙련도에 따라 차이가 나

고, 아이템이나 손재주와도 관련이 있다.

"고기, 뼈는 이유를 알겠는데 가죽은 왜 모으는 거예요?"

화령이 위드 옆에 쪼그려 앉아서 물었다.

위드는 조각칼을 쥔 손을 멈추지 않은 채로 대답했다.

"이 호룸 산은 무척이나 춥군요. 혹시라도 쓸모가 있을지 몰라서 모아 두려고 합니다. 그리고 푹 우려낸 뼈다귀는 원기 회복에는 그만이죠."

뼈와 고기, 가죽까지 추려 내는 위드!

단 1마리를 잡아도, 예티는 버릴 곳이 한 군데도 없다. 큰 예티가 철저하게 분해되는 것은 아주 순식간이었다.

위드는 예티들을 사냥할 때마다 가죽을 따로 분류했다.

스릴과 긴장감이 넘치는 사냥!

까딱 조그마한 실수라도 하는 날에는 예티들에 의해 파티가 전멸될 수도 있는 위기가 찾아온다.

그렇기에 일행은 사냥에 집중할 수밖에 없었다.

페일이 최대한 주의해서 예티들을 끌고 왔지만, 가끔 4마리, 5마리가 동시에 덤벼들 때도 있었다. 그럴 때는 화령이 나섰다. 그녀의 특기인 상대방을 혼란에 빠뜨려서 재우는 기술을 쓰는 것이다.

"매혹의 춤!"

엄청난 육탄 공세!

목숨을 잃는 것을 무릅쓰고 예티들 앞에서 부비부비를 하고 있었다.

검치가 눈을 빛냈다.

"젊은 아가씨가 대단하군. 움직임이 아주 유연해."

검둘치도 말했다.

"스승님도 그렇게 생각하셨습니까? 발목과 허리의 움직임이 보통이 아니군요."

"맞아. 대단히 멋진 춤이군. 사전에 많이 맞춰 본 것 같아. 하루 이틀 배워서 될 것이 아니야."

화령의 움직임은 그대로 검치에 의해서 분석되고 있었다. 몸을 쓰는 것이라면 누구에게도 뒤지지 않는 검치!

그러나 그들의 집중은 10초를 넘기지 못했다.

화령의 춤을 보던 검치 들의 입이 점점 벌어지더니 마침내 침을 줄줄 흘렸다.

"헤에."

"죽인다!"

전투에는 관심도 두지 않고, 오로지 화령의 춤에만 집중하는 검치 들!

그로 인해서 일행에게 큰 위기가 찾아올 뻔하였으나, 다행히 그 순간 화령의 춤이 끝났다.

부비부비를 당한 예티들은 얼굴이 붉어진 채로 잠에 빠져들어 있었다.

"크허험!"

검치 들은 잠들지 않은 예티들에게 돌격했다.

검치야 특별히 나서지 않고 적당히 하는 정도였지만, 노총각인 검둘치, 검삼치, 검사치, 검오치의 검에는 이른바 사정이 없었다.

"나의 검에 죽는 것을 영광으로 알아라."

"나도 결혼 좀 해 보자!"

"많이도 안 바란다. 저 아가씨는 아니더라도, 저 아가씨 친구라도 어떻게 한 번만!"

검둘치, 검삼치, 검사치, 검오치의 투혼 속에서 일행은 예티를 무사히 사냥할 수 있었다.

위드가 가죽과 고기를 추려 낼 때에 검둘치와 검삼치, 검오치가 페일에게 다가갔다.

"페일 님."

"네, 넷!"

페일은 정신이 바짝 들었다.

검둘치와 검삼치 등은 얼굴만 보아서는 범죄자이고, 근육들까지 감안하면 흉악범이다. 평상시에는 온순하고 어딘가 모자라 보이는 사람들이지만, 지금은 눈빛이 달랐다.

앞을 가로막는 철벽이 있다면 그것을 단숨에 깨부술 정도의 투지와 기세가 있는 사람들이다. 극한의 수련을 거치면서 정상인들을 압도하는 무언가를 가지고 있었다.

그런 검둘치와 검삼치 등이 경직된 얼굴로 다가와서 말을 거는 것이다.

검오치의 얼굴에 홍조가 어렸다.

"다음에도 예티를 5마리씩 불러와 주실 수 있을까요?"

검삼치는 화령을 보며 몸을 비비 꼬았다.

"6마리도 괜찮습니다."

검둘치는 수줍은 듯이 자신의 얼굴을 두 손으로 감싸 쥐었다.

"아니, 7마리라도. 꼭 화령 님의 춤을 다시 보고 싶어서가 아니라……."

"……."

호롬 산에 높이 올라갈수록 일행은 엄청난 추위를 느끼고 있었다.

땅에는 흙이 아니라 온통 눈이 덮여서 무릎까지 푹푹 빠졌다. 칼날 같은 바람이 불어와서 옷깃을 파고들었다.

"바람이 차가워요."

수르카가 몸을 덜덜 떨었다.

"한기가 이렇게 거세게 몰아치다니."

페일도 몸을 잔뜩 웅크리며 걷고 있었다.

더워진 베르사 대륙과는 차원이 다른 추위! 그대로 서 있으면 얼음이 되어 버릴 것 같은 한기였다.

예티들은 이런 추위 속에서 더욱 강해졌다.

이젠 페일이 3마리씩의 예티를 끌고 오더라도, 화령이 2마리를 잠들게 하고 1마리씩 안전하게 잡았다.

"이놈의 추위."

"어서 빨리 더운 곳으로 가고 싶어요."

일행은 점점 추위에 지쳐 가고 있었다.

검치가 산의 봉우리를 올려다보았다. 상당히 먼 길을 걸어왔는데도 아직 정상이 보이지 않는다. 갈수록 추워지고 길도 험해지기만 했다.

"산이 이렇게 높다니 대단하구나."

검치가 지구상에서 여행한 산들도 꽤 많은 편이었다. 검을 갈고닦는 이들 중에는 일부러 심산유곡에 틀어박혀 있는 자들이 적지 않았기 때문.

수행과 비무를 위하여 험한 산들에서 은거한 이들을 찾아다녔던 경험을 가진 검치에게도, 호롬 산은 만만치 않은 곳이었다.

추위를 심하게 느끼면 체력과 생명력이 떨어진다. 심한 경우 전투와 직접적인 관련이 있는 힘과 민첩도 하락했다.

"에취!"

수르카가 기침을 했다.

드디어 감기의 초기 증상이었다.

> -감기에 걸리셨습니다.
> 신체 능력이 20% 저하됩니다.
> 스킬의 효과가 30% 감소합니다.
> 감기는 다른 합병증을 유발할 수 있습니다.
> 생명력과 마나의 최대치가 감소합니다.
> 전투 스킬을 사용할 시, 감기로 인해서 실패할 가능성이 있습니다.

"여름 감기는 개도 안 걸린다는데. 홀쩍!"

수르카는 재채기를 하면서 심히 괴로워했다.

더 이상의 행군은 무리였다.

추위로 인해서 예티들도 상당히 버거웠고, 다들 감기에 걸리게 되면 전투 능력을 잃어버리기 때문이었다.

그때 위드가 바늘과 실을 꺼내고 작업에 들어갔다.

미리 챙겨 놓은 예티의 가죽을 자르고 이어 붙여서 옷을 만드는 것이었다.

"디자인은 다 필요 없어요. 그냥 따뜻하게만 만들어 주세요."

남달리 노출 많은 옷을 즐겨하던 화령의 부탁이었다. 이리엔이나 로뮤나도 그저 따뜻한 옷을 원했다.

"조금만 기다리세요."

위드는 우선 수르카가 입을 옷부터 제작했다. 예티의 가죽은 엄청나게 크고 질기다. 가죽 1장의 무게도 상당히 나갈뿐더러, 너무 두껍고 딱딱해서 옷감으로는 적절하지 않다.

재봉을 위해서는 좀 더 가볍고 고급스러운 천이 좋다. 따

라서 차라리 사슴이나 토끼 가죽으로 만드는 옷의 능력이나 옵션이 훨씬 좋다.

이런 투박한 짐승 가죽으로 좋은 옷을 만들기에는 아직 위드의 재봉 스킬이 부족했던 것이다.

'그래도 따뜻하면 되는 거지.'

위드는 예티의 가죽을 이용해서 기본적인 디자인의 옷을 만들었다. 그리고 거기에 가죽을 세 겹으로 덧대어, 튼튼하고 외부의 추위가 전해지지 않게 두텁게 만들었다.

거의 완성된 옷에는 예티의 털을 따로 모아 붙였다. 북극에서나 입을 법한 흰 털옷을 만든 것이다.

'추위에는 털옷이 좋은 법이지.'

위드는 옷을 완성시켰다.

띠링!

예티의 가죽으로 만든 옷 : 내구력 60/60. 방어력 25.
두꺼운 예티의 가죽을 잘라서 붙인 옷.
대단히 섬세한 손길로 제작된 옷이다.
바람이 새지 않아 외부의 추위와 한기를 막을 수 있도록 되어 있다.
옷에 붙은 흰 털은 온도를 유지시켜 주는 데 도움이 된다.
제한 : 레벨 150. 힘 600.
옵션 : 냉기에 대한 저항력 40%.
　　　옷을 입은 상태에서는 예티들이 적대감을 가짐.
　　　무게로 인한 활동력 저하. 민첩 80 감소.

방어력이나 옵션 등을 본다면 그다지 쓸모가 없는 옷이지만, 보온만큼은 최고였다.
 위드는 예티의 가죽으로 모자와 부츠, 장갑도 만들어서 일행에게 나눠 주었다.
 "고맙습니다, 위드 님!"
 수르카가 꾸벅 고개를 숙였다. 이리엔이나 화령도 활짝 웃는 얼굴로 감사의 인사를 했다.
 "와! 정말 고마워요. 이제 살 것 같아요."
 "아닙니다. 당연한 것을요."
 위드는 겸양의 말을 하고 있었지만, 속마음은 전혀 달랐다.
 모라타 지방에서 이미 추위에 처절한 시달려 보았던 그였다. 찬바람이 몰아치는 곳에서 감기에 걸리고, 낮아진 기온 때문에 밤에 생고생을 했다. 빙설의 폭풍이 불어 닥칠 때에는 끙끙 앓아야 할 정도였던 것!
 조각상의 도움으로 간신히 추위를 이겨 냈기에 망정이지, 그때에는 재봉 스킬도 없었으니 몇 번을 얼어 죽었을지 몰랐다.
 혹시 얼어 죽지 않았다고 하더라도 몸이 정상이 아닌 상태에서는 뱀파이어들과의 전투에서 이길 수 없었을 것이다.
 그렇게 이미 경험을 해 보았으니 호롬 산을 딱 오르는 순간 점점 추위가 심해질 것을 직감했다.
 만약 그때에 바로 옷을 만들어 주었다면 일행은 추위를 확

실하게 느끼지 못했으리라.

처절하고 매서운 추위!

차가운 바람이 가져오는 추위의 공포에 시달리지도 않았으리라!

위드는 일부러 옷을 만들어 주지 않았다.

일행은 재봉 스킬로 만든 옷이 얼마나 따뜻한지를 모른다. 산의 초입을 오를 때에 옷을 만들어 주었더라면 그저 당연하게 받았으리라.

조금이라도 불편했다면, 곧바로 부족한 재봉 솜씨를 탓했을 수도 있다.

배고플 때 먹는 밥이 맛있듯이, 사람은 없어 봐야 고마운 줄을 아는 것이다.

"잘 입을게요."

위드는 일행에게 골고루 옷을 한 벌씩 제작해 주었다.

예티의 가죽으로 만든 옷을 입은 검삼치와 검사치는 굉장히 신기해했다.

"이 옷을 입으니 전혀 춥지 않군."

"정말 따뜻합니다, 스승님!"

흰 털옷을 입은 검치 들!

위드를 포함한 일행도 모두 흰 털옷을 입었다. 두꺼운 털옷 때문에 언뜻 보기에는 흰곰처럼 변한 이들이었다.

몸이 따뜻해지자 검치의 발걸음에도 힘이 실렸다.

"그럼 어서 올라가 보자꾸나."

검둘치가 활기차게 대답했다.

"스승님, 그러면 우리 누가 먼저 올라가나 시합을 할까요?"

"좋다. 시작이다."

검치 들은 열심히 산을 달려 올라갔다. 이제 주변에 예티가 없었기에 가능한 일이었다.

위드와 일행이 잠시 머뭇거리는 사이에, 검치 들은 한참이나 위로 올라갔다.

검오치가 문득 산 아래를 내려다보았다.

'구름으로 덮여 있는 세상.'

바람의 움직임에 따라서 구름이 흘러가는 것이 보인다.

다크 엘프의 성보다도 훨씬 높은 곳에 올라와 있기에, 그 변화가 한눈에 들어왔다. 구름이 없는 저 먼 곳에는 푸른 대지가 펼쳐져 있기도 했다.

검오치의 가슴이 호연지기로 가득 찼다. 그리하여 자신도 모르는 새, 얼떨결에 입을 크게 벌리고 외쳤다.

"야호! 내가 왔다!"

산에 올라와서 큰 소리로 내지르는 함성!

야야야야!

호호호호호!

크게 메아리가 치고 있었다.

검오치는 무척이나 마음에 들어 했다. 그런데 메아리 소

리가 점점 커져만 갔다.

그러더니…….

쿠르르르르르릉!

우지끈! 쾅쾅!

또한 무언가가 쓸려 내려오는 듯한 굉음도 들렸다.

소리가 나는 산 정상 쪽을 돌아본 검오치의 얼굴에서 핏기가 가셨다.

저 먼 곳에서부터 쌓여 있던 눈이 마구 허물어지고 있었다. 허물어진 눈들은 아래로 굴러 내려오며 더욱 규모를 키워 갔다.

어마어마한 양의 눈이 휩쓸려 오고 있었다. 눈사태가 일어난 것이다.

위드와 페일 들은 재빨리 바위 뒤로 숨어서 피했다.

땅이 우르르 떨리고, 눈이 무지막지한 위력으로 그들을 덮쳤다.

한참 후에 눈사태가 끝났을 때, 검치 들은 찾을 수 없었다. 눈사태에 휘말려서 목숨을 잃은 것이다.

위드와 남은 일행은, 불가피하게 그곳에 머무르면서 예티 들을 사냥했다.

호롬 산은 추위 때문에 사냥하기에 좋은 장소는 아니었지만, 검치 들이 다시 돌아올 때를 기다리고 있었던 것이다.

다른 이들은 의리 때문에 정상을 밟지 않고 기다린다고 하였지만, 위드의 생각은 조금 달랐다.

'사람 하나 살리는 셈 치고…….'

만약에 그들끼리만 정상에 갔다 온다면, 이 사태의 원흉이라고 할 수 있는 검오치는 무수한 구박을 당하리라.

위드는 부지런히 예티를 사냥하면서 시간을 보냈다.

검치 들이 없었기에 사냥은 더욱 힘들어졌지만, 그만큼 보람도 있었다.

호롬 산을 오른 이후 위드를 제외한 다른 이들의 레벨이 모두 2개나 3개씩 뛰어오른 것이다.

위드도 대략 30% 정도의 경험치를 채울 수 있었다. 306이나 되는 레벨에서부터는 경험치를 모으기가 굉장히 힘들어진다. 그나마도 열심히 사냥을 하고 일행의 파티 플레이가 원활한 탓에 기대했던 것보다 많은 경험치를 모을 수 있었다.

게다가 위드의 경우에는 뱀파이어 토리도가 가져가는 경험치도 만만치 않았기에 레벨 업이 더딜 수밖에 없었다.

'데스 나이트처럼 이놈도 어서 떨쳐 버려야 하는데.'

뱀파이어 토리도!

남들은 유용한 부하가 생겼다고 좋아할지도 모르지만, 조각술의 비기인 생명 부여를 쓸 수 있게 된 지금은 조금 다르

다. 구태여 지속적으로 경험치를 나누어 주면서 부릴 필요가 없었다.

더구나 뱀파이어 로드는 살아 있는 생명체의 피를 지속적으로 공급해 줘야 하기에 함부로 부를 수도 없었다.

그래도 이들을 완전히 포기하지 않는 것은 위드의 감각이었다.

'틀림없이 어떤 퀘스트와 관련이 있다.'

파고의 왕관과 헤레인의 잔, 불사의 군단에 이어진 연계 퀘스트!

그 정점에 무엇이 있을지는 몰라도, 뱀파이어 로드나 데스 나이트와 관련이 있을 것이라는 직감 때문이었다.

검치 들은 베르사 대륙의 시간으로 딱 엿새 만에 나타났다.

정확히 24시간의 로그인 제한이 풀린 후에 접속했지만, 이곳까지 다시 올라오느라 들인 시간 때문이었다.

검오치는 완전히 풀이 죽어서 고개를 푹 숙이고 있었다.

"죄송합니다. 저 때문에 시간을 지체하게 되었습니다."

그러면서 기다려 준 일행을 향해 허리를 숙였다. 그러자 화령이 검오치의 손을 따뜻하게 잡아 주었다.

"괜찮아요. 너무 미안해하지 않으셔도 돼요. 그런데 참 남자답네요."

"예?"

"사나이다운 사과라고요. 자신이 한 일에 대해서 솔직하게 사과하는 모습이 멋있어요."

"화령 님."

검오치의 눈이 붉게 충혈되었다.

화려한 외모와 완벽한 몸매를 가진 화령의 칭찬을 받다니, 스스로 믿을 수가 없었다.

화령은 그들에게 있어서 감히 말도 걸지 못할 정도로 아름다웠던 것.

검둘치가 재빨리 허리를 숙였다.

"죄송합니다. 제가 식성이 좋아서 지금까지 여러분보다 많은 양을 먹었습니다."

검삼치는 아예 엎드려서 절을 했다.

"진심으로 사과드립니다. 그동안 식사를 준비할 때마다 게으름을 피웠습니다."

열심히 남자다운 사과를 보여 주는 검둘치와 검삼치!

나이 어린 페일이나 제피의 눈초리가 좋을 리가 없다는 것은 알고 있었지만, 그들에게도 절박했다.

'여자와 도대체 언제 손을 잡아 봤는지도 까마득하다.'

'목검이 여자의 손과 감촉이 비슷하던가? 저번에 잡아 봤던 관장님의 검 손잡이가 얼추 비슷했던 것 같기도 한데.'

필사적으로 사과를 하면서 혹시라도 화령이 그들의 손도 잡아 주지 않을까 기다리고 있었다.

화령이 아니라도 좋았다. 이리엔이나 로뮤나, 누구라도

환영이었다.

그러나 화령이나 다른 일행은 어이가 없어서 망연자실 보고만 있었다. 남자다운 검둘치와 검삼치가 저럴 줄은 몰랐다는 얼굴이었다.

거기에다가 눈치만 보고 있던 검사치는 주변의 바위 위로 올라가서 고함을 질렀다.

"야아아아아호!"

검둘치, 검삼치, 검사치의 추태를 뒤로하고 위드와 일행은 다시 산을 올라갔다.

산사태로 인해서 눈이 많이 휩쓸려 나간 덕분에 흙이 조금 드러났다.

얼어붙은 흙 사이로 피어난 극한지 식물들!

위드는 열심히 식물들을 파내서 음식의 재료로 삼았다. 예티의 고기만 연속으로 먹으니 입이 질려 버렸던 것이다.

그나마 정상으로 올라갈수록 예티들도 찾아보기가 쉽지 않았다. 아마도 지나치게 험난한 지형에서는 예티들도 살지 못하는 듯싶었다.

일행이 알고 있는 것은 그저 이곳이 높은 산이라는 사실뿐이었다.

유로키나 산맥까지 온 기념으로 오르려는 산. 그 이상도 이하도 아니다.

그런데 정작 오르면 오를수록 한계를 느끼게 해 주었다.

대자연이라는 광활함 속의 한 인간!

세차게 불어와서 몸이 날아갈 것만 같은 바람을 견디어 내야 했다.

체력이 거의 다 소진된 상황에서도 억지로 한 걸음씩을 떼어 놓았다.

발이 밟고 있는 곳은 산이었지만, 조금만 고개를 돌리면 세상이 그대로 펼쳐졌다. 그리고 마침내 정상을 밟을 수 있었다.

띠링!

유로키나 산맥에서도 가장 높고 험난한 호롬 산! 호롬 산의 정상에 최초로 오르셨습니다!
혜택 : 명성 150 증가.
　　　대지와의 친화도가 1% 올랐습니다.
　　　행운이 3 올랐습니다.

정상은 약간 평평한 분지에 몇 개의 큰 바위가 있는 것이 전부였다.

일행은 모두 분지 위에 드러누웠다.

"으아아아!"

"아이고, 아파라!"

체력이 거의 다 떨어진 상태에서 억지로 참아 가면서 산을 올라온 탓에, 다리가 욱신욱신 쑤셨다.

고소공포증이 있는 수르카는 주위의 도움이 없었더라면 오르지도 못할 뻔했다.

그래도 산에 오르고 나니 성취감 때문에 불만을 표시하는 사람은 아무도 없었다.

페일이 말했다.

"명성이 올랐네요."

수르카도 확인해 보고는 고개를 끄덕였다.

"상당히 많은 양이에요."

전투 계열의 직업들은 명성을 올리기가 그리 쉽지 않다. 아주 강한 몬스터를 잡거나, 퀘스트를 하는 방법뿐이었다.

그런데 남들이 이미 다 한 퀘스트는 명성을 별로 올려 주지 않는다. 그러므로 퀘스트에 의존해서 올리는 명성에는 한계가 있을 수밖에 없었다.

페일이 기진맥진해서 말했다.

"처음에는 명성을 위해서 올라온 산이었지만, 확실히 오르기를 잘했다는 생각입니다. 참으로 값진 경험을 해 본 것 같아요."

굳이 입 밖으로 소리를 내어 말하진 않았지만 일행 모두 페일의 말에 공감하고 있었다.

위드와 일행은 한참을 휴식하다가 자리에서 일어났다. 그러고는 봉우리 위에서 경치를 감상했다.

유로키나 산맥의 많은 산들이 발아래에 펼쳐져 있었다.

구름과 산, 저 멀리 보이는 평야까지도 흘러가는 자연의 일부분일 뿐이다.

"정말 굉장하네요."

화령의 눈가가 감동으로 붉어졌다.

자연이 빚어내는 장관에 기분이 들떴다.

베르사 대륙의 변덕스러운 기후와 풍토! 그렇지만 그것을 비난할 수 없는 이유는 이런 위대한 광경을 볼 수 있기 때문이리라.

직접 걸어서 올라왔기 때문에 그 감동의 여운이 더 진할 것이었다.

검치가 검을 뽑아 들었다. 그러고는 옆의 바위에 낙서를 개시했다.

검치 다녀간다.

검둘치나 검삼치, 검사치, 검오치도 빠지지 않고 그 바위에 낙서를 했다. 새로운 곳을 방문할 때마다 낙서를 하는 것은 대한민국 국민의 전통인 것이다.

"재미있겠네요."

"우리도 할까요?"

페일이나 수르카도 웃으면서 하나씩 글귀를 남겼다.

메이런, 보고 싶다. 다음에는 우리 둘이 꼭 같이 오자.

수르카도 왔다 가요!

 일행은 정상에서 한참의 시간을 보내다가 아쉬운 마음을 뒤로하고 산을 내려오기 시작했다.
 오르기는 힘들었지만 내려오는 것은 그와 비교할 수 없을 만큼 쉬운 편이었다. 일행은 그렇게 산사태가 일어난 곳 근처까지 내려와, 1명씩 휴식을 위해서 로그아웃을 했다.
 다들 호롬 산을 오르느라 정신적으로 많이 피곤한 상태였던 것이다.

 쐐애애애액!
 칼날 같은 바람이 부는 호롬 산의 정상!
 위드는 두껍게 만든 예티의 가죽 옷을 입고 다시 올라왔다. 그에게는 목적이 있었다.
 '조각품이란 자연과 어우러졌을 때 그 가치가 더욱 높아지지.'
 무릇 예술이란 어떤 암울한 곳에서도 꽃피는 법이다.
 호롬 산의 정상은 심한 바람과 추위로 인해서 마음대로 숨을 쉬기도 어려울 정도였다. 하지만 그런 부분만 조금 극복한다면, 세상에 둘도 없을 정도의 경치를 자랑한다.
 위드는 자하브의 조각칼을 꺼냈다.
 '이런 곳에 조각품을 세운다면 최소한 명작 이상은 나올 수 있을 거야.'
 위드는 봉우리에 있는 큰 바위로 다가갔다.
 지금은 밤이다. 밤하늘에는 셀 수도 없이 많은 별들이 빛을 내고 있었다. 그 미약한 빛에 의존해서 조각을 하려는 것이었다.
 횃불을 피우기에는 바람이 너무 심했다. 그러나 사실상 어둠보다도 더 큰 장애는 추위와 거센 바람이었다.
 몸이 날릴 것만 같은 바람을 이기고 조각술을 펼쳐야 하는 어려움이 있었던 것이다.
 다행히 어떤 조각품을 만들어야 할지에 대해서는 너무나도 확실했다.
 '서윤을 만든다면 확실히 명작 정도는 자신이 있다.'
 그러나 위드는, 이번에는 서윤을 만들지 않기로 했다.
 직접 서윤을 만나 보고 미안한 마음에 개과천선했을 리는 추호도 없다. 꼬리가 길면 밟힐까 봐 두려운 것도 아니다.
 그저 지금은 다른 조각상을 만들고 싶을 뿐이었다.
 "할머니, 혜연이 그리고 나. 우리 가족의 조각상을 만들자."
 한 번도 만들어 보지 못했다고 해도, 마음속에는 늘 남아

있었다.

조각술의 스킬이 어느 정도 경지에 오르기 전까지는 만들지 않겠다고 다짐했던 가족의 조각상.

위드는 바위를 깎아서 조각상을 만들기 시작했다.

과거에 부모님이 돌아가시고 난 이후에는 삶이 정말로 힘들었다. 어린 여동생을 키우는 데에는 돈이 든다. 아무리 없이 살아도, 아이를 키우려면 각종 주사도 맞혀야 하고 약도 먹여야 된다.

빛도 잘 들지 않고 공기도 눅눅한 지하 단칸방에서 살던 시절, 그때에는 무조건 높은 집에서 사는 게 소원이었다.

"여기는 아주 높은 곳이니까. 해가 뜨고 지는 것을 매일 볼 수 있지."

나이만큼의 세월을 조각상에 담기란 대단히 어렵다. 그러므로 위드는 자신이 아는 만큼만 담기로 했다.

손에 있는 주름 하나하나에 담긴 시름과 아픔들.

위드는 직접 보고 겪은 일들을 회상하면서 조각칼을 움직였다.

할머니의 눈가에 맺힌 세월의 흔적들을 만들 때에는 잠시 조각칼을 쉬어야 했다. 감정이 격해져서 차마 조각을 할 수가 없었던 것이다.

"그래도 더 늦어지기 전에 해야지."

위드는 조각칼을 부지런히 움직였다.

밤새도록 조각상을 깎다 보니 어느 순간 태양이 떠올랐다.
 저 멀리서부터 떠오르는 해.
 햇빛이 비추면서 조각상과 그 주변이 환해졌다.
 자욱하던 안개가 사라지면서 별로 가득하던 어두운 밤하늘이 밝게 변하는 모습은, 또 하나의 자연의 신비였다.
 하지만 조각상에만 집중하고 있는 위드는 일출을 볼 겨를이 없었다.
 와이번들을 만들 때에는 시간에 쫓기던 신세이다 보니 따로 공을 들일 수가 없었다. 그러니 이것이 실질적으로 고급 조각술을 터득한 다음에 완성하는 최초의 조각상이나 마찬가지였다.
 '일출을 본다고 해서 한 푼이라도 나오는 것이 아니니까.'
 완벽하게 메마른 감수성!
 위드는 열심히 조각상을 깎는 데에만 집중했다. 시간의 흐름도 잊어버릴 정도였다.
 바위를 조각할 때에는 나뭇조각과는 달리 특별히 많은 시간이 필요했다.
 하나씩 조각칼을 움직일 때마다 돌 파편이 깎여 나가는 것을 보며 조각술에 대해 많은 생각을 한다. 무엇을 만들어야 하는지, 무엇을 남겨야 하는지에 대해서 마음을 잡아 나가는 것이다.
 할머니의 조각상은 형태와 세밀한 부분까지 쉬지 않고 그

대로 만들어졌다.

기교나 세밀한 조각술의 표현법에 대해서는 생각하지 않았다. 어차피 그런 것은 전문적인 조각사들에 비해서 훨씬 모자랄 수밖에 없다.

위드는 그저 마음을 담기로 했다. 조각술을 펼치면서 느껴지는 마음. 완벽한 무언가를 창조해 내기보다는 자신의 마음이 움직이는 대로 조각술을 펼쳤다.

로열 로드의 조각사!

조각사 같은 예술 계열의 직업은 일반적인 생산직 직업들과는 다르다.

대장장이는 철광석을 화로에 넣어 쇳물을 만들고 형틀에 부어 무기나 방어구를 만든다.

요리사는 어느 정도 요리법을 알아야 하지만, 요리 스킬의 경지가 오르다 보면 재료만 보고도 대충 최적의 요리와 요리를 하는 방법들을 떠올릴 수 있다.

재봉사의 경우에도, 기본적인 가위질이나 바느질 솜씨만 있다면 옷을 제작하는 게 그렇게 어렵지 않다.

하지만 예술 계열의 직업들은 직접 손을 움직여야 했다.

높은 스킬만을 가지고 있다고 해서 명작이나 대작들을 펑펑 쏟아 낸다면 얼마나 허무할 것인가. 이것이야말로 예술을 모독하는 것이다.

화가라면 그림을 그려서 작품을 만들어야 하고, 조각사는 조각품을 직접 깎아야 한다.

 위드의 경우에는 초보 시절, 전투를 쉬는 동안에는 거의 언제나 나뭇조각을 깎았다. 하루에 수십 개씩 나뭇조각을 깎으면서 기초적인 조각술을 스스로 습득했다.

 토끼나 여우, 세라보그 성에서 대중적으로 판매하던 조각품들도 만들었지만, 기본적으로 한 번씩 본 물건들이나 몬스터, 나무들을 제작하면서 경험을 쌓아 온 것이다.

 그렇기 때문에 화가나 조각사 따위의 예술 계열 직업을 선택하는 이들은 더욱 드물었다.

 사각사각.

 이제 할머니의 조각상은 얼굴과 몸을 비롯한 대부분이 완성되었다. 양쪽 손 부분은 일부러 바위와 단절시키지 않고 그대로 남겨 두었다.

 바로 여동생의 조각상과 이어서 만들기 위함이었다.

 '여기서부터는 티끌만 한 실수도 해서는 안 된다.'

 위드는 할머니의 조각상에 이어서 여동생의 조각상을 만들기 시작했다.

 사진으로 본 얼굴이 아닌, 마음으로 떠올리는 가족의 형상!

 굶주림과 허기는 대충 예티의 고기 말린 것을 뜯으면서 채웠다. 작업을 할 때에는 먹는 것에 신경을 쓸 겨를이 없었던 것이다.

 조각품을 만들 때에는 하나의 감성을 그대로 유지하는 것

이 중요했다.

다른 무엇도 아닌 가족의 조각상을 만드는 것이었기에 위드는 혼신의 노력을 다했다.

서로 손을 단단히 맞잡은 채로 이어진 조각상. 복장은 할머니와 같이 고운 드레스로 설정했다.

재봉 스킬을 익히면서 많은 옷을 만들어 본 덕분에, 드레스를 함께 조각하는 것은 그리 어려운 일이 아니었다.

완성된 여동생의 조각상은 할머니의 조각상과 함께 은은한 광채를 발산하고 있었다.

고급 조각술의 효과!

고급 조각술을 터득한 이후로 만든 조각상들은 특유의 색감이나 광채가 살아난다. 주변의 기후나 온도의 변화에 따라서, 같은 재질의 조각상이라고 해도 약간씩 차이가 있었다.

위드는 이제 할머니의 다른 한쪽 손 부분에 있는 바위를 조각했다. 자기 자신의 조각상을 만들기 위함이었다.

너그럽고, 곱게 늙으신 할머니와 어여쁜 여동생!

거기에 위드 스스로의 조각상!

하지만 자신의 조각상을 만들 때에는 뭔가 마음에 들지 않았다.

'내 눈이 원래 이렇게 작은 편은 아니지.'

위드는 조각상의 눈을 상당히 크게 했다.

'사실 코도 좀 더 오똑한 편이고, 이마도 약간 보기 좋게

넓은 편이던가? 그래, 맞아. 키도 사실 훨씬 크지!'

위드는 딱 대한민국의 평균 키에, 평범한 외모를 가지고 있었다. 그런데 조각상을 제작하면서는 사심이 잔뜩 들어갔다.

전체적인 구도나 이미지 자체를 꽃미남으로 설정한 것이다. 거의 연예인 수준의 꽃미남!

"그래. 이게 바로 나라니깐! 나랑 똑같이 생겼군. 흐흐흐."

위드는 다 만들어진 자신의 조각상을 보며 흡족한 듯이 웃었다.

띠링!

조각상이 완성되는 순간, 위드의 눈앞에 메시지 창이 떴다.

―만드신 조각품의 이름을 정해 주십시오.

뭔가 조짐이 좋았다. 지난번에 서윤의 조각품을 만들 때에도 미리 이름을 정하라고 물어보았던 것.

다 만들어진 조각품의 이름을 정하는 것이야말로 조각사의 최고의 영예라고 할 수 있다.

위드는 잠시 고민한 끝에 말했다.

"화목한 가족."

―화목한 가족이 맞습니까?

"맞다."

대작! 화목한 가족 상을 완성하셨습니다!
세상의 지붕이라고 할 수 있는 호롬 산의 정상!
어마어마한 높이 위에 영광스러운 조각사의 작품이 더해지게 되었다.
섬세하고, 예술성이 넘치며, 창조적인 조각사의 작품은 모든 역경을
뚫고 완성되어 더욱 가치를 빛내게 되리라.
예술적 가치 : 9,400.
특수 옵션 : 화목한 가족 상을 본 이들은 생명력과 마나 회복 속도가
하루 동안 30% 증가한다.
조각상 근처에서 휴식 시에는 체력과 생명력이 매우 빠른 속도로 회복된다.
험난한 지형에서의 체력 소모가 줄어든다.
추위에 대한 내성 50% 상승.
빙계 마법에 대한 특별 저항력.
전 스탯 25 상승.
세 가지 속성이 24% 상승함.
하루에 한 번씩 조각상을 향해 작은 기원을 올릴 수 있다.
기초적인 가호와 축복의 효과가 더해짐.
다른 조각품과 중복 적용되지 않음.
지금까지 완성한 대작의 숫자 : 2

- 조각술 스킬의 숙련도가 향상되었습니다.

- 조각품에 대한 이해의 스킬 레벨이 1 상승하였습니다.

- 고급 손재주 스킬의 레벨이 3이 되었습니다. 도구나 손을 이용하는 능력이 추가로 8% 증가하며, 다양한 분야에 걸쳐서 영향을 주게 됩니다.

- 명성이 410 올랐습니다.

- 고급 조각술의 경지에 오른 이후부터는 바위나 나무 등 기초적인 소재를 이용한 조각품으로 인한 명성은 일정 수준 이상 크게 증가하지 않습니다.

- 예술 스탯이 34 상승하셨습니다.

- 인내가 9 상승하셨습니다.

- 지구력이 4 상승하셨습니다.

- 화목한 가족 상의 소유권은 위드 님에게 있습니다. 향후 조각상에 생명을 부여할 수 있다면 위드 님에게 충성을 바치게 될 것입니다.

- 대작 조각품을 만든 대가로 전 스탯이 3씩 추가로 상승합니다.

"으하하하하!"

위드는 기쁜 웃음을 터트렸다. 호롬 산의 정상에서 마음껏 웃었다.

"대작이다!"

달빛 조각술을 아직 터득하지 못한 마당에, 만들 수 있는 최고의 작품을 만들어 낸 것이다. 가족의 조각상을 만들어 낸 것이 대작이 되어 더욱 기분이 좋았다.

다만 아쉬운 점은 대작임에도 불구하고 생명을 부여하기

는 곤란하단 것이었다.

 실제로는 3개의 조각상이 하나처럼 손을 잡고 이어져 있어서 생명체로 만들었을 때에는 효율이 떨어지게 된다.

 하지만 어차피 생명을 부여할 조각상은 아니었다. 조각상에 생명을 부여하는 것은, 그 조각상의 본질적인 가치를 퇴색시키게 된다. 이 조각품은 정말 기념을 위해서 만든 것이다.

 '해가 뜨고 지는 것을, 구름이 흘러가고 비가 내리는 것을 보면서 산과 함께 이대로 남아 있기를.'

 화령은 평상시보다 일찍 접속해서 다른 일행을 기다리고 있었다. 그러던 차에 다시금 호롬 산의 정상이 그리워졌다.

 "다녀올까? 완전히 내려오면 다시 찾아오기 힘들 테니까."

 화령은 혼자서 산을 올랐다.

 산사태가 난 곳에서 정상까지는 그리 멀지 않았다. 이미 한 번 정상까지 가 본 경험이 있었던 만큼, 훨씬 수월하게 오를 수 있었다.

 그리고 정상에 도착한 화령은, 이전에는 없던 조각상을 발견할 수 있었다.

 "와, 예쁘다!"

 화령은 진심으로 감탄하고 말았다.

호롬 산의 정상에 고즈넉하게 서 있는 조각상.
마치 세상의 가장 높은 곳에서 주변을 따뜻함으로 감싸고 있는 것만 같다. 거기에 빛과 어울려서 신비로움마저 더하고 있었다. 고급 조각술의 효과가 여지없는 위력을 보이고 있었던 것이다.
평범한 바위로 만든 조각상이 보석을 빚어낸 것 같은 아름다움을 뽐내고 있었다.
"굉장하네."
화령은 이 조각상을 만든 사람이 위드일 거라고 짐작할 수 있었다.
"이게 진짜 조각상이구나."
사기에 가까운 피라미드 제작과 스핑크스 외에, 위드가 만들어 낸 조각상을 제대로 보는 것은 처음이었다.
"조각품이란 참 대단하네."
화령은 조각상을 천천히 구경했다.
할머니와 여동생의 조각상은 생동감이 넘쳐흐르고 있었다.
"남자도 참 잘생겼다."
화령은 훤칠한 키의 남자 조각상을 보며 눈을 빛냈다.
연예인들을 많이 봐 온 그녀로서도 상당히 괜찮다는 평가를 내릴 정도의 외모를 가진 조각상이었다. 물론 그런 조각상을 보면서 위드를 연상할 수는 전혀 없었지만.

영광의 홀 원정대

중앙 대륙의 길드들은 치열한 정보전을 펼치고 있었다.

스콜피온 왕의 경우와는 반대로 대륙의 온도를 낮출 수 있는 퀘스트를 찾기 위해서였다.

마법사나 현자, 귀족들을 만나고, 도서관에 있는 전설과 신화를 다룬 고서적들을 찾아냈다.

그러던 중 바바리안의 부락에서 힌트를 구할 수 있었다.

"대륙의 북부에 에데른이라는 사라진 마을이 있지. 그 마을에 있는 제단에 무언가를 바쳤더니 더위가 사라졌다는 전설이 전해져 내려오고 있어. 자세한 내용은 에데른을 찾아서 알아보도록 하게나."

사라진 마을 에데른!

역사서에는 칼데스 왕국의 영토로 기록되어 있는 곳이었다.
 칼데스 왕국은 추운 북부에서도 한참이나 더 올라가야 하는, 그야말로 동토의 대지다. 그리고 에데른 마을은 지도상에도 나와 있지 않았다.
 "어쨌든 알아냈으니 됐군."
 각 길드의 수장들에게는 목표가 생겼다.
 추운 북부의 대륙을 탐험하고, 마을 에데른을 찾아라!
 진홍의 날개 길드가 한순간에 몰락하는 것을 보았던 만큼, 퀘스트를 해결할 수 있다면 그 이상의 명성을 얻는 것도 금방이었다.
 한편으로는 다른 생각도 들었다.
 '이번 계기를 잘 이용한다면 남들보다 먼저 북부를 개척할 수 있겠군.'
 '북부에 있는 많은 퀘스트들. 그것을 입수하고 사냥터를 차지한다면 우리 길드의 영향력을 확대할 수 있다.'
 '길드를 확장하기에는 더없이 좋은 기회!'
 중앙 대륙에 있는 길드들의 이권 다툼은 가히 점입가경이라고 할 수 있었다.
 성이나 요새를 두고 수시로 쟁탈전이 벌어지고, 사소한 사냥터 문제로도 전쟁이 터진다.
 그런데 그 힘을 북부 탐험으로 돌릴 수 있게 된 것이다.
 남들이 안 하면 모를까, 몇몇 선두 길드들이 북부 탐험에

나서자 이제는 웬만한 길드들은 모두 북부로의 모험을 하지 않을 수 없게 되었다.

바야흐로 북부 개척의 시대가 열린 것이다.

다크 게이머들의 선술집.

진홍의 날개 길드의 의뢰를 받아 고위 레벨 유저들이 다수 참여한 퀘스트는 실패로 돌아갔다.

그 후로 한동안은 침체되었지만 다시금 생기가 돌았다.

여러 길드들이 북부 탐험을 위한 의뢰를 하러 찾아왔던 것이다.

단순히 레벨이 높고 직업이 좋다고 전투에 도움이 되는 건 아니다. 경험이 많고 자신의 능력을 잘 발휘할 줄 알아야 한다.

다크 게이머들은 어떠한 전투에서도 끈질기게 살아남고, 본신의 능력을 다 사용할 줄 안다. 그러면서도 책임감이 강해서 길드들이 경쟁적으로 영입을 하고 있었다.

"그러게 내가 뭐라고 했어요! 아무 곳이나 따라가지 말라고 했잖아요."

"크으. 난 괜찮을 줄 알았지."

"괜히 난이도 높은 퀘스트에 따라가서 죽기만 하고, 사람들의 원성만 사고."

"알았어. 알았으니까 그만해."

볼크는 아내인 데어린의 말에 고개를 들 수 없었다.

난이도 A급 퀘스트를 한다면서 진홍의 날개 길드를 따라가서 목숨을 잃은 실수!

운이 나빠서인지 레벨도 2개나 떨어지고, 각종 숙련도도 상당히 하락했다.

몸이 재산인 다크 게이머에게는 큰 피해가 아닐 수 없었다.

볼크가 그래도 변명하듯이 말했다.

"아무튼 돈은 벌어 왔잖아. 이래저래 번 돈을 다 합치면 11만 골드나 돼."

"그래도 당신 목숨 값만큼은 아니잖아요. 그런 곳에서 죽었다고 생각하니 마음이 아파요."

"당신……!"

볼크의 눈동자가 감격으로 흔들렸다.

"역시 내 생각을 해 주는 건 당신뿐이야."

"여보도 참."

볼크와 데어린은 다정하게 손을 붙잡았다. 그러다가 문득 생각난 듯이 데어린이 말했다.

"참, 장비는 잃어버린 거 없죠?"

"물론이지. 상점에서 구입한 싸구려들을 착용하고 갔어. 위험한 곳이니까 그 정도의 대비는 해 두었지."

"잘했어요."

다크 게이머들은 죽을 확률이 높은 퀘스트를 받을 때에는 별도의 장비를 착용했다. 잃어버려도 그리 큰 후회가 없는 물품들만 사용하는 것이다.

다크 게이머에게 몸과 장비들은 자산이었으니 당연한 선택이었다.

그렇게 볼크와 데어린이 이야기를 하며 쉬고 있을 때, 다가오는 남자가 있었다.

"의뢰를 하고 싶어서 왔습니다. 가능할까요?"

정중한 남자의 말에, 볼크는 고개를 끄덕였다.

"일단 말씀해 보세요. 하지만 의뢰를 받을지 말지는 들어 보고 판단합니다."

"당연한 말씀이지요. 저는 차가운 장미 길드에서 나왔습니다. 우리 길드에서는 이번 기회에 북부 대륙 탐험을 하려고 합니다. 자격 제한은 최소 레벨 320 이상. 기본 보수는 4만 골드."

"보수가 상당히 후한 편이군요."

남자는 그 말에 고소를 머금었다.

"예. 요즘 들어 다크 게이머 분들의 시세가 꽤 올랐지요. 만약 에데른 마을을 발견하거나, 중요한 퀘스트를 진행하게 된다면 거기에 맞춰서 추가적인 금전적인 보상을 약속드리겠습니다."

"하지만 실례되는 말일지도 모르겠는데, 차가운 장미 길드의 역량만으로 북부 대륙 탐험은 무리가 아닐까요?"

차가운 장미 길드는 중앙 대륙에서 40위권 정도의 중견 길드다. 성을 4개나 소유했지만, 노른자위 땅이라고 할 수는 없는 외진 곳에 위치해 있었다.

그래도 호쾌한 사내로 알려진 드워프 워리어 오베론이 길드의 수장으로 있어서 평판은 나쁘지 않은 길드 중의 하나였다.

볼크의 우려 섞인 말도, 남자는 당연하다는 듯이 받아들였다.

"물론 우리들만으로는 부족합니다. 그래서 동맹 길드들의 조력도 받고, 일반인들 중에서도 우리와 함께하려는 사람들과 같이 가려고 합니다. 다른 이들이 열심히 정보나 수집하고 있을 때에 남들보다 빨리 움직여서 길드 차원에서는 최초로 북부 대륙을 탐험하는 것이지요."

"그러면 대규모 인원이 되겠네요."

"맞습니다. 그래서 이번 기회에 북부 마을이나 왕국들도 탐험해 보려고 합니다. 북부의 마을들은 아직 제대로 탐사되지 않은 곳이 많으니까요. 어떻습니까, 한번 참여해 보시겠습니까?"

데어린이 볼크의 옆구리를 쿡 찔렀다.

이만하면 나쁜 조건은 아니었던 것이다. 보통 다크 게이머들은 목숨을 아낀다는 세상의 편견이 있었지만, 실은 더욱

위험한 곳을 혼자서라도 찾아다닌다.

남들보다 앞서야 하기 때문에 더 열심히 모험을 하고 있었던 것이다.

북부 대륙의 개척!

새로운 사냥터와 퀘스트는 다크 게이머들에게 구미가 당기는 일이 아닐 수 없었다.

볼크와 데어린은 의뢰를 받아들이기로 했다.

위드와 일행은 호롬 산을 내려와서 다크 엘프의 성으로 돌아갔다. 들고 있던 잡템들을 처분하고 호롬 산을 올라갔다는 보고를 하기 위해서였다.

다크 엘프 그랑벨은 수르카의 경험담을 매우 기분 좋게 들었다.

"정말 호롬 산의 정상까지 오를 수 있었다니, 뛰어난 모험가들이었군. 그러면 좋은 사냥터에 대해서 안내를 해 주지. 카라카의 숲이라는 이름을 알고 있는가?"

"모르겠는데요."

"여기서 하루 정도 거리야. 거기에는 자네들의 수준에 맞는 몬스터들이 많이 나오는 편이지. 사냥감도 많고, 여러모로 좋은 곳이야. 그곳의 보스 몬스터인 킹 스네이크를 잡아

온다면 정말 굉장한 곳을 출입할 수 있도록 해 주겠네."

"굉장한 곳요?"

"자네들, 불사의 군단이라고 들어 봤나?"

그랑벨은 목소리를 낮춰서 이야기했다.

조각 변신술을 해제하고 오크 카리취의 형태를 하고 있지 않은 위드였기에, 그랑벨은 전혀 인지를 하지 못한 것이다.

"불사의 군단이라면 엄청 강한 놈들이잖아요."

수르카가 위드의 눈치를 보며 대답했다. 위드도 자신과 관련된 일이 나와서 관심을 가지고 들었다.

그랑벨은 무척이나 자랑스럽다는 듯이 말했다.

"불사의 군단은 아주 강했지만, 우리 다크 엘프에는 미치지 못했지. 정령술이나 마법, 궁술! 도대체 어떤 것에서 과연 우리 엘프들을 따라올 수 있단 말인가!"

"네, 그렇지요."

"혼란을 일으켰던 불사의 군단은 사라졌지만, 리치 샤이어가 머물었던 던전은 그대로 남아 있지. 그곳에는 혹시라도 리치 샤이어가 남겨 놓은 보물들이 있을지도 모르겠어."

"보물요?"

"확실한 것은 아니지. 그래도 꽤 쓸 만한 것들이 있지 않을까? 지금은 다크 엘프 전사들이 그 던전의 입구를 지키고 있다네."

불사의 군단이 튀어나온 구덩이!

그랑벨은 바로 그곳에서의 사냥에 대해 말하고 있었다.

위드와 일행은 로자임 왕국의 병사들과 프레야의 사제들을 데리고 우선 카라카의 숲으로 향했다.

그랑벨의 말마따나, 매우 다양한 짐승들과 유로키나 산맥의 몬스터들이 수시로 나타났다. 위드에게는 이제 익숙한 몬스터들이라고 할 수 있었다.

위드는 일행과 로자임 왕국 병사들을 데리고 그곳에서 사냥을 하며 레벨을 1개 올렸다.

병사들이나 일행과의 레벨 차이는 조금 났지만, 그리 큰 문제는 아니었다.

어떤 경우에라도 그 레벨에서는 가장 강하기 위해 먼 길을 돌아온 위드였다. 여러 생산 스킬들을 이용해서 병사들을 강화시켜서, 사냥에 한몫하도록 만든 것이었다.

그런데 며칠이 지나자 부란과 베커, 호스람이 다가와서 말했다.

"대장님, 저희들은 고향이 그립습니다."

"저희들은 왕국군 소속입니다. 너무 오랜 시간 군대를 떠나 있을 수는 없는 입장입니다."

아무리 위드와의 친밀도가 높다고 해도, 왕국에 소속된 병사들을 무한정 잡아 둘 수는 없다. 불사의 군단 퀘스트를 마쳤으니, 이제 그들이 왕국으로 돌아가고 싶어 하는 것도 당연하다.

프레야의 사제들 역시 교단을 그리워하고 있었다.

'공헌도를 더 채울 수 없는 것은 유감이지만 어쩔 수 없겠군.'

위드는 사제들, 병사들과 함께 절망의 평원 텔레포트 게이트가 있는 동굴로 향했다. 일행은 카라카의 숲에서 계속 사냥을 하기로 했다.

"세라보그 성으로 이동한다."

사제들에 의해서 텔레포트 게이트가 작동됐다.

빛이 동굴 안을 가득 덮은 후에, 그 자리에 남아 있는 것은 아무것도 없었다.

로자임 왕국으로 돌아간 위드는 병사들, 사제들과 함께 중앙 분수대 근처에서 한꺼번에 나타났다. 그것은 필연적으로 사람들의 이목을 끌게 되었다.

"왕국 병사들을 가득 데리고 나타났어. 왕실 기사들도 있다."

"어디서 온 사람들이지?"

"프레야의 사제들도 있네."

"뭐야, 무슨 퀘스트를 하고 있는 걸까?"

사람들의 이목을 집중시키게 된 위드였지만, 번거로운 일들은 벌어지지 않았다.

왕실에서 즉시 기사들과 경비병들이 나왔던 것이다.

"폐하께서 기다리고 계십니다."

위드는 기사들의 안내를 받으며 왕궁으로 향했다. 그리고 집무실에서 바로 국왕을 만나 볼 수 있었다.

과거 로자임 왕국의 국왕은 시오데른이었다. 하지만 이제 왕이 바뀌었다.

시오데른의 첫 번째 아들 윈스터 대공이 국왕의 자리에 오른 것이다.

"자네가 선왕 폐하의 무덤을 만들어 준 조각사 위드로군."

윈스터 국왕의 눈빛은 매우 날카로웠다. 집무실에는 귀족들과 기사들이 다수 자리 잡고 있었다.

윈스터 국왕은 호전적이라는 평가를 받고 있었다. 부국강병을 도모하며, 숙적 브렌트 왕국을 벌레 보듯이 한다.

사실 이러한 내용들도 몇 차례에 걸쳐서 입수된 정보였다. 다크 게이머 연합에서 수집한 자료들 중에 있어서, 위드는 이미 참고삼아 읽어 보았다.

새로 등극한 로자임 왕국의 국왕을 직접 알현하는 것은 위드가 최초였던 것이다.

위드는 가볍게 한쪽 무릎을 꿇었다.

"예, 그렇습니다."

"그대가 세운 왕실에 대한 공적으로 우리 왕국의 병사를 빌려 갔다고 들었다. 맞는가?"

"맞습니다."

"그런데 아주 오랜 기간 동안 우리 병사들을 데리고 있었더군. 개인적인 용무로 병사들과 왕실 기사들을 밖으로 내돌리다니, 납득할 만한 이유가 있었는가?"

윈스터 국왕은 깔보는 눈빛으로 위드를 보았다.

군사력을 최고로 알고 있는 국왕이었다. 몬스터 토벌이나 국경을 확장시키는 데에는 관심이 많다. 하지만 조각사에 대한 호감도는 적을 수밖에 없었다.

그때 위드는 윈스터 국왕에 대한 모든 판단을 끝냈다.

'역시 그랬군.'

어딜 가든 박대당하고 서러움을 겪는 인생은 너무나도 익숙했다. 이제는 이 상황을 주도적으로 이용하며 역전시키는 법도 잘 알고 있었다.

위드는 자리에서 일어나며 말했다.

"폐하의 병사들과 함께, 로자임 왕국에 큰 해가 될지도 모를 불사의 군단과 싸울 수 있어서 영광이었습니다."

위드는 그 말을 하고 떠나가려고 했다. 이것이 다 작전이었다.

일부러 열심히 말해 주려고 하면 듣는 데에도 흥미가 사라지는 법이다. 듣는 쪽이 관심을 기울이도록 유도해야 한다.

윈스터 국왕이 물었다.

"무슨 일이 있었던가?"

"별로 대단치는 않은 일이었습니다. 리치 샤이어와 불사의 군단이 대륙에 해악을 끼치려는 것을 막았을 뿐입니다."

"그런 일이 있었는가? 자세히 말해 보도록 하라."

위드는 국왕 앞에서 로자임 왕국의 병사들을 데리고 불사의 군단과 싸운 이야기를 했다.

목숨을 돌보지 않고 싸웠던 병사들의 뛰어난 활약을 생생하게 전해 주었다.

사실 불사의 군단과의 전투에 있어서 주력은 어디까지나 오크와 다크 엘프들이었다.

그런데 위드의 말을 듣고 있다 보면, 모든 것을 그와 로자임 왕국의 병사들이 처리한 듯했다.

살살 아부하고, 병사들을 칭찬하고, 결국은 이 모든 것이 로자임 왕국의 왕실 덕분이라며 공을 돌렸다.

하다못해 마을 주민과의 친밀도도 매우 중요한 마당에, 국왕과의 친밀도는 말할 필요도 없다. 위드는 병사들과 같이 싸웠다는 이야기를 하면서 윈스터 국왕과의 친밀도를 제법 올릴 수 있었다.

위드에 대한 윈스터 국왕의 평가도 달라져 있었다.

"알고 보니 자네는 대단한 모험가였군."

"아닙니다, 폐하."

"나 또한 도전과 모험을 즐기는 사람을 좋아한다. 가까이에 함께 있으면서 오랜 시간 말벗이라도 하고 싶군. 우리 로자임 왕실의 일을 하고 싶은 생각이 있는가?"

띠링!

> ─국왕 윈스터 로자임의 권유를 받았습니다. 직업 '왕국 조각사'로 취직이 가능합니다.
> 취직하시게 되면 왕실에서 머무르며 많은 귀족들과 왕족들을 만나 볼 수 있습니다.
> 300명의 병사들을 거느릴 수 있습니다. 왕실에 개인의 방이 제공됩니다. 원한다면 왕실 기사 훈련을 받을 수 있으며, 매달 2천 골드의 월급이 기본적으로 지급됩니다.
> 조각품을 만들 때마다 추가적인 금액을 얻으실 수도 있습니다. 다만 왕실 조각사로 취직한 기간에 만드시는 조각품들은 모두 왕실의 소유가 됩니다. 지금 취직하시겠습니까?

왕실 조각사로의 취직.

왕족이나 귀족들을 자주 만나 볼 수 있어서, 그들이 주는 퀘스트를 받기가 훨씬 쉬워진다. 더불어서 부하들도 상당히 거느릴 수 있고, 공적치를 쌓기에도 좋다.

공적치를 높게 쌓으면 마을이나 성을 하사받을 수도 있다.

명성과 공적치를 쌓기 위해서 왕국에 거액을 기부하는 사람이 한둘이 아닌 것이다.

하지만 위드는 예의를 잃지 않고 사양의 말을 했다.

"죄송합니다, 폐하."

"왜 그러는가."

"왕국에 소속되기에는 조각사로서의 실력이 모자랍니다.

그리고 저는 아직 더 많은 모험을 해 보고 싶습니다."

조각사로서 귀족이나 왕족들에게도 퀘스트를 받을 수는 있다. 하지만 기껏해야 어떤 조각품을 만들어 달라는 의뢰 정도에 국한되는 것이 보통이다.

그런 퀘스트에서는 조각술의 숙련도를 많이 얻을 수 없다. 자유롭게 떠돌며, 무엇에든 구애받지 않는 것이야말로 조각술을 향상시키는 지름길이었던 것이다.

"그런가. 그러면 할 수 없지. 맡길 만한 일이 많이 있는데. 마음이 바뀌면 언제든지 찾아오도록 하게나."

"예, 알겠습니다. 그리고 안타깝게도 백부장 데일은 혼전의 와중에 전사하였습니다. 그를 비롯한 몇몇 병사들이 다시는 돌아올 수 없는 곳으로 떠났지만, 그들의 의기 덕분에 우리는 이길 수 있었습니다. 왕국 병사들의 뛰어남은 역사에 남을 것입니다."

"백부장 데일의 죽음은 나 또한 슬프다. 하지만 이 일로 인하여 다른 병사들이 강해질 수 있었으니 왕국 주민들은 더더욱 안전해진 것이다. 모험가 위드여, 그대가 우리 로자임 왕국을 위해서 애쓴 일은 잊지 않겠다."

-왕실 기사들과 왕국 병사들을 로자임 왕국 소속으로 돌려보내셨습니다.
 병사들의 성장에 따라 왕실 공적치를 3,705 획득하셨습니다.

이것으로 위드의 왕실에서의 일은 대충 마무리가 지어졌다.
'공적치는 놔두면 다시 쓸 일이 있겠지.'
위드는 왕궁을 나와서 프레야의 교단으로 향했다. 이제 교단의 가드들은 더 이상 위드를 저지하지 않았다.
위드는 곧바로 고위 신관들을 만날 수 있었다.
"불사의 군단을 물리치신 것을 축하드립니다."
그들은 경건한 자세로 위드에게 인사를 했다. 교단의 공헌도나 명성이 이 정도로 높아졌다는 뜻이리라.
적어도 로자임 왕국에서는 현재의 위드보다 명성이 뛰어난 이가 없을 테니까 말이다.
위드는 품에서 헤레인의 잔을 꺼냈다.
"여기 교단의 성물을 반환하겠습니다."
"잘 받았습니다. 그리고 대신관님께서 맡기실 일이 있다고 하니 언제든지 소므렌으로 가 보십시오."
"시간이 되면 가 보겠습니다."
사실 성수를 무한 제조할 수 있는 헤레인의 잔은, 돌려주기 아까운 것이었다. 하지만 함부로 쓸 수 없는 물건이기도 했다.
헤레인의 잔에서 나온 성수를 사적인 용도로 쓰는 순간, 신앙심이 하락하게 된다. 실제로 성수로 술을 담그자 신앙심이 무려 4나 떨어졌던 것이다.
'그럼 프레야의 교단에서의 볼일도 끝이 났군.'

헤레인의 잔을 교단에 반환한 위드는 텔레포트 게이트 앞에 섰다.

다음의 그의 목적지는 예술가의 도시 로디움이었다.

베르사 대륙에서 가장 찬란한 문화를 꽃피우고 있는 곳.

생산직들과 예술 계열 직업의 고향과도 같은 도시.

위드는 상상했다.

'재능을 가진 예술가들이 기량을 갈고닦고 있겠지. 거리에는 악사들이 넘쳐 나고, 훌륭한 공연들이 벌어지고 있을 거야.'

아름다운 음악이 흐르고, 예술을 토론하는 이들로 인해서 불야성을 이루는 도시.

위드가 짐작하는 로디움의 모습이었다.

"이동 로디움."

프레야의 사제들에 의해 작동된 텔레포트 게이트는 순식간에 위드를 집어삼켰다.

로디움의 중앙 광장!

위드가 빛과 함께 나타나는 순간, 주변에 있던 인파가 즉각적으로 반응했다.

"사람이다!"

"누군가가 텔레포트로 우리 도시에 왔어!"

매우 절박하며 간절한 음성이었다.

위드는 재빨리 주위를 돌아보았다. 그러자 광장에 모여 있는 많은 이들의 모습이 보였다.

'도시에 무슨 일이라도 있는 건가?'

위드가 그런 의문을 가지고 있을 때였다.

광장에 있던 사람들이 우르르 달려들었다. 로자임 왕국 병사들이나 프레야의 사제들을 데리고 세라보그 성에서 온 것 못지않은 반응이었다.

사납게 달려온 그들은 위드의 앞에서 고개를 숙였다. 그러면서 재빨리 두 손을 내밀었다.

"제발 부탁드립니다."

"한 푼만 주세요!"

"배가 고파서, 크흑! 여자 친구를 굶기고 있습니다."

예술가들의 도시 로디움!

그것의 정체는 사상 최악의 빈민들로 우글거리는 도시였던 것이다.

"돈 좀 주세요."

"10쿠퍼만 주시면 평생의 은인으로 모시겠습니다."

"사람 한 번 살리는 셈치고 도와주세요!"

"저는 많이도 안 바랍니다. 그냥 먹다 남긴 빵 한 조각만이라도 던져 주세요."

위드의 주변은 어느덧 1천 명을 헤아리는 사람들로 들썩이고 있었다. 그러는 동안에도 광장에는 새로운 사람들이 텔레포트를 통해서 나타나고 있었다.

위드는 재빨리 행동했다.

새로 나타난 사람들에게 다가가서 땅에 닿을 정도로 머리를 숙인 것이다.

"동전 1개만 주세요. 부탁드립니다. 조금만 도와주시면 정말 세상 열심히 살아 보겠습니다. 불쌍한 녀석 한 번만 도와주세요."

적어도 1년 정도는 빛도 못 보고 지낸 것 같은 표정!

애절함이 뚝뚝 묻어 나오는 음성!

굶주림에 몸부림을 치며 바라는 구걸의 진수!

to be continued

꿈의 도약, 로크에서 하십시오
(주)로크미디어에서 신인 작가를 모십니다

즐거운 세상, 로크미디어는 꿈을 사랑하고 도전을 두려워하지 않는 작가 분들의 참신한 작품을 기다리고 있습니다. 21세기 장르 문학계를 이끌어 갈 차세대 선두 주자 (주)로크미디어에서 여러분의 나래를 활짝 펴 보시길 바랍니다.

모집 분야 판타지와 무협을 포함한 장르 문학
모집 대상 아마추어 작가, 인터넷 작가
모집 기한 수시 모집
작품 접수 시 유의 사항
1. 파일명은 작가명_작품명.hwp형식을 갖춰 주십시오.
1. 파일에 들어갈 내용은 다음과 같습니다.
    - 성명(필명인 경우 실명을 밝혀 주세요), 연락처, 이메일 주소.
    - 제목, 기획 의도.
    - A4용지 1장 분량의 등장인물 소개.
    - A4용지 2장 분량의 전체 줄거리.
    - 본문.
1. 작품이 인터넷에 연재되고 있다면, 게시판명과 사이트의 구체적이고 정확한 주소를 기재해 주십시오.

선택된 작품은 정식 계약 후 출판물로 간행되어 전국 서점에 유통됩니다.
작가 분은 (주)로크미디어의 전폭적인 지원하에 전속 작가로 활동하시게 됩니다.
※ 자세한 내용은 로크미디어 홈페이지(rokmedia.com)를 참조하세요.

(140-133)서울시 용산구 청파동 3가 119-2 진여원빌딩 5층
(주)로크미디어 편집부 신간 기획 담당자 앞
전화 : 02-3273-5135
www.rokmedia.com   이메일 : rokmedia@empal.com

우리 교황님 좀 말려주세요

판미손 퓨전 판타지 장편소설

비정상 교황님의
듣도 보도 못한 전도(물리) 프로젝트!

이세계의 신에게 강제로 납치(?)당한 김시우
차원 '에덴'에서 10년간 온갖 고생은 다 하고
겨우 교황이 되어 고향으로 귀환했건만……

경고! 90일 이내 목표 신도 숫자를 달성하지 못할 시
당신의 시스템이 초기화됩니다!

퀘스트를 달성하지 못하면 능력치가 도로 0이 된다고?
그 개고생, 두 번은 못 하지!

"좋은 말씀 전하러 왔습니다, 형제님^^"
※주의※ 사이비 아닙니다, 오해하지 마세요!